# SOUVENIRS SUR SHERLOCK HOLMES

# SIR ARTHUR CONAN DOYLE

# *Souvenirs sur Sherlock Holmes*

TRADUCTION DE BERNARD TOURVILLE

LE LIVRE DE POCHE

## CHAPITRE PREMIER

# FLAMME D'ARGENT

« JE crains, Watson, d'être obligé d'y aller! me dit Holmes un matin pendant que nous prenions notre petit déjeuner.

— Y aller! Aller où?

— A Dartmoor. Plus exactement à King's Pyland. »

Je n'en fus pas surpris. Aurais-je dû m'étonner, ç'aurait été plutôt qu'il n'eût pas déjà eu à s'occuper de cette affaire extraordinaire qui défrayait toutes les conversations en Angleterre. Pendant un jour entier mon compagnon avait arpenté notre salon, le menton enfoncé dans la poitrine, les sourcils froncés, bourrant et rebourrant sa pipe de tabac extra-noir, résolument sourd à toute question ou à n'importe quelle remarque de ma part. Notre marchand de journaux nous avait fait tenir les diverses éditions : Holmes s'était borné à les parcourir puis à les jeter dans un coin. Son silence ne m'avait pas empêché de deviner le sujet de ses méditations. Il n'y avait qu'un problème, pas deux, qui osait défier sa puissance d'analyse : l'étrange disparition du favori pour la Wessex Cup et le meurtre mystérieux de son entraîneur. Donc lorsqu'il m'annonça son intention de se rendre sur les lieux du drame, c'était une nouvelle à la fois attendue et espérée.

« Si je ne vous gênais pas, hasardai-je, je serais très heureux de vous accompagner.

— Mon cher Watson, mais vous m'obligeriez infiniment au contraire! Je crois d'ailleurs que vous ne vous ennuierez pas car cette affaire comporte quelques détails qui promettent de la rendre absolument unique. Nous avons, me semble-t-il, juste le temps de prendre notre train à Paddington; pendant le trajet nous approfondirons le dossier. Vous me rendriez service en emportant vos excellentes jumelles. »

Voilà comment, une heure plus tard, je me trouvai assis dans le coin d'un compartiment de première, en route pour Exeter, tandis que Sherlock Holmes, dont le profil aigu et ardent était accentué par une casquette de voyage qui lui recouvrait presque entièrement les oreilles,

plongeait dans le tas de journaux qu'il avait
achetés à Paddington. Nous avions laissé Rea-
ding loin derrière nous quand il jeta sous la
banquette le dernier de la pile et m'offrit un
cigare.

« Nous marchons bien! constata-t-il en regardant par la fenêtre et en surveillant sa montre.
Nous faisons actuellement du 82 kilomètres à
l'heure.

— Tiens! Je n'ai pas vu de bornes kilomé-
triques...

— Moi non plus. Mais le long de cette ligne
les poteaux télégraphiques sont plantés tous les
60 mètres. Le calcul est simple! Je suppose que
vous vous êtes intéressé à cette affaire du
meurtre de John Straker, et de la disparition
de Flamme d'argent?

— J'ai lu ce qu'en ont dit le *Telegraph* et le
*Chronicle*.

— Il s'agit là de l'un de ces problèmes où
l'art du logicien devrait servir d'abord à passer
chaque détail au crible. La tragédie a été si peu
banale et si parfaite, elle affecte personnellement tant de gens que nous souffrons d'une
véritable pléthore de suppositions, de conjectures et d'hypothèses. La difficulté consiste à
isoler la charpente des faits (des faits absolus
et indéniables) des divers embellissements dont

l'ont accablée les théoriciens et les journalistes. Puis, une fois que nous nous serons établis sur cette base solide, notre tâche sera de déterminer les déductions qui peuvent en être tirées, et de mettre à jour les points particuliers autour desquels tourne tout le mystère. Mardi soir j'ai reçu deux télégrammes : l'un émanait du colonel Ross, le propriétaire du cheval; l'autre de l'inspecteur Gregory, qui suit l'affaire; tous deux m'invitaient à apporter ma collaboration.

— Mardi soir! m'exclamai-je. Et nous sommes jeudi matin. Pourquoi n'êtes-vous pas parti dès hier?

— Parce que, mon cher Watson, j'ai commis une erreur... ce qui m'arrive, j'en ai peur, beaucoup plus fréquemment que ne le croiraient vos lecteurs. De fait, je ne pouvais pas imaginer que le meilleur cheval anglais resterait longtemps dissimulé, surtout dans une région aussi peu peuplée que le nord de Dartmoor. Je m'attendais hier à apprendre tôt ou tard qu'il avait été retrouvé et que son ravisseur était l'assassin de John Straker. Quand toutefois une nuit a passé et que j'ai remarqué qu'en dehors de l'arrestation du jeune Fitzroy Simpson rien n'avait été fait, alors j'ai senti que l'heure de l'action avait sonné pour moi. D'ailleurs j'ai l'impression que la journée d'hier n'a pas été perdue.

— Vous avez arrêté une théorie, alors?

— Du moins j'ai bien en tête les faits essentiels. Je vais vous les énumérer : rien ne clarifie mieux une affaire que de l'exposer à une autre personne; et puis je ne pourrais pas espérer grand-chose de votre coopération si je ne vous décrivais pas notre position de départ. »

Je me calai contre les coussins et tirai sur mon cigare. Holmes se pencha en avant et, son long index maigre scandant les faits sur la paume de sa main gauche, il me résuma les événements qui avaient provoqué notre déplacement.

« Flamme d'argent descend d'Isonomy, et il détient un record qui n'a rien à envier à celui de son célèbre ancêtre. Il est à présent dans sa cinquième année. On peut dire qu'il a glané pour le colonel Ross, son heureux propriétaire, tous les prix du turf. Jusqu'à la catastrophe, il était grand favori pour la Wessex Cup; on le prenait à trois contre un. Il a toujours été la vedette favorite des turfistes et il ne les a jamais déçus : si bien que, même à faible cote, d'énormes sommes ont été jouées sur lui. Il est par conséquent évident que beaucoup de gens avaient le plus vif intérêt à empêcher Flamme d'argent d'être présent mardi prochain au départ.

« On y avait réfléchi, naturellement, à King's Pyland, où sont situées les écuries d'entraînement du colonel. Toutes les précautions avaient été prises pour la protection du favori. L'entraîneur John Straker est un ancien jockey qui porta les couleurs du colonel avant de peser trop lourd sur la bascule. Ayant servi le colonel pendant cinq ans comme jockey, depuis sept ans il le servait comme entraîneur; il s'est constamment conduit comme un employé zélé et honnête. Sous ses ordres il y avait trois jeunes valets seulement, car les écuries ne sont pas grandes : elles logent en tout quatre chevaux. L'un de ces lads passait la nuit à veiller dans l'écurie; les deux autres dormaient dans le grenier. Tous les trois jouissent d'une bonne réputation. John Straker, qui est marié, habite une petite villa à deux cents mètres des écuries. Il n'a pas d'enfants, emploie une bonne et mène une existence confortablement aisée. L'endroit est très isolé, mais à huit cents mètres vers le nord il y a une sorte d'agglomération de villas construites par un entrepreneur de Tavistock à l'intention de malades ou de convalescents qui voudraient bénéficier de l'air pur de Dartmoor. Tavistock même est situé à trois kilomètres à l'ouest. De l'autre côté de la lande, à trois kilomètres aussi, se trouve le grand centre d'entraînement de Capleton qui appartient à Lord Backwater et qui est dirigé par Silas Brown. Dans toutes les autres directions la lande est complètement sauvage; seuls l'habitent quelques bohémiens nomades. Telle était en gros la situation lundi soir, quand la catastrophe se produisit.

« Ce soir-là, les chevaux avaient été entraînés et on les avait menés boire comme d'habitude. Comme d'habitude également les écuries avaient été fermées à clef à neuf heures. Deux des lads montèrent à la maison de l'entraîneur où ils dînaient à la cuisine. Le troisième, Ned Hunter, resta de garde. Quelques minutes après neuf heures la bonne, Edith Baxter, lui descendit à l'écurie son dîner : une assiettée de mouton au curry. Elle ne lui porta rien à boire parce qu'à l'écurie il y a un robinet d'eau et que, selon le règlement, le lad de garde ne doit boire que de l'eau. La bonne tenait à la main une lanterne car la nuit était très sombre : le sentier traversait un bout de lande.

« Edith Baxter était à moins de trente mètres des écuries quand un homme sortit de l'ombre et lui cria de s'arrêter. Quand il pénétra dans le cercle de lumière jaune projeté par la lan-

terne, elle vit un homme d'allure fort respecta-
blement bourgeoise, vêtu d'un costume de
tweed gris et coiffé d'un chapeau mou. Il portait des guêtres et maniait une lourde cravache
terminée par une pomme. Elle fut surtout frap-
pée par l'extrême pâleur de son visage et sa
nervosité. Il devait avoir trente ans à peu près,
plutôt plus que moins.

« Pouvez-vous me dire où je suis?
« demanda-t-il. Je m'étais presque décidé à
« dormir sur la lande quand j'ai vu votre
« lanterne.

« — Vous êtes tout à côté des écuries d'en-
« traînement de King's Pyland, répondit-elle.

« — Non, vraiment? Ah! quel coup de
« chance! s'exclama l'homme. Je crois que toutes
« les nuits un lad dort seul dans les écuries.
« C'est peut-être son dîner que vous lui appor-
« tez? Ecoutez : je suis sûr que vous ne refu-
« serez pas de gagner de quoi vous acheter une
« robe neuve, n'est-ce pas?... »

« Il tira de la poche de son gilet un morceau
de papier blanc plié, et dit à la bonne :

« — Remettez cela au lad et vous pourrez
« vous offrir une très jolie robe! »

« Elle fut effrayée par l'espèce de passion
qu'il mettait dans ses manières, et elle prit le
pas de course pour arriver à la fenêtre par la-

quelle elle faisait passer le repas. La fenêtre
était ouverte; Hunter était assis à l'intérieur
devant sa table. Elle commençait à lui raconter
sa rencontre quand l'étranger survint.

« — Bonsoir! fit-il en regardant par la fe-
« nêtre. Je voulais vous dire un mot. »

« La bonne a juré que, tandis qu'il parlait,
elle avait remarqué le coin du petit papier
plié qui dépassait de ses doigts.

« — Qu'est-ce qui vous amène ici? lui de-
« manda le lad.

« — Une affaire qui pourrait vous remplir
« les poches, répondit l'autre. Vous avez là
« deux chevaux pour la Wessex Cup : Flamme
« d'argent et Bayard. Passez-moi le bon tuyau,
« vous n'y perdrez pas. Est-ce vrai que sur mille
« mètres Bayard pourrait en rendre cent à
« l'autre, et que vous, aux écuries, vous avez
« mis le paquet sur lui?

« — Ah, vous êtes un de ces maudits espions!
« cria le lad. Je vais vous montrer comment on
« les traite à King's Pyland. »

« Il se leva et se précipita de l'autre côté des
écuries pour détacher le chien. La bonne courut
vers la maison; mais tout en courant elle se
retourna : l'étranger était penché par la fenêtre.
Toutefois quand Hunter revint avec le chien,
une minute plus tard, il n'était plus là. Le

lad fit le tour des bâtiments : il ne le revit point.

— Un moment! dis-je. Est-ce que le valet d'écurie, quand il est sorti pour détacher le chien, a laissé la porte ouverte derrière lui?

— Excellent, Watson! Excellent! murmura mon compagnon. L'importance de ce détail me frappa tellement que j'envoyai un câble spécial à Dartmoor pour avoir la précision. Le gamin a fermé la porte à clef avant de courir vers le chien. Et je puis ajouter que la fenêtre est trop étroite pour permettre à un homme de passer à travers.

« Hunter attendit le retour de ses camarades, fit prévenir l'entraîneur et lui raconta l'incident. Son compte rendu émoustilla Straker qui pourtant ne semble pas en avoir tout à fait réalisé le sens véritable, mais qui en demeura tout de même vaguement mal à l'aise puisque Mme Straker, se réveillant à une heure du matin, le trouva en train de s'habiller. Aux questions qu'elle lui posa, il répondit qu'il ne pouvait pas dormir parce qu'il était anxieux au sujet des chevaux, et qu'il allait descendre faire un tour aux écuries pour voir si tout était en ordre. Elle le supplia de ne pas sortir, car elle entendait la pluie battre les fenêtres avec violence. Mais en dépit de ses prières il enfila son grand mackintosh et quitta la maison.

« Mme Straker ouvrit les yeux à sept heures du matin : son mari n'était pas rentré. Elle s'habilla en hâte, appela la bonne et courut vers les écuries. La porte était ouverte. A l'intérieur, recroquevillé sur une chaise, Hunter avait sombré dans un état de stupeur absolue. La stalle du favori était vide. Il n'y avait aucune trace de l'entraîneur.

« Les deux lads qui dormaient dans le grenier au-dessus de la sellerie furent promptement secoués. Pendant la nuit ils n'avaient rien entendu : tous deux en effet ont le sommeil lourd. Visiblement Hunter était sous l'influence d'une drogue puissante; comme il n'y avait rien à tirer de lui, on le laissa dormir; les deux lads et les deux femmes se précipitèrent à la recherche des absents. Ils espéraient encore que, pour telle ou telle raison, l'entraîneur avait sorti le cheval de bonne heure en vue d'un entraînement matinal. Mais quand ils eurent escaladé le tertre près de la maison, d'où toute la lande avoisinante était visible, ils n'aperçurent pas le favori, mais par contre ils virent un objet qui les avertit qu'ils se trouvaient en présence d'une tragédie.

« A quatre cents mètres environ des écuries,

le manteau de pluie de John Straker ballottait
sur un buisson d'ajoncs. Tout à côté la lande
dessine une cuvette : au fond gisait le cadavre
du malheureux entraîneur. Une arme lourde lui
avait fracassé la tête d'un coup terrible; de plus
il était blessé à la cuisse : la coupure longue et
bien nette indiquait qu'elle avait été faite par
un instrument très tranchant. Il était clairement établi, toutefois, que Straker s'était vigoureusement défendu contre ses assaillants, car
dans sa main droite il tenait un petit couteau,
couvert jusqu'au manche de sang figé, tandis
que de la gauche il serrait une cravate en soie
rouge et noire, que la bonne reconnut comme
étant celle que portait l'étranger qui, la veille
au soir, s'était présenté aux écuries.

« Hunter, quand il sortit de sa stupeur, fut
tout aussi positif quant au propriétaire de la
cravate. Il se déclara certain que le même inconnu avait drogué son mouton au curry pendant qu'il s'était penché par la fenêtre, et
qu'ainsi il avait mis hors de combat le gardien
de Flamme d'argent.

« Et le cheval manquant? Dans la boue qui
garnissait le fond de la cuvette fatale, on trouva
d'abondantes preuves qu'il avait assisté à la
lutte qui avait opposé l'entraîneur à son meurtrier. Mais depuis ce matin-là il a disparu. Et

bien qu'une grosse récompense ait été promise, bien que tous les romanichels de Dartmoor aient été alertés, on n'a reçu aucune nouvelle de lui. Enfin, une analyse a prouvé que les restes du dîner non achevé par le lad conte-naient une appréciable quantité d'opium en poudre, alors que le même plat avait été mangé le même soir par les gens de la villa sans qu'ils eussent été indisposés le moins du monde.

« Voilà les principaux éléments de l'affaire, dépouillés de toute supposition et exposés objec-tivement. Je vais maintenant vous dire ce qu'a fait la police.

« L'inspecteur Gregory s'est vu confier l'en-quête. C'est un fonctionnaire extrêmement compétent. S'il avait seulement été doté d'ima-gination, il aurait pu s'élever fort haut dans sa profession. Dès son arrivée il trouva vite et arrêta aussitôt l'homme sur qui se portaient na-turellement les soupçons. Il n'y avait guère de difficulté à mettre la main dessus car il était bien connu dans tout le pays. Il s'appelle Fitzroy Simpson. C'est un personnage de très bonne extraction, cultivé, qui a dissipé sa for-tune aux courses, et qui vit d'un petit book-making discret et comme il faut dans des clubs sportifs de Londres. En examinant son livre de paris, on découvrit qu'il avait enregistré des paris dont le total se montait à cinq mille livres contre le favori.

« Quand il fut arrêté il déclara spontanément qu'il était descendu à Dartmoor dans l'espoir d'obtenir quelques informations sur les chevaux de King's Pyland, et aussi sur Desborough, le favori numéro 2, dont s'occupait Silas Brown aux écuries de Capleton. Il ne tenta nullement de nier qu'il avait agi comme je vous l'ai indiqué, mais il affirma n'avoir eu aucune intention mauvaise et qu'il était tout simplement venu aux renseignements, espérant en avoir de première main. Quand on lui montra la cravate, il devint terriblement pâle et fut incapable d'expliquer sa présence dans la main de la victime. Ses vêtements mouillés indiquaient qu'il s'était trouvé la nuit précédente sous la pluie. Quant à sa cravache, alourdie d'un plomb, elle était tout à fait le genre d'arme qui, par des coups répétés, aurait pu provoquer les blessures horribles auxquelles avait succombé l'entraîneur.

« D'un autre côté il n'était lui-même absolument pas blessé. Or, le couteau de Straker témoignait que l'un de ses agresseurs, au moins, devait en porter la marque.

« Voilà : vous avez toute l'affaire résumée en

deux mots, Watson. Si vous pouvez m'éclairer
un tant soit peu, je vous en serai très reconnaissant! »

J'avais écouté, avec énormément d'intérêt,
l'exposé que m'avait fait Holmes avec sa clarté
coutumière. La plupart des faits m'étaient
connus : pourtant je n'avais pas suffisamment
mesuré leur importance relative, ni leur enchaînement.

« N'est-il pas possible, suggérai-je, que la blessure de Straker ait été causée par son propre
couteau dans l'une de ces luttes convulsives qui
suivent une lésion au cerveau?

— C'est plus que possible : c'est probable!
répondit Holmes. Dans ce cas, l'un des points
en faveur de l'accusé disparaît.

— Même à présent, je ne parviens pas à voir
quelle peut être la théorie de la police.

— Je crains, répliqua mon compagnon, que
n'importe quelle théorie ne se heurte à des
objections très sérieuses. La police imagine,
sans doute, que ce Fitzroy Simpson, après avoir
drogué le lad et ayant obtenu par un moyen
quelconque une double clef, a ouvert la porte
des écuries et fait sortir le cheval dans l'intention de le kidnapper. La bride manque : Simpson a pu la lui mettre. Il laissa la porte ouverte
derrière lui, et il était en train d'emmener le

cheval à travers la lande quand il fut surpris
ou rattrapé par l'entraîneur. Une rixe s'ensui-
vit naturellement. Simpson cassa la tête de l'entraîneur avec sa lourde cravache sans être lui-
même blessé par le petit couteau que Straker
avait sorti pour se défendre. Ensuite le voleur
conduisit le cheval dans une cachette mystérieuse. A moins que pendant la lutte le cheval
n'eût déguerpi : auquel cas il errerait sur la
lande. Voilà comment la police voit l'affaire :
tout improbable qu'elle apparaisse, cette théorie
l'est cependant moins que toutes les autres explications possibles. Je vais rapidement contrôler
quelques points dès que je serai sur place. En
attendant je ne vois guère comment je pourrais
aller plus loin dans mes raisonnements. »

Le soir tombait quand nous atteignîmes la
petite ville de Tavistock qui est située, comme
un ombon de bouclier, au milieu du grand
cercle de Dartmoor. A la gare deux personnes
nous attendaient : un athlète blond, avec une
barbe et une crinière léonine ainsi que deux
yeux bleu clair étrangement pénétrants, et un
homme de petite taille mais vif, très soigné,
tiré à quatre épingles dans sa redingote et ses
guêtres, portant monocle et favoris courts. Ce
dernier était le colonel Ross, sportif bien connu,
et le premier était l'inspecteur Gregory qui

commençait à se faire un nom dans la police criminelle anglaise.

« Je suis ravi que vous soyez venu jusqu'ici, monsieur Holmes! déclara le colonel. L'inspecteur n'a rien négligé mais je suis disposé à remuer ciel et terre pour essayer de venger ce pauvre Straker et de retrouver mon cheval.

— Est-ce qu'il y a quelque chose de neuf? interrogea Holmes.

— Je regrette d'avouer que nous n'avons pas fait beaucoup de progrès! répondit l'inspecteur. Nous avons dehors une voiture découverte. Comme je présume que vous aimeriez voir les lieux avant la nuit, nous pourrions parler en route. »

Une minute plus tard nous étions donc tous quatre installés dans un landau confortable, et nous roulions bruyamment dans les rues de cette vieille ville pittoresque du Devonshire. L'inspecteur Gregory, plein de son sujet, se lança dans une longue succession d'observations que Holmes n'interrompait que pour poser de temps à autre une question ou placer une interjection. Le colonel Ross s'était rejeté au fond de la voiture avec son chapeau rabattu sur les yeux. Et moi, j'écoutais attentivement le dialogue des deux détectives. Gregory exposa sa théorie : elle était à peu de chose près celle que Holmes m'avait prédite dans le train.

« Le filet est tendu très serré autour de Fitzroy Simpson, nous expliqua-t-il. Et je crois vraiment qu'il est notre homme. En même temps je reconnais que la preuve est uniquement circonstancielle, et qu'un nouveau développement pourrait la détruire.

Le couteau de Straker?

— Nous avons pratiquement conclu qu'il s'était blessé lui-même dans sa chute.

— Mon ami le docteur Watson m'avait suggéré cette hypothèse pendant notre voyage. Si elle est exacte, elle se tourne contre ce Simpson.

— Incontestablement. Il n'a ni couteau ni trace de blessure. Les apparences contre lui sont très fortes. Il avait un grand intérêt à la disparition du favori, il est soupçonné d'avoir empoisonné le valet d'écurie, indiscutablement il était dehors sous la pluie, il était armé d'une lourde cravache, sa cravate a été retrouvée dans la main de la victime. Je crois vraiment que nous avons de quoi nous présenter devant un jury. »

Holmes hocha la tête.

« Un habile avocat mettrait votre théorie en pièces! dit-il. Pourquoi aurait-il emmené dehors le cheval? S'il voulait l'endommager ne pouvait-il le faire dans l'écurie? Le double de la clef a-t-il été trouvé en sa possession? Quel pharmacien lui a vendu l'opium en poudre? Et surtout, où pouvait-il, lui, étranger au pays, cacher un cheval, et un cheval comme celui-ci? Comment explique-t-il l'histoire du papier qu'il voulait faire remettre au lad par la bonne?

— Il assure que c'était un billet de dix livres. On en a trouvé un dans son portefeuille. Mais vos autres objections ne sont pas aussi insurmontables qu'elles le semblent. Il n'est pas étranger au pays : cet été il a logé deux fois à Tavistock. L'opium a sans doute été acheté à Londres. Quant à la double clef, il a pu la jeter après s'en être servi. Et le cheval peut parfaitement se trouver au fond de l'un des vieux puits de mines qui foisonnent sur la lande.

— Et pour sa cravate, que dit-il?

— Il la reconnaît comme sienne, mais affirme qu'il l'a perdue. Toutefois un nouvel élément est venu s'ajouter à ceux que nous possédions déjà et il pourrait confirmer le fait que c'est Simpson qui a mené le cheval hors de l'écurie... »

Holmes dressa l'oreille.

« ... Nous avons trouvé des traces, reprit l'inspecteur, prouvant qu'un groupe de romanichels a campé pendant la nuit de lundi à près d'un kilomètre de l'endroit où le crime a été commis. Le mardi, ils avaient disparu. En supposant que Simpson se soit entendu avec ces romanichels, n'aurait-il pas pu leur amener le cheval quand il se vit rattrapé, et ne serait-ce pas eux qui le détiendraient à présent?

— C'est certainement une possibilité.

— La lande est actuellement fouillée pour que ces romanichels soient retrouvés. J'ai également examiné toutes les écuries et tous les communs de Tavistock, ainsi que dans un rayon de quinze kilomètres.

— Il y a, je crois, une autre écurie d'entraînement tout à côté, n'est-ce pas?

— En effet. Et ce facteur ne saurait être négligé. Comme Desborough, leur cheval, était en deuxième cote, ils avaient intérêt à ce que le favori disparût. Silas Brown, l'entraîneur, a engagé de gros paris sur la course, et il n'était pas trop bien avec le pauvre Straker. Nous avons perquisitionné dans les écuries, mais nous n'y avons rien trouvé qui pût l'impliquer dans l'affaire.

— Et rien qui établît un lien entre ce Simpson et les intérêts des écuries de Capleton?

— Rien du tout. »

Holmes se rencogna dans la voiture et la

conversation cessa. Un peu plus tard notre cocher s'arrêtait devant une petite villa coquette en briques rouges avec des avant-toits en surplomb. A quelque distance de là, de l'autre côté d'un enclos pour chevaux, s'étendait une longue dépendance toiturée de tuiles grises. Partout aux alentours les basses ondulations de la lande qui paraissait bronzée à cause des fougères décolorées s'étendaient jusqu'à l'horizon, interrompues seulement par les clochers de Tavistock et, vers l'ouest, par un groupe de maisons qui indiquaient l'emplacement des écuries de Capleton. Nous sautâmes tous hors de la voiture, à l'exception de Holmes qui resta appuyé en arrière avec les yeux fixés sur le ciel en face de lui, absorbé par ses propres pensées. Il fallut que je lui touchasse le bras pour qu'il sursautât et descendît à son tour de la voiture.

« Je vous demande pardon! dit-il au colonel Ross qui l'avait regardé non sans surprise. Je rêvais éveillé. »

Dans son regard il y avait une lueur, et dans ses manières une excitation contenue qui me convainquirent, moi qui le connaissais bien, qu'il avait posé la main sur un indice. Mais j'étais incapable de deviner où il l'avait trouvé.

« Peut-être préféreriez-vous vous rendre tout de suite sur les lieux du crime, monsieur Holmes? interrogea Gregory.

— Je crois que je préférerais rester ici quelques instants et régler plusieurs points de détail. Straker a été amené ici, je suppose?

— Oui, il repose en haut. L'enquête judiciaire est pour demain.

— Il a été à votre service pendant plusieurs années, colonel Ross?

— Il s'est toujours conduit comme un employé irréprochable.

— Je pense que vous avez dressé l'inventaire de ce qu'il avait dans ses poches quand il a été assassiné, inspecteur?

— Tous ces objets sont dans le petit salon. Si vous voulez y jeter un coup d'œil...

— J'en serais très content. »

Nous entrâmes à la file dans le petit salon et nous nous assîmes autour de la table du milieu, tandis que l'inspecteur ouvrait une boîte carrée en fer-blanc et en déversait le contenu sous nos yeux. Il y avait une boîte d'allumettes-bougies, six centimètres de chandelle, une pipe A.D.P. en racine de bruyère, une blague en peau de phoque avec 30 grammes de Cavendish coupé long, une montre en argent avec une chaîne en or, cinq souverains en or, un porte-mine en aluminium, quelques papiers, et un couteau à manche d'ivoire, pourvu d'une lame à la fois très rigide et très fine qui portait l'inscription « Weiss & Co, London ».

« Voici un couteau peu banal! observa Holmes en le levant en l'air et en l'examinant minutieusement. Je suppose, puisque j'y vois des taches de sang, que c'est celui qui a été trouvé dans la main du mort. Watson, ce couteau relève sûrement de votre profession.

— Oui. Il est tout à fait ce que nous appelons le bistouri-cataracte.

— Je le pensais bien. Une lame très fine conçue pour un travail très délicat. Un objet bizarre, aussi, à emporter dans une rude expédition : d'autant plus que ce couteau ne se fermait pas dans la poche.

— La pointe était protégée par une rondelle de bouchon que nous avons trouvée à côté du corps, dit l'inspecteur. Sa femme nous a dit que ce couteau était resté pendant quelques jours sur la table de toilette, et qu'il l'avait pris en quittant la chambre. C'était une piètre arme, mais peut-être la meilleure qu'il avait sous la main à ce moment-là.

— Très possible. Et ces papiers?

— Trois d'entre eux sont des factures acquittées des marchands de foin. Un autre, une lettre

du colonel Ross qui lui envoyait ses instructions. Ceci est une note de couturier, se mon-
tant à trente-sept livres quinze, établie par
Mme Lesurier, de Bond Street, au nom de
William Darbyshire. Mme Straker nous a déclaré que Darbyshire était un ami de son mari,
qui se faisait adresser parfois son courrier
ici.

Mme Darbyshire avait des goûts plutôt
dispendieux! remarqua Holmes. Vingt-deux
guinées, c'est assez cher pour un simple tailleur... Néanmoins il semble qu'il n'y ait plus
rien à glaner, et nous pouvons nous rendre sur
les lieux du crime. »

Quand nous quittâmes le salon, une femme
qui nous avait attendus dans le corridor s'avança
pour tirer l'inspecteur par la manche. Elle avait
un visage hagard, mince, passionné, marqué du
sceau d'une impression horrible.

« Vous les avez eus? Vous les avez trouvés?
haleta-t-elle.

— Non, madame Straker. Mais M. Holmes,
que voici, est venu de Londres pour nous aider,
et nous ferons tout notre possible.

— Je vous ai certainement rencontrée à
Plymouth, au cours d'une garden-party, il
n'y a pas longtemps, madame Straker! fit
Holmes.

— Non, monsieur. Vous vous trompez.

— Mon Dieu! Et moi qui l'aurais juré! Vous portiez un tailleur de soie gorge-de-pigeon avec des garnitures de plumes d'autruche.

— Je n'ai jamais possédé une pareille robe, répondit la dame.

— Alors, n'en parlons plus! »

Et, après quelques mots d'excuses. Holmes suivit dehors l'inspecteur. Une courte marche à travers la lande nous conduisit vers la cuvette où le corps avait été découvert. Sur la bordure se dressait le buisson d'ajoncs où était accroché le manteau de pluie.

« Je crois qu'il n'y avait pas de vent cette nuit-là? demanda Holmes.

— Non, mais une très forte pluie.

— Dans ce cas, le manteau n'a pas été projeté par le vent contre le buisson, mais posé dessus.

— Oui, il était posé en travers.

— Très intéressant! Je remarque que le sol a été beaucoup piétiné. Sans doute y a-t-il eu de nombreux pieds qui se sont promenés par ici depuis la nuit de lundi?

— Un bout de paillasson avait été placé sur le côté, et nous sommes tous restés dessus.

— Parfait!

— Dans ce sac, j'ai l'une des bottes que portait Straker, l'une des chaussures de Simpson, et un vieux fer du cheval.

— Mon cher inspecteur, vous vous surpassez! »

Holmes prit le sac, descendit dans le creux de la cuvette et poussa le paillasson vers le milieu. Puis il s'allongea dessus, sur le ventre, avec le menton appuyé sur les mains, et il étudia soigneusement la boue piétinée en face de lui.

« Hello! fit-il soudain. Qu'est ceci? »

C'était une allumette-bougie, à demi consumée, et qui était tellement couverte de boue qu'on aurait dit une petite brindille de bois.

« Je ne comprends pas comment elle m'a échappé! dit l'inspecteur visiblement vexé.

— Elle était invisible, enterrée dans la boue. Je ne l'ai vue que parce que je la cherchais.

— Comment! Vous vous attendiez à la trouver?

— Je pensais que ce n'était pas improbable. »

Il prit les souliers dans le sac et compara les semelles avec les empreintes sur le sol. Puis il regrimpa sur le bord de la cuvette et rampa à travers les fougères et les buissons.

« Je crains qu'il n'y ait plus de traces, dit l'inspecteur. J'ai examiné très attentivement le terrain sur cent mètres dans toutes les directions.

— Vraiment? s'écria Holmes en se remettant debout. Dans ce cas, je n'aurais pas l'impertinence de recommencer après vous! Mais j'aimerais faire une petite promenade sur la lande avant la nuit, afin que je reconnaisse mon terrain pour demain. Si vous n'y voyez pas d'inconvénient, je mets ce fer à cheval dans ma poche pour tenter la chance. »

Le colonel Ross, qui avait montré quelque impatience devant la méthode posée et systématique de mon compagnon, regarda ostensiblement sa montre.

« Je voudrais que vous reveniez avec moi, inspecteur! dit-il. Il y a un certain nombre de choses sur lesquelles j'aimerais vous consulter; en particulier celle-ci : ne devons-nous pas au public de retirer le nom de notre cheval des partants de la Wessex Cup?

— Certainement pas! s'exclama Holmes. Moi, je laisserais figurer le nom. »

Le colonel s'inclina.

« Je suis très heureux d'avoir eu votre avis, monsieur! dit-il. Vous nous retrouverez à la maison du pauvre Straker quand vous aurez achevé votre promenade. Après quoi nous pourrons rentrer ensemble à Tavistock. »

Il fit demi-tour avec l'inspecteur, pendant que Holmes et moi nous enfoncions lentement dans la lande. Le soleil s'infléchissait derrière les écuries de Capleton. La longue plaine ondulée était frangée d'or; elle s'approfondissait en un chaud marron rougeâtre partout où les fougères flétries et les ronces attrapaient la lumière de cette soirée. Mais le paysage se faisait inutilement glorieux pour mon compagnon qui était plongé dans de silencieuses méditations.

« Voilà la méthode, Watson! me dit-il enfin. Nous pouvons laisser de côté pour l'instant la question de savoir qui a tué John Straker, et nous limiter à découvrir ce qu'il est advenu du cheval. Voyons! Supposons qu'il se soit enfui pendant ou après le drame : où serait-il allé? Le cheval est un animal grégaire. Abandonné à lui-même, ses instincts l'auraient mené soit de nouveau à King's Pyland soit à Capleton de l'autre côté. Pourquoi aurait-il joué au cheval sauvage sur la lande? Quelqu'un l'aurait d'ailleurs aperçu. Et pourquoi des romanichels l'auraient-ils kidnappé? Ces gens-là s'empressent de fuir les coins à histoires car ils ne tiennent pas à être empoisonnés par la police. Ils ne peuvent pas espérer vendre un cheval pareil. Donc en s'en emparant ils auraient couru un grand risque pour ne rien gagner : voilà au moins qui est clair!

— Alors où est-il, ce cheval?

— J'ai déjà dit qu'il devrait être soit à King's Pyland soit à Capleton. Puisqu'il n'est pas à King's Pyland, il est donc à Capleton. Prenons ceci comme hypothèse de travail et cherchons un peu où elle nous mène. Cette partie de la lande, comme l'a fait observer l'inspecteur, est très dure et très sèche. Mais elle descend vers Capleton. D'ici on peut distinguer une dépression du sol : dans la nuit de lundi à mardi elle devait être assez détrempée! Si notre supposition est correcte, le cheval a dû traverser cette partie de la lande. Nous sommes donc bien placés pour chercher ses traces hypothétiques... »

Pendant cette conversation nous avions marché d'un pas vif; en quelques minutes nous étions arrivés devant la dépression en question. A la requête de Holmes je descendis par la droite et lui par la gauche. Mais je n'avais pas fait cinquante pas que je l'entendis pousser un cri et que je le vis me faire un signe de la main. Sur le sol mou en face de lui, il y avait les empreintes d'un cheval, et le fer qu'il tira de sa poche les remplissait exactement.

« Comprenez-vous la valeur de l'imagination? me dit Holmes. C'est la seule qualité qui fasse défaut à Gregory. Nous avons imaginé ce qui aurait pu arriver. Nous avons agi conformément à cette supposition. Nous voilà justifiés. Avançons! »

Nous franchîmes le fond marécageux de la dépression et nous marchâmes pendant quatre cents mètres sur un terrain sec et dur. De nouveau le sol nous offrit une déclivité et de nouveau nous relevâmes les traces du cheval. Puis nous les perdîmes pendant près de huit cents mètres pour les retrouver une fois de plus tout près de Capleton. Ce fut Holmes qui les aperçut le premier et en me les désignant il avait sur le visage une expression de triomphe. A côté des traces du cheval il y avait celles d'un homme.

« Jusque-là, le cheval était seul! m'écriai-je.

— Très juste! Il était seul auparavant. Hello! Qu'est ceci? »

La double piste s'interrompait brusquement, ou plutôt faisait demi-tour et reprenait la direction de King's Pyland. Holmes sifflota et tous deux nous la suivîmes. Les yeux de Holmes étaient sur les traces, mais regardant un peu sur un côté je découvris à ma stupéfaction les mêmes traces qui reparaissaient à nouveau mais dans la direction opposée, vers Capleton encore une fois.

« Un bon point pour vous, Watson! me dit Holmes. Vous nous avez épargné une longue marche qui nous aurait ramenés à notre point de départ. Suivons la piste du retour. »

Nous n'eûmes pas à aller loin. Les empreintes se terminaient sur la chaussée d'asphalte qui montait aux grilles des écuries de Capleton. Quand nous nous en approchâmes, un valet accourut.

« Nous n'voulons pas de rôdeurs par ici! nous dit-il.

— Une simple question! fit Holmes. Serait-ce trop tôt pour voir votre patron, M. Silas Brown, si je venais demain matin à cinq heures?

— 'Mande pardon, m'sieur! Si quelqu'un vient il y sera : il est toujours le premier levé. Mais tenez, l'voici : il va vous répondre en personne. Non, m'sieur, non! Ça m'coûterait ma place s'il me voyait prendre votre argent. Plus tard, si ça vous chante... »

Sherlock Holmes replaça dans sa poche la demi-couronne qu'il en avait tirée. Un homme d'âge moyen, au visage peu aimable, apparut avec un stick de chasse à la main.

« Qu'est-ce que c'est, Dawson? cria-t-il. Pas de bavardages! Va à ton travail! Et vous... Qu'est-ce que vous venez fiche ici?

— Nous sommes venus pour avoir avec vous

dix minutes de conversation, mon bon monsieur! lui répondit Holmes de sa voix la plus suave.

— Comme si j'avais le temps de parler à n'importe quel vagabond! Nous ne voulons pas d'étrangers par ici. Fichez le camp! Sinon je pourrais bien vous mettre un chien aux fesses... »

Holmes se pencha en avant et chuchota quelques mots à l'oreille de l'entraîneur. Il sursauta et rougit jusqu'aux tempes.

« C'est un mensonge! criait-il. Un mensonge infernal!

— Parfait! En discuterons-nous publiquement, ou dans votre salon?

— Oh! entrez si ça vous fait plaisir! »

Holmes sourit.

« Je ne me ferai pas attendre plus de quelques minutes, Watson, me dit-il. A présent, monsieur Brown, je suis à votre disposition. »

Ces quelques minutes en firent vingt en fin de compte. Les pourpres du ciel avaient viré au gris lorsque Holmes et l'entraîneur reparurent. Jamais je n'avais assisté à une transformation aussi radicale que celle que me montra le visage de Silas Brown au bout de ce bref intervalle. Il avait le teint couleur de cendre, le front inondé de sueur, et ses mains tremblaient si fort que son stick de chasse remuait comme une branche sous le vent. Ses manières de bravache impérieux s'étaient évanouies; il suivait obséquieusement mon compagnon : on aurait dit un chien avec son maître.

« Vos ordres seront exécutés. Ce sera fait! disait-il.

— Qu'il n'y ait pas d'erreur, n'est-ce pas? » insista Holmes en se retournant vers lui.

L'autre tressaillit devant la menace qui planait dans ce regard.

« Oh! non, il n'y aura pas d'erreur! Il sera là. Est-ce que je dois le changer, ou non? »

Holmes réfléchit quelques instants puis éclata de rire.

« Non, laissez-le! répondit-il. Je vous écrirai à ce sujet. Et pas de mauvais tours maintenant, ou...

— Vous pouvez me faire confiance!

— Vous veillez sur lui pour le jour dit, comme s'il était à vous.

— Vous pouvez vous reposer entièrement sur moi.

— Oui, je pense que je le peux. Eh bien, vous aurez demain de mes nouvelles. »

Il vira sur les talons, dédaignant la main tremblante que l'autre lui tendait, et nous repartîmes pour King's Pyland.

« J'ai rarement rencontré un mélange plus parfait de brutalité, de lâcheté et de pleutrerie qu'en ce M. Silas Brown! observa Holmes tout en marchant.

— Il a le cheval, alors?

— Il a essayé de me répondre par des rodomontades, mais je lui ai dépeint avec une telle exactitude ce qu'il avait fait ce matin-là qu'il est persuadé que je le surveillais. Je suis sûr que vous avez remarqué dans les traces de pas les bouts bizarrement carrés, et que ses bottes à lui correspondaient à ce dessin. D'autre part aucun subordonné n'aurait osé se lancer dans une affaire pareille. Je lui racontai donc comment, étant selon son habitude le premier levé, il aperçut un cheval qui ne lui appartenait pas et qui errait sur la lande; comment il s'en approcha; comment il fut stupéfait de constater, d'après le front blanc d'où vient le nom de Flamme d'argent, que la chance lui permettait de mettre la main sur le seul cheval capable de battre celui sur lequel il avait parié gros. Puis je lui rappelai comment son premier mouvement avait été de le reconduire à King's Pyland, et comment le diable lui avait soufflé qu'il pouvait cacher le cheval jusqu'à ce que la course fût courue. Et je lui dis comment il l'avait ramené et caché à Capleton. Lorsque je lui eus donné tous les détails il s'effondra et n'eut plus qu'une idée : sauver sa peau.

— Mais ses écuries ont été fouillées!

— Oh! un vieux maquilleur de chevaux comme lui a plus d'un tour dans son sac!

— Mais n'êtes-vous pas inquiet de lui abandonner le cheval, puisqu'il est si intéressé à ce qu'il soit abîmé pour la course?

— Mon cher ami, il veillera sur lui comme sur la prunelle de ses yeux! Il sait que sa seule chance de pardon consiste à le présenter en bon état.

— Le colonel Ross ne me donne guère l'impression qu'il serait disposé à pardonner si peu que ce fût!

— Ce n'est pas au colonel Ross de régler l'affaire. Je suis mes méthodes personnelles, et j'en dis aussi long ou aussi peu qu'il me plaît. C'est l'avantage de ne pas être une personnalité officielle. Je ne sais pas si vous vous êtes rendu compte, Watson, que le colonel s'est montré un tant soit peu cavalier à mon égard. J'ai maintenant envie de m'amuser légèrement à ses dépens. Ne lui dites rien sur le cheval.

— Bien sûr que non, si vous ne m'y autorisez pas!

— D'ailleurs ceci est relativement d'une importance minime par rapport à la question de savoir qui a tué John Straker.

— Et vous allez maintenant vous consacrer à cette énigme?

— Pas du tout. Nous rentrerons ensemble à Londres par le train de nuit. »

Je fus littéralement assommé par cette réponse de mon ami. Nous n'avions passé que quelques heures dans le Devonshire, et voilà qu'il abandonnait une enquête qu'il avait si brillamment commencée! C'était incompréhensible! Je ne parvins pas à lui arracher un mot de plus avant que nous ne fussions de retour à la maison de l'entraîneur. Le colonel et l'inspecteur nous attendaient dans le petit salon.

« Mon ami et moi-même, nous allons rentrer en ville par l'express de minuit, annonça Holmes. Nous avons merveilleusement respiré l'air enchanteur de Dartmoor. »

L'inspecteur ouvrit tout grands les yeux. Le colonel eut un méchant sourire.

« Ainsi vous désespérez de pouvoir arrêter les meurtriers du pauvre Straker? » dit-il.

Holmes haussa les épaules.

« Il existe incontestablement de sérieux obstacles! déclara-t-il. J'ai tout lieu d'espérer, cependant, que votre cheval sera au départ mardi prochain; vous ferez bien d'avoir votre jockey tout prêt. Puis-je vous demander une photographie de M. John Straker? »

L'inspecteur en prit une dans une enveloppe qu'il avait en poche et la lui tendit.

« Mon cher Gregory, vous allez au-devant de tous mes désirs. Puis-je vous prier de m'attendre un instant ici? Je pense à une question que je voudrais poser à la bonne.

— Je dois dire, affirma brusquement le colonel Ross dès que mon ami eut quitté le salon, que je suis plutôt déçu de notre consultant de Londres. Je ne vois pas que nous soyons plus avancés qu'avant son arrivée.

— Au moins, vous avez l'assurance qu'il vous a donnée : votre cheval courra! dis-je.

— Oui, je possède son assurance, fit le colonel avec un haussement d'épaules. Je préférerais posséder le cheval! »

J'allais répliquer quelque chose pour défendre mon ami, mais celui-ci rentra.

« A présent, messieurs, je suis prêt à repartir pour Tavistock. »

Pendant que nous grimpions dans la voiture, l'un des valets d'écurie nous tint la porte ouverte. Une idée soudaine sembla venir à Holmes, car il se pencha en avant et toucha le lad à la manche.

« Vous avez des moutons dans l'enclos, dit-il. Qui s'occupe d'eux?

— Moi, monsieur.

— Vous n'avez rien remarqué récemment qui clochât chez eux?

— Ma foi, monsieur, rien de bien important... Pourtant, trois d'entre eux se sont mis à boiter, monsieur. »

Je pus voir que Holmes fut très content, car il eut un petit rire et se frotta les mains.

« Un joli coup, Watson. Un joli coup en longueur! » me dit-il en me pinçant le bras.

Et il ajouta :

« Gregory, permettez-moi de recommander à votre attention cette singulière épidémie parmi les moutons. Allons-y, cocher! »

Le colonel Ross continuait d'arborer une expression destinée à montrer la piètre opinion qu'il s'était formée des capacités de mon compagnon, mais je vis par contre sur la figure de l'inspecteur l'éveil d'un vif intérêt.

« Vous estimez que c'est important? demanda-t-il à Holmes.

— Extrêmement important.

— Y a-t-il un autre point sur lequel vous désireriez attirer mon attention?

— Sur le bizarre incident du chien pendant la nuit.

— Le chien? Il n'y a eu aucun incident avec lui pendant la nuit.

— Voilà l'incident bizarre, justement! » observa Sherlock Holmes.


Quatre jours plus tard, Holmes et moi étions de nouveau dans le train de Winchester, afin d'assister à la Wessex Cup. Le colonel Ross nous rencontra sur rendez-vous hors de la gare, et il nous emmena dans son drag au champ de courses derrière la ville. Il avait le visage grave et son comportement traduisait une froideur extrême.

« Je n'ai pas revu mon cheval, dit-il.

— Je suppose que vous le reconnaîtrez quand vous le verrez? » demanda Holmes.

Le colonel fut très mécontent.

« Depuis vingt ans que je fréquente les champs de courses, jamais on ne m'a posé une pareille question! dit-il. Un enfant reconnaîtrait Flamme d'argent avec son front blanc et sa patte antérieure pommelée!

— Où en sont les cotes?

— Eh bien, la cote est bizarre. Hier vous pouviez avoir du quinze contre un, mais l'écart s'est de plus en plus réduit. Maintenant il est difficile d'obtenir du trois contre un.

— Hum! fit Holmes. Quelqu'un est au courant, c'est sûr! »

Quand le drag s'arrêta près de la grande tribune, je regardai le tableau pour savoir quels étaient les partants. Il était rédigé ainsi :

---

### WESSEX CUP

pour quatre et cinq ans. 1 000 souverains au premier.
300 livres au deuxième. 200 livres au troisième.
Distance : 2 614 mètres.

1 — *Le Négro* (M. Heath Newton).
    toque rouge, casaque cannelle.
2 — *Pugiliste* (Colonel Wardlaw).
    toque rose, casaque bleue et noire.
3 — *Desborough* (Lord Backwater).
    toque jaune, manches jaunes.
4 — *Flamme d'argent* (Colonel Ross).
    toque noire, casaque rouge.
5 — *Iris* (Duc de Balmoral).
    raies jaunes et noires.
6 — *Rasper* (Lord Singleford).
    toque pourpre, manches noires.

---

« Nous avons retiré l'autre et nous avons placé tous nos espoirs sur votre parole, dit le colonel. Comment! Qu'est-ce à dire? Flamme d'argent est favori?

— Flamme d'argent à cinq contre quatre!

rugissaient les bookmakers. Cinq contre quatre pour Flamme d'argent! Desborough à quinze contre cinq! Cinq contre quatre sur le champ!

— Tout est réglé! criai-je. Ils sont là tous les six!

— Tous les six? s'exclama le colonel très agité. Mais je ne le vois pas. Mes couleurs n'ont pas défilé.

— Cinq seulement ont défilé. Voilà : ce doit être lui! »

Comme je parlais, un puissant cheval bai se rua hors de l'enceinte du pesage, passa au petit galop à côté de nous : il portait sur sa selle les couleurs bleu et rouge bien connues du colonel.

« Ce n'est pas mon cheval! protesta le propriétaire. Cet animal n'a pas un poil blanc sur le corps. Qu'est-ce que vous avez fait, monsieur Holmes?

— Allons, allons, voyons un peu comment il se comporte! » murmura mon ami, imperturbable.

Il regardait avec mes jumelles, puis s'écria brusquement :

« Capital! Un excellent départ! Les voilà : ils abordent le virage. »

De notre drag nous avions une vue magnifique sur la ligne droite qu'ils entamaient. Les

six chevaux étaient si serrés que l'expression
« dans un mouchoir » s'imposait. A mi-distance
du ruban jaune, l'écurie de Capleton passa en
tête. Mais avant qu'ils n'arrivassent à notre
hauteur, Desborough avait vidé son sac, et le
cheval du colonel, dans un rush, passait le po-
teau avec six bonnes longueurs d'avance sur son
rival. Iris, du duc de Balmoral, finissant mauvais troisième.

« J'ai tout de même gagné! haleta le colonel
en passant une main sur son front. Je confesse
que je n'y comprends rien. Pensez-vous que vous
avez conservé suffisamment longtemps le secret,
monsieur Holmes?

— Certainement, colonel. Vous allez tout savoir. Venez. Allons examiner tous ensemble ce
cheval... Le voici! indiqua-t-il lorsque nous
eûmes pénétré dans l'enclos du pesage où
étaient seuls admis les propriétaires et leurs
amis. Il ne vous reste plus qu'à lui laver la
tête et les pattes à l'esprit de vin, et vous retrouverez le même Flamme d'argent qu'auparavant.

— Vous me coupez le souffle!

— Je l'ai trouvé entre les mains d'un tru-
queur, et j'ai pris la liberté de le faire courir
sous son maquillage.

— Mon cher monsieur, vous avez fait mer-

veille! Le cheval paraît tout à fait en bon état.
Il n'a jamais si bien couru de toute sa vie. Je
vous dois des milliers d'excuses pour avoir mis
en doute vos capacités. En retrouvant mon cheval vous m'avez rendu un immense service.
Mais vous m'en rendriez un plus grand encore
si vous pouviez mettre la main sur l'assassin
de John Straker.

— C'est ce que j'ai fait », répondit calme-
ment Holmes.

Le colonel et moi, nous le regardâmes sans
comprendre.

« Vous l'avez identifié! Où est-il, alors?

— Ici.

— Ici! Où?

— A côté de moi en ce moment. »

Le colonel devint écarlate de colère.

« Je reconnais que je vous dois beaucoup
d'obligations, monsieur Holmes, mais je me
vois obligé de considérer ce que vous venez de
dire soit comme une très mauvaise plaisanterie,
soit comme une insulte. »

Holmes se mit à rire.

« Je vous assure que je ne vous ai nullement
associé au crime, colonel! fit-il. Le véritable
assassin se tient immédiatement derrière vous. »

Il fit un pas et posa sa main sur le cou lustré
du pur-sang.

« Le cheval! s'exclama le colonel.

— Flamme d'argent! balbutiai-je.

— Oui, lui. Et accordons-lui les circonstances atténuantes car il a agi en état de légitime défense. John Straker était absolument indigne de votre confiance. Mais voilà la cloche. Comme j'espère gagner un peu d'argent dans la suivante, je reporte à plus tard une explication complète. »

Nous étions seuls dans le pullman qui nous ramenait à Londres, et je suppose que rarement voyage parut plus court au colonel Ross, car lui comme moi nous fûmes suspendus au récit que nous fit notre compagnon tant des événements qui s'étaient déroulés dans la nuit de lundi à mardi dans les écuries d'entraînement de Dartmoor que des moyens grâce auxquels il était parvenu à en débrouiller l'écheveau.

« J'avoue, commença-t-il, que toutes les théories que j'avais échafaudées d'après les comptes rendus de journaux s'avérèrent totalement erronées. Et pourtant ces comptes rendus contenaient des indications, mais celles-ci étaient submergées par un flot d'autres détails qui dissimulaient leur réelle importance. Je me rendis dans le Devonshire avec la conviction que Fitzroy Simpson était le vrai coupable, tout en me

rendant compte, naturellement, que les charges
retenues contre lui ne suffisaient pas pour cons-
tituer une preuve.

« Ce fut lorsque je me trouvai dans la voiture, juste en arrivant à la maison de l'entraîneur, que je réalisai la formidable signification
du mouton au curry. Vous vous rappelez que
je vous parus distrait, puisque je demeurai assis
après que tous vous fûtes descendus. J'étais en
train de me demander par quelle aberration
j'avais négligé une indication aussi considérable.

— Quant à moi, dit le colonel, je confesse
que même à présent je ne vois pas du tout de
quel secours elle nous est.

— Dans ma chaîne logique, elle fut mon
premier anneau. L'opium en poudre n'est pas
insipide. Son goût n'a rien de désagréable, mais
il est perceptible. S'il avait été mélangé à un
plat ordinaire, le mangeur l'aurait certainement
détecté et sans doute n'y aurait plus touché.
Le curry était juste ce qu'il fallait pour dissimuler ce goût. Il n'y avait aucune possibilité
pour que l'étranger Fitzroy Simpson eût été la
cause qu'on eût servi du curry ce soir-là dans
la famille de l'entraîneur. Et la coïncidence
aurait été trop monstrueuse s'il était venu avec
de l'opium en poudre ce soir-là où justement

le plat qui avait été préparé était le seul qui
pût le faire passer inaperçu. C'est impensable!
Donc Simpson se trouve éliminé du problème.
Notre attention se centre alors sur Straker et sa
femme : en effet ce sont les deux seules personnes qui ont pu choisir comme plat du soir
le mouton au curry. L'opium avait été ajouté
après que l'assiette du lad eut été mise à part,
puisque les autres avaient mangé sans avoir
subi les effets de l'opium. Lequel des deux,
donc, avait approché de l'assiette sans que la
bonne l'eût vu?

« Avant de trancher cette question, j'avais
saisi toute la signification du silence du chien,
car il suffit d'une déduction valable pour en
entraîner d'autres. L'incident Simpson m'avait
révélé qu'un chien gardait les écuries, ou, tout
au moins, s'y trouvait. Et pourtant, bien que
quelqu'un fût entré et fût sorti avec un cheval, le chien n'avait pas aboyé suffisamment
pour réveiller les deux lads qui dormaient dans
le grenier. De toute évidence le visiteur de
minuit était quelqu'un que le chien connaissait
bien!

« J'étais déjà convaincu, du moins presque
convaincu, que John Straker était descendu aux
écuries en pleine nuit et qu'il y avait pris
Flamme d'argent. Dans quel but? Sûrement

dans un but malhonnête, sinon il n'aurait pas
drogué son propre valet d'écurie. Et je me
creusais la tête pour deviner ce qu'il avait eu
dans la sienne. Il y a eu des exemples où des
entraîneurs ont empoché de grosses sommes
d'argent en misant contre leurs chevaux, par
personnes interposées, et ensuite en les empê-
chant de gagner par une fraude quelconque.
Quelquefois c'est un jockey qui retient. Ou bien
c'est par un moyen plus sûr et plus subtil.
Avec Straker, de quoi s'agissait-il? J'espérais
que le contenu de ses poches m'aiderait à
conclure.

« Effectivement il en fut ainsi. Vous ne pouvez pas avoir oublié le couteau bizarre trouvé
dans la main du mort : couteau qu'aucun
homme sain d'esprit n'aurait choisi comme
arme. C'était en réalité, le docteur Watson nous
l'a dit, une sorte de bistouri utilisé pour les
opérations chirurgicales les plus délicates. Et
cette nuit-là il devait servir à une opération
délicate. Vous devez savoir, avec votre vaste
expérience des choses du turf, colonel Ross,
qu'il est possible de pratiquer une légère entaille sur les tendons du jarret d'un cheval, et
de la faire sous-cutanée de façon à ne laisser
aucune trace. Un cheval traité ainsi se mettrait
à boiter légèrement, ce qui serait attribué à un

rhumatisme ou à du surentraînement, mais jamais à la malveillance.

— Le bandit! Le scélérat! cria le colonel.

— Voilà pourquoi John Straker voulait sortir le cheval et le mener sur la lande. Un animal aussi ardent aurait certainement réveillé le plus fort dormeur du monde en sentant la pointe du bistouri. Il fallait donc opérer en plein air.

— J'ai été aveugle! gémit le colonel. Voilà pourquoi il avait besoin de la chandelle et pourquoi il alluma l'allumette.

— Sans doute. Mais en examinant ses affaires, j'eus la chance de découvrir, non seulement la méthode du crime, mais aussi ses mobiles. Vous êtes homme du monde, colonel : vous savez donc qu'un homme ne porte pas dans sa poche les notes d'une autre personne. Nous avons tous suffisamment à faire pour régler les nôtres. J'en conclus aussitôt que Straker menait une vie double et avait une deuxième maison. La nature de la note montrait qu'il y avait une dame en cause, et que cette dame avait des goûts dispendieux. Vous avez beau être généreux avec vos employés, il est difficile d'admettre qu'ils puissent acheter des costumes tailleurs de vingt guinées à leurs femmes! J'interrogeai Mme Straker sur cet ensemble et, m'étant assuré qu'il ne lui était jamais parvenu. je pris note de l'adresse du couturier. Je sentais bien qu'en y allant, muni de la photographie de Straker, le mythe de ce M. Darbyshire se dissiperait.

« A partir de ce moment, tout était simple. Straker avait mené le cheval dans un creux de terrain où sa lumière serait invisible. Simpson, en s'enfuyant, avait perdu sa cravate. Straker la ramassa peut-être avec l'idée qu'elle pourrait lui être utile pour immobiliser la patte du cheval. Une fois dans la cuvette il était passé derrière Flamme d'argent, et avait allumé son allumette, mais l'animal, effrayé par cette lueur subite ou peut-être mû par l'étrange instinct des bêtes qui sentent qu'on va leur faire du mal, démarra sec et son fer frappa Straker en plein sur le front. Lui déjà, malgré la pluie et pour être plus à l'aise, avait retiré son manteau. Et quand il tomba, son bistouri lui entailla la cuisse. Ai-je été assez clair?

— Merveilleux! s'écria le colonel. Merveilleux! On croirait que vous y étiez!

— Mon coup final fut, je l'avoue, un joli coup en longueur. Je réfléchis qu'un gaillard aussi rusé que Straker n'aurait pas entrepris cette délicate opération au tendon sans s'être un peu entraîné auparavant. Sur quoi pouvait-il se faire la main? Mes yeux tombèrent sur les moutons, et je posai une question qui amena en guise de réponse la preuve que mon hypothèse était correcte.

— Tout est parfaitement éclairci, monsieur Holmes.

— Quand je revins à Londres je me rendis chez le couturier qui reconnut tout de suite Straker comme un excellent client, du nom de Darbyshire, et dont la femme affichait une partialité prononcée pour les robes chères. Je suis sûr que cette femme l'a mis dans une situation financière désastreuse, ce qui l'a conduit à ce misérable complot.

— Vous avez tout expliqué, sauf une chose! s'écria le colonel. Où était le cheval?

— Ah! il s'était sauvé et il a été pris en charge par l'un de vos voisins! De ce côté nous devrons voter une amnistie, je crois. Allons, voilà l'embranchement de Clapham, si je ne m'abuse. Nous arriverons à Victoria dans moins de dix minutes. Si vous voulez bien fumer un cigare dans nos appartements, colonel, je serai heureux de vous fournir tous autres détails susceptibles de vous intéresser. »

## CHAPITRE II

## LA FIGURE JAUNE

LES dons exceptionnels de mon compagnon m'ont permis d'être l'auditeur, et parfois l'acteur, de drames étranges. En publiant ces croquis tirés de dossiers innombrables, j'insiste tout naturellement davantage sur les succès de Holmes que sur ses échecs. Ne croyez pas que je le fasse dans l'intérêt de sa réputation : c'était en effet dans les cas où toutes ses ressources paraissaient épuisées qu'il déployait une énergie et une vivacité d'esprit absolument admirables. La raison est ailleurs : là où il échouait personne d'autre, généralement, ne réussissait; du coup l'affaire s'enterrait avant d'avoir reçu une conclusion. Il arriva tout de même que Holmes se trompa et que la vérité fut néanmoins tirée du puits. Je possède des notes sur une demi-douzaine de cas de ce genre : l'affaire de la deuxième tache et celle que je vais raconter sont les deux qui présentent un maximum d'intérêt.

Sherlock Holmes prenait rarement de l'exercice par amour de l'exercice. Peu d'hommes, à ma connaissance, étaient capables d'un plus grand effort musculaire et, sans contestation possible, il comptait parmi les meilleurs boxeurs à son poids. Mais il considérait l'effort physique sans objet comme un gaspillage d'énergie. S'il se remuait, cela faisait partie de son activité professionnelle. Il était alors infatigable. Son régime alimentaire péchait plutôt par un excès de frugalité que par une trop grande richesse. Ses habitudes fort simples frôlaient l'austérité. En dehors de la cocaïne dont il usait par intermittences, je ne lui connaissais pas de vice. D'ailleurs lorsqu'il se tournait vers la drogue, c'était pour protester à sa manière contre la monotonie de l'existence, sous le prétexte que les affaires étaient rares et les journaux sans intérêt.

Cette année-là, le printemps s'annonçait précoce. Holmes rompit un après-midi avec ses habitudes pour faire une promenade dans Hyde Park en ma compagnie : les premières touches de vert égayaient les ormes, les poisseuses barbes des noisettes commençaient à jaillir de leurs quintuples feuilles. Pendant deux heures nous marchâmes pour le plaisir de marcher. Le plus souvent sans échanger une phrase, comme il sied à deux hommes qui se connaissent intimement. Quand nous nous retrouvâmes dans Baker Street il était près de cinq heures.

Notre groom nous arrêta sur le seuil de la maison.

« Pardon, monsieur! Un monsieur vous a demandé, monsieur. »

Holmes m'accabla d'un regard lourd de reproches.

« Voilà bien les promenades! s'écria-t-il. Ce monsieur est reparti?

— Oui, monsieur.

— Vous ne lui aviez pas dit d'entrer?

— Si, monsieur. Il est entré.

— Combien de temps a-t-il attendu,

— Une demi-heure, monsieur. C'était un monsieur bien agité, monsieur! Il marchait, il n'a pas arrêté de tout le temps qu'il est resté ici. J'attendais à la porte, monsieur, et je l'entendais. A la fin il est sorti dans le couloir et il a crié : « Est-ce que cet homme ne va jamais « rentrer? » Tel que je vous le dis, monsieur! J'ai répondu : « Vous n'avez qu'à attendre un « petit peu encore. » Il m'a dit : « Alors, je « vais attendre au grand air, car je me sens « comme si j'étouffais. Je vais revenir bientôt! »

Là-dessus il est sorti. Rien de ce que je lui ai dit n'a pu le retenir.

— Bon! Vous avez fait pour le mieux, dit Holmes tandis que nous pénétrions dans notre salon. C'est tout de même assommant, Watson! J'avais vraiment besoin d'une affaire pour me distraire, et d'après l'impatience de ce client, j'en aurais eu une d'importance, sans doute... Halloa! Sur la table ce n'est pas votre pipe. Il doit avoir oublié la sienne. Une belle pipe en vieille bruyère avec un bon tuyau terminé par ce que le marchand de tabac appelle de l'ambre. Je me demande combien il y a dans Londres de vrais tuyaux de pipe en ambre. On m'a affirmé que lorsqu'il y avait une mouche de-dans c'était un signe d'authenticité. Voici une industrie : mettre des fausses mouches dans du faux ambre! Eh bien, il faut que notre visi-teur ait été très troublé pour oublier une pipe à laquelle il attache un grand prix!

— Comment savez-vous qu'il y attache un grand prix?

— Voyons : cette pipe coûte à l'achat sept shillings et six pence. Or, elle a été deux fois réparée : une fois dans le tuyau en bois, une autre fois dans l'ambre. Ces deux réparations ont été faites, comme vous le remarquez, avec des bagues d'argent qui ont dû coûter plus que la pipe. L'homme qui préfère raccommoder sa pipe plutôt que d'en acheter une neuve pour le même prix y attache en principe une grande valeur.

— Rien d'autre? » interrogeai-je.

Holmes tournait et retournait la pipe dans sa main et il la contemplait pensivement, à sa manière.

Il la leva en l'air et la tapota de son long index maigre comme aurait fait un professeur dissertant sur un os.

« Les pipes sont parfois d'un intérêt extraordinaire, dit-il. Je ne connais rien qui ait plus de personnalité sauf, peut-être, une montre ou des lacets de chaussures. Ici toutefois les indications ne sont ni très nettes ni très importantes. Le propriétaire de cette pipe est évidemment un gaucher solidement bâti qui possède des dents excellentes, mais qui est assez peu soigné et qui ne se trouve pas contraint de pratiquer la vertu d'économie. »

Mon ami me livra tous ces renseignements avec une nonchalance affectée, car je le vis me regarder du coin de l'œil pour savoir si j'avais suivi son raisonnement.

« Vous pensez qu'un homme qui fume une pipe de sept shillings doit vivre dans l'aisance? dis-je.

— Voici du tabac de Grosvenor à huit pence les 30 grammes, me répondit Holmes en en faisant tomber quelques miettes sur la paume de sa main. Comme il pourrait acheter du très bon tabac pour un prix moitié moindre, il n'a pas besoin d'être économe.

— Et les autres points?

— Il a pris l'habitude d'allumer sa pipe à des lampes ou à des flammes de gaz. Regardez : là, sur un côté, elle est toute carbonisée. Une allumette ne ferait pas ces dégâts : personne ne tient une allumette à côté de sa pipe. Mais personne non plus ne peut allumer une pipe à une lampe sans brûler le fourneau. Et le fourneau est brûlé du côté droit. J'en déduis donc que ce fumeur est un gaucher. Approchez votre pipe près de la lampe : comme vous êtes droitier, tout naturellement c'est le côté gauche que vous exposez à la flamme. Vous pourriez de temps à autre exposer le côté droit, mais vous ne le feriez pas habituellement. Or, cette pipe n'est brûlée que du côté droit. Par ailleurs l'ambre a été mordu, abîmé. Ce qui suppose un fumeur musclé, énergique, et pourvu d'une excellente dentition. Mais si je ne me trompe pas, le voilà dans l'escalier : nous allons avoir à étudier quelque chose de plus intéressant que sa pipe. »

Un instant plus tard, la porte s'ouvrit, et un homme jeune, de grande taille, pénétra dans notre salon. Il était vêtu avec une simplicité de bon goût : costume gris foncé, chapeau de feutre marron. Je lui aurais à peine donné trente ans; en réalité il en avait un peu plus.

« Je vous prie de m'excuser, commença-t-il vaguement confus. Je crois que j'aurais dû frapper. Oui, bien sûr, j'aurais dû frapper à la porte! Le fait est que je suis un peu bouleversé. Alors mettez cet oubli sur le compte de mes ennuis. »

Il passa la main sur son front comme quelqu'un à demi hébété, avant de tomber sur une chaise.

« Je vois que vous n'avez pas dormi depuis deux ou trois jours, fit Holmes avec une gentillesse spontanée. Le manque de sommeil met les nerfs d'un homme à l'épreuve plus que le travail, et même plus que le plaisir. Puis-je savoir comment je pourrais vous aider?

— Je voulais votre avis, monsieur. Je ne sais pas quoi faire, et c'est toute ma vie qui s'effondre.

— Vous désirez me consulter en tant que détective?

— Pas cela seulement. Je veux l'opinion d'un homme de bon jugement, d'un homme du monde aussi. Je veux savoir ce que je devrais faire. J'espère que vous serez capable de me le dire. »

Il s'exprimait par petites phrases qui étaient autant d'explosions. J'eus l'impression que parler lui était très pénible et que sa volonté luttait pour dominer son penchant au mutisme.

« Il s'agit d'une chose très délicate, nous expliqua-t-il. On n'aime pas parler de ses affaires domestiques aux étrangers. Cela me semble terrible de discuter de la conduite de ma femme avec deux hommes que je n'ai jamais vus auparavant. C'est horrible d'avoir à le faire. Mais je n'en peux plus. Il me faut un conseil.

— Mon cher monsieur Grant Munro... », commença Holmes.

Notre visiteur bondit de sa chaise.

« Comment! s'écria-t-il. Vous connaissez mon nom?

— Lorsque vous tenez à préserver votre incognito, répondit Holmes en souriant, permettez-moi de vous conseiller de ne plus porter votre nom gravé sur la coiffe de votre chapeau, ou alors tournez la calotte vers la personne à qui vous vous adressez... J'allais vous dire que mon ami et moi nous avons entendu dans cette pièce beaucoup de secrets troublants et que nous avons eu la chance d'apporter la paix à

quantité d'âmes en peine. J'espère que nous en
ferons autant pour vous. Puis-je vous demander, car il se peut que le temps soit précieux,
de me communiquer sans attendre davantage
les éléments de votre affaire? »

Notre visiteur se passa une main sur le front,
comme s'il éprouvait une sensation très doulou-
reuse. Tous ses gestes, tous les jeux de sa physionomie révélaient un homme réservé, peu
communicatif, avec une pointe d'orgueil, vraiment mieux disposé à cacher ses blessures qu'à
les étaler. Puis tout à coup, avec le geste farouche de quelqu'un qui rejette par-dessus bord
toute pudeur et toute discrétion, il commença :

« Voici les faits, monsieur Holmes. Je suis
marié depuis trois ans. Pendant ces trois ans
ma femme et moi nous nous sommes aimés l'un
l'autre et nous avons vécu dans le bonheur
comme, je vous assure, peu d'époux l'ont fait.
Nous avons toujours été d'accord en pensées,
en paroles, en actes. Et maintenant, depuis
lundi dernier, une barrière s'est subitement
élevée entre nous; et je découvre que dans sa
vie et dans ses préoccupations il y a quelque
chose que je connais aussi peu que si elle était
une passante de la rue. Nous sommes devenus
des étrangers, et je voudrais savoir pourquoi.

« Cela dit, et avant d'aller plus loin, mettez-

vous bien dans la tête, monsieur Holmes, qu'Effie m'aime. Aucun malentendu à ce sujet, n'est-
ce pas? Elle m'aime avec tout son cœur et toute
son âme. Et jamais elle ne m'a aimé davantage,
je le sens, je le sais. Il n'y a pas à discuter là-
dessus. Un homme peut dire assez facilement
quand une femme l'aime. Mais voilà : il y a ce
secret entre nous, et nous ne pourrons jamais
redevenir les mêmes avant qu'il soit éclairci.

— Ayez l'obligeance de me mettre au courant des faits, monsieur Munro! interrompit
Holmes avec une légère impatience.

— Je vais vous dire ce que je sais de la vie
d'Effie. Elle était veuve quand je l'ai rencontrée pour la première fois. Et pourtant elle était
jeune : vingt-cinq ans seulement. Elle s'appelait
alors Mme Hebron. Elle était allée en Amérique quand elle était enfant et elle avait vécu
dans la ville d'Atlanta. Ce fut là qu'elle épousa
ce Hebron, avocat pourvu d'une bonne clientèle. Ils eurent un enfant, mais une épidémie
de fièvre jaune se déclara dans la ville, et le
mari et l'enfant furent emportés par le mal.
J'ai vu le certificat de décès. Dégoûtée de l'Amérique elle revint habiter chez une vieille tante
à Pinner, dans le Middlesex... Je puis dire que
son mari lui avait laissé une aisance confortable,
et qu'elle avait un capital d'environ 4 500 livres

qu'il avait si bien fait fructifier qu'il lui rap-
portait en moyenne du 7%. Elle était à Pinner
depuis six mois quand je la rencontrai : ce fut
le coup de foudre réciproque, et nous nous ma-
riâmes quelques semaines plus tard.

« Je suis moi-même marchand de houblon;
comme j'ai un revenu annuel de sept ou huit
cents livres, nous nous trouvâmes dans une situation financière prospère, et nous louâmes à
Norbury une jolie villa pour 80 livres par an.
Bien que ce soit près de Londres, nous sommes
presque en pleine campagne. Un peu plus haut,
il y a une auberge et deux maisons, ainsi qu'une
autre villa juste à l'extrémité du champ qui
nous fait face. En dehors de cela, pas d'autres
habitations jusqu'à ce que l'on arrive près de
la gare. Mes affaires m'amènent à la City dans
certaines périodes de l'année, mais en été j'ai
moins de travail : aussi dans notre maison de
campagne ma femme et moi coulions des jours
parfaits. Je vous le répète : jamais une ombre
ne s'est glissée entre nous jusqu'au début de
cette maudite histoire.

« Ah! que je vous précise un détail! Quand
nous nous sommes mariés, ma femme m'a cédé
tous ses biens. C'était plutôt contre mes idées,
car si mes affaires avaient mal marché nous aurions été dans de beaux draps! Mais elle y te-

nait, et ce fut fait. Eh bien, voici à peu près six semaines, elle vint me dire :

« — Jack, lorsque je t'ai donné mon argent,
« tu m'as bien déclaré que lorsque je voudrais
« une certaine somme je n'aurais qu'à te la de-
« mander?

« — Bien sûr! lui répondis-je. Il est toujours
« à toi.

« — Alors, dit-elle, je voudrais cent livres. »

« Je fus un peu surpris : je m'étais imaginé qu'elle avait tout simplement envie de s'acheter une nouvelle robe ou quelque chose comme ça.

« — Et pour quoi faire? demandai-je.

« — Oh! fit-elle avec son enjouement habi-
« tuel. Tu m'as dit que tu serais mon banquier.
« Les banquiers ne posent jamais de questions,
« tu sais!

« — Si réellement tu veux cet argent, tu
« l'auras.

« — Oh oui! Je le veux réellement.

« — Et tu ne veux pas me dire pour quoi
« faire?

« — Un jour, peut-être, mais pas tout de
« suite, Jack! »

« Je dus donc me contenter de cette déro-
bade. C'était pourtant la première fois qu'il y avait un secret entre nous. Je lui remis un

chèque, et je n'y pensai plus. Peut-être cet incident n'a-t-il rien à voir avec la suite, mais
j'ai préféré le mentionner.

« Je vous ai dit qu'il y avait une autre villa
non loin de la nôtre. Un champ nous en sépare.
Mais pour y accéder il faut prendre la route,
puis tourner dans un petit chemin. Juste après,
derrière la villa, s'étend un agréable petit bois
de pins d'Ecosse. J'avais pris l'habitude d'aller
me promener par là, car les arbres sont toujours
de bons voisins. Depuis huit mois que nous
nous étions installés à Norbury, nous n'avions
vu personne dans la villa. Elle était vide, inoccupée, et c'était dommage car elle avait un
porche ancien tout couvert de chèvrefeuille,
deux étages... Plus d'une fois je m'arrêtais devant pour la contempler, et je me disais qu'elle
ferait une ravissante petite ferme

« Bon. Lundi soir je descendais à pied par là,
quand je croisai un fourgon vide qui remontait
le petit chemin. Sur la pelouse à côté du porche
étaient déballées toutes sortes de choses, des
tapis, etc. C'était clair : la villa enfin avait été
louée. Je la longeai, la dépassai, puis m'arrêtai,
comme tout flâneur aurait pu le faire, pour la
regarder, et je me demandai quelle sorte de
gens venaient habiter si près de chez nous. Et
tandis que je regardais, je pris soudain cons-

cience qu'une figure m'observait par l'une des
fenêtres du haut.

« Je ne sais pas ce qu'il y avait sur cette
figure, monsieur Holmes, mais j'en ai eu la
chair de poule. J'étais à quelque distance et je
ne pouvais pas bien distinguer ses traits; pourtant elle donnait l'impression de quelque chose
d'anormal, d'inhumain. Du moins fut-ce ce que
je ressentis. J'avançai rapidement pour voir de
plus près qui m'observait ainsi. Mais lorsque
j'approchai, la figure disparut soudain : si vite
qu'elle paraissait avoir été arrachée de la fenêtre et rejetée dans la pièce obscure. Je demeurai là cinq minutes à réfléchir, à essayer d'ana-
lyser mes impressions. Je ne pouvais affirmer
si c'était une figure d'homme ou de femme.
Sa couleur m'avait frappé plus que tout. Imaginez une figure d'un jaune livide mat, avec quelque chose de figé et de rigide, affreusement
monstrueuse. J'étais si troublé que je résolus
d'en savoir davantage sur les nouveaux habitants
de la villa. J'allai frapper à la porte. On m'ouvrit immédiatement. Je me trouvai face à face
avec une grande femme décharnée au visage
rébarbatif.

« — Qu'est-ce que vous voulez? » me demanda-t-elle.

« Elle avait l'accent du Nord.

« — Je suis votre voisin, répondis-je en dési-
« gnant ma maison. Je vois que vous venez
« seulement d'emménager. Et je pensais que si
« je pouvais vous être d'une aide quelconque...

« — Oui? Eh bien, quand on aura besoin
« de vous, on ira vous chercher! »

« Sur quoi elle me claqua la porte au nez.
Mécontent de cette grossière rebuffade, je fis
demi-tour et revins chez moi. Toute la soirée,
bien que je me fusse efforcé de penser à autre
chose, j'étais obsédé par l'apparition à la fenêtre
de la figure jaune et les manières hargneuses
de la locataire. Je décidai de ne pas parler de
l'apparition à ma femme : elle est en effet d'un
tempérament nerveux, exalté; et je ne jugeais
pas utile de lui faire partager une impression
aussi désagréable. Avant de m'endormir, je lui
dis toutefois que la villa était maintenant occupée; elle ne me répondit rien.

« D'habitude, j'ai un sommeil de plomb.
Dans ma famille il est de tradition de plaisanter
sur mes facultés de dormeur : en principe rien
ne saurait me réveiller la nuit. Mais ce soir-là,
soit par suite de l'incident qui m'avait agacé,
soit pour toute autre raison, je dormis beaucoup moins lourdement. Et, un peu comme dans
un rêve, je me rendis compte confusément que
ma femme s'était levée, habillée, qu'elle mettait

un manteau et un chapeau. J'ouvrais la bouche
pour lui signifier ma surprise et pour lui adresser une remontrance touchant une toilette aussi
prématurée quand mes yeux à demi ouverts
remontèrent jusqu'à son visage qu'éclairait la
flamme d'une bougie. La stupéfaction scella mes
lèvres. Elle m'apparut telle que je ne l'avais
jamais vue auparavant, telle que je ne l'aurais
jamais crue capable de devenir. Elle était mortellement pâle. Elle avait le souffle rapide. Elle
haletait presque. Elle jetait des coups d'œil fur-
tifs dans la direction du lit tout en enfilant son
manteau pour s'assurer que je dormais toujours
et qu'elle ne m'avait pas réveillé. Mon immobilité et ma respiration régulière l'ayant rassu-
rée, elle s'échappa sans bruit de notre chambre.
Un moment plus tard j'entendis un grincement
aigu qui ne pouvait provenir que des gonds de
la porte d'entrée. Je me dressai sur mon séant
et me pinçai vigoureusement pour savoir si je
rêvais ou non. Je regardai ma montre : il était
trois heures. Que diable pouvait faire ma femme
sur une route de campagne à trois heures du
matin?

« Il y avait bien vingt minutes que je tour-
nais et retournais tout cela dans ma tête pour
trouver une explication plausible (et plus je
réfléchissais, plus je me heurtais à de l'extra-

ordinaire, à de l'inexplicable) quand j'entendis la porte d'entrée se refermer doucement, et ses pas monter l'escalier.

« — Où donc es-tu allée, Effie? » lui demandai-je quand elle rentra dans notre chambre.

« Elle tressaillit violemment et elle poussa une sorte de cri étouffé quand elle m'entendit; ce cri et ce sursaut me troublèrent plus que tout le reste car ils traduisaient indiscutablement un sentiment de culpabilité. Ma femme avait toujours été d'un naturel franc et ouvert. Il y avait de quoi frémir à la voir pénétrer comme une voleuse dans sa propre chambre, et crier, et chanceler lorsque son mari lui adressait la parole.

« — Tu es réveillé, Jack? s'exclama-t-elle « dans un petit rire nerveux. Moi qui croyais « que rien ne pouvait t'éveiller!...

« — Où es-tu allée? répétai-je avec une sé- « vérité accrue.

« — Ton étonnement ne me surprend pas, « tu sais! » me dit-elle.

« Tandis qu'elle déboutonnait son manteau, je voyais ses doigts qui tremblaient.

« — Ma foi! reprit-elle. Je ne me rappelle « pas avoir jamais fait une chose pareille. Le « fait est que je me sentais comme si j'étouf- « fais, et que j'avais besoin de respirer au grand

« air. Je crois réellement que je me serais éva-
« nouie si je n'étais pas sortie. Je suis restée
« devant la porte quelques minutes, et mainte-
« nant ça va tout à fait bien. »

« Pendant qu'elle me débitait son histoire,
elle ne me regarda pas une fois dans les yeux,
et sa voix n'avait pas du tout ses intonations
habituelles. Je fus convaincu qu'elle me men-
tait. Je ne répondis pas. Je me retournai face
au mur, le cœur brisé, l'esprit débordant de
doutes et de soupçons empoisonnés. Que me
cachait ma femme? Où était-elle allée pendant
cette expédition bizarre? Je sentis que je ne
connaîtrais plus de paix avant de savoir. Et cependant je me retins de le lui redemander puisqu'elle m'avait menti une fois. Tout le reste de
la nuit je m'agitai en quête d'une théorie qui
conciliât la vérité et notre bonheur; je n'en
trouvai point de vraisemblable.

« Ce jour-là j'aurais dû me rendre à la City,
mais j'avais l'esprit trop perturbé pour m'intéresser à mes affaires. Ma femme semblait aussi
bouleversée que moi-même; d'après les rapides
regards interrogatifs qu'elle me lançait, je vis
qu'elle avait compris que je ne la croyais pas,
et qu'elle ne savait vraiment plus quoi faire.
Pendant le petit déjeuner nous n'échangeâmes
pas deux phrases. Immédiatement après je sor-

tis pour marcher et repasser dans ma tête toute l'affaire à l'air frais du matin.

« J'allai jusqu'au Crystal Palace, passai une heure dans le parc, et je fus de retour à Norbury vers une heure de l'après-midi. Mon chemin me mena près de la villa de l'apparition. Je m'arrêtai un instant pour regarder les fenêtres, dans l'espoir de pouvoir mieux étudier la figure invraisemblable que j'avais observée la veille. Jugez de ma stupéfaction, monsieur Holmes, quand la porte s'ouvrit et que ma femme sortit!

« A sa vue, je fus frappé de stupeur. Mais mon émotion ne fut rien à côté de celle qui chavira ses traits quand nos regards se croisèrent. Un instant je crus qu'elle allait rentrer en courant dans la maison. Mais elle se rendit compte que toute feinte serait inutile. Alors elle s'avança vers moi. Elle avait un visage blême et des yeux épouvantés qui démentaient le sourire que ses lèvres arborèrent.

« — Oh Jack! fit-elle. Je suis allée voir si je « ne pouvais pas aider nos nouveaux voisins. « Pourquoi me regardes-tu comme ça, Jack? « Tu n'es pas fâché contre moi, dis?

« — Donc, répondis-je, voilà où tu es allée « cette nuit?

« — Que veux-tu dire?

« — C'est ici que tu es allée. J'en suis sûr!
« Quels sont les gens à qui tu vas rendre visite
« à pareille heure?

« — Je n'y étais pas allée déjà, Jack.

« — Comment peux-tu articuler ce que tu
« sais être un mensonge? Ta voix n'est plus la
« même. Moi jamais je ne t'ai caché quoi que
« ce soit! Je vais entrer, je saurai bien ce qu'il
« en est!

« — Non, Jack, pour l'amour de Dieu!
« s'écria-t-elle. Je te jure qu'un jour tu sauras
« tout, mais si tu vas dans cette villa, tu ne pro-
« voqueras que du malheur... »

« Comme j'essayais de l'écarter, elle s'ac-
crocha à moi dans une supplication frénétique.

« — Aie confiance en moi, Jack! criait-elle.
« Fie-toi à moi pour cette fois seulement. Tu
« n'auras jamais à le regretter! Tu sais bien
« que je ne te cacherais jamais rien sauf par
« amour pour toi! Notre existence entière se
« joue là-dessus. Si tu rentres avec moi chez
« nous, tout sera bien. Si tu entres de force dans
« cette villa, tout sera fini entre nous! »

« Dans son attitude il y avait une telle gra-
vité, un tel désespoir que je m'arrêtai devant
la porte, ne sachant plus que faire.

« — Je te croirai à une condition, et à une

« seule condition! lui dis-je enfin. C'est qu'à
« partir de maintenant il n'y ait plus de mys-
« tère. Tu as le droit de garder un secret qui
« t'appartient, mais il faut que tu me promettes
« que tu ne feras plus de visites nocturnes
« et que tu ne me cacheras plus rien désor-
« mais.

« — J'étais sûre que tu aurais confiance en
« moi! s'écria-t-elle en poussant un grand soupir
« de soulagement. Ce sera comme tu le veux.
« Retournons, oh! retournons chez nous! »

« Elle me tirait par la manche, nous nous
éloignâmes de la villa. Tout de même je me
retournai pour regarder et voilà que je revis la
figure jaune, livide, à la fenêtre d'en haut. Quel
lien pouvait-il exister entre ma femme et cette
créature, ou avec la mégère hargneuse que
j'avais vue la veille? C'était une énigme peu
ordinaire. Mais je savais que tant que je ne
l'aurais pas résolue, je ne pourrais jamais retrouver la tranquillité d'esprit.

« Les deux jours qui suivirent cette scène,
je demeurai chez moi, et ma femme parut exécuter loyalement l'engagement qu'elle avait pris
car, à ma connaissance du moins, elle ne sortit
pas de la maison. Le troisième jour cependant
j'eus la preuve évidente que sa promesse solen-
nelle ne suffisait pas à la soustraire à cette in-

fluence mystérieuse qui l'éloignait de son mari
et de son devoir.

« J'étais allé en ville ce jour-là, mais je revins par le train de deux heures quarante au
lieu de prendre, comme à l'accoutumée, le train
de trois heures trente-six. Quand j'entrai chez
moi, la bonne accourut dans le vestibule avec
un air effaré.

« — Où est votre maîtresse? demandai-je.

« — Je crois qu'elle est sortie pour se pro-
« mener », répondit-elle.

« Immédiatement le soupçon se réinstalla
dans mon esprit. Je me précipitai en haut pour
avoir la confirmation qu'elle n'était pas dans
la maison. Je ne sais pourquoi, je regardai dehors par l'une des fenêtres de l'étage, et je vis
la domestique à laquelle je venais de parler
courir à travers le champ en direction de la
villa. Alors, bien sûr, je compris ce que cela
signifiait. Ma femme était allée là-bas, et elle
avait prié la bonne de venir la chercher si je
rentrais plus tôt. Vibrant de colère, je me ruai
à mon tour dans le champ. J'étais décidé à en
terminer avec ce mystère. J'aperçus ma femme
et la bonne qui se hâtaient par le petit chemin,
mais je ne m'arrêtai pas pour leur parler. Dans
la villa se dissimulait ce secret qui assombrissait
ma vie. Je me jurai que, quoi qu'il advînt, ce

secret serait percé au jour. Quand j'arrivai, je
ne frappai même pas. Je tournai le loquet et
me précipitai dans le corridor.

« Au rez-de-chaussée, tout était calme et tranquille. Dans la cuisine une bouilloire chantait
sur le feu. Un gros chat noir était couché en
rond dans un panier. Il n'y avait aucune trace
de la mégère. Je courus dans l'autre pièce; elle
était vide. Je gravis quatre à quatre l'escalier,
mais seulement pour trouver tout en haut deux
autres pièces inoccupées. Il n'y avait personne
dans toute la maison. Le mobilier et les tableaux
étaient d'un goût résolument vulgaire, sauf dans
la chambre à la fenêtre de laquelle j'avais vu
l'apparition. C'était une pièce confortable, élé-
gante, et tous mes soupçons s'embrasèrent quand
je vis sur la cheminée une photographie en
pied de ma femme; cette photographie, je l'avais
prise moi-même trois mois plus tôt.

« Je restai assez longtemps pour être certain
que la maison était absolument vide. Puis je la
quittai avec sur le cœur un poids épouvantable.
Quand je rentrai chez moi, ma femme sortit
dans le vestibule, mais j'étais trop peiné, trop
en colère aussi pour lui parler. Je ne m'arrêtai
pas et je me dirigeai vers mon bureau. Elle
me suivit et entra avant que j'eusse pu refermer
la porte.

« — Je regrette de ne pas avoir respecté ma
« parole, Jack! me dit-elle. Mais si tu savais
« tout, je suis sûre que tu me pardonnerais.

« — Alors, dis-moi tout!

« — Je ne peux pas, Jack! Je ne peux pas!

« — Jusqu'à ce que tu me dises qui a habité
« cette villa et à qui tu as remis ta photogra-
« phie, il n'y aura jamais plus de confiance
« possible entre nous! »

« Je la repoussai et sortis. Cela se passait
hier, monsieur Holmes, et je ne l'ai pas revue
depuis, et je ne sais rien de plus. C'est le premier nuage qui assombrit notre union. Il a fait
irruption si brusquement que je ne sais pas
comment agir pour le mieux. Ce matin j'ai
pensé que vous étiez tout à fait l'homme qui
pouvait me conseiller : aussi ai-je couru vers
vous; je me place sans restriction aucune entre
vos mains. S'il y a quelques points que je n'ai
pas su rendre clairs, questionnez-moi. Mais
par-dessus tout, dites-moi vite ce que je dois
faire, car ce malheur est trop lourd pour
moi. »

Holmes et moi, nous avions écouté avec le
plus vif intérêt cette extraordinaire déclaration
qui nous avait été faite sur le mode saccadé,
haché, d'un homme en proie à une émotion
extrême. Mon compagnon demeura silencieux

quelques instants; il avait le menton appuyé sur une main; il pensait.

« Dites-moi, murmura-t-il enfin, pourriez-vous me jurer que la figure que vous avez vue à la fenêtre était une figure d'homme?

— Les deux fois où je l'ai vue, j'étais à quelque distance; il m'est impossible de le préciser.

— Et toutefois cette figure vous a frappé d'une façon déplaisante

— Elle semblait d'une couleur anormale, et ses traits avaient une fixité bizarre. Quand je me suis approché, elle a disparu dans une secousse...

— Il y a combien de temps que votre femme vous a demandé cent livres?

— Presque deux mois.

— Avez-vous déjà vu une photographie de son premier mari?

— Non. Très peu de temps après sa mort, un grand incendie éclata à Atlanta; tous ses papiers furent détruits.

— Et pourtant elle avait un certificat de décès. Vous me dites que vous l'avez vu?

— Oui. C'était un duplicata qu'elle s'était fait établir après l'incendie.

— Avez-vous jamais rencontré quelqu'un qui l'eût connue en Amérique?

— Non.

— A-t-elle déjà parlé d'une envie qu'elle aurait de revisiter l'Amérique?

— Non.

— Reçoit-elle des lettres d'Amérique?

— Pas à ma connaissance.

— Merci. J'aimerais bien réfléchir un peu à cette affaire. Si la villa est en permanence inoccupée, nous aurons évidemment quelques complications à vaincre. Si au contraire, comme je le crois, les locataires ont été avertis de votre arrivée et sont partis avant votre entrée dans la maison, alors ils doivent être maintenant de retour, et la solution du problème est sans doute à notre portée... Permettez-moi de vous donner un conseil. Retournez à Norbury et examinez encore une fois les fenêtres. Si vous avez quelque raison de supposer qu'elle est habitée, ne forcez pas la porte : mais envoyez-nous un télégramme. Une heure après l'avoir reçu, nous vous aurons rejoint et en très peu de temps nous aurons vidé l'affaire jusqu'au fond.

— Et si la maison est encore vide?

— En ce cas je viendrai demain et nous parlerons de tout cela. Bonsoir. Surtout, surtout!... ne vous rongez pas le cœur avant de savoir que réellement vous avez une bonne raison pour cela... »

Quand mon compagnon revint après avoir reconduit M. Grant Munro, il me dit :

« ... Je crains que l'affaire ne soit pas très jolie, Watson! Qu'en pensez-vous?

— Elle rend un vilain son, répondis-je.

— Oui. Il y a du chantage là-dedans, ou je me trompe beaucoup!

— Et qui serait le maître chanteur?

— Eh bien, sans doute cette créature qui habite la seule chambre confortable de l'endroit, et qui a sur la cheminée la photographie de la dame. Ma parole, Watson, c'est très attirant, cette apparition de cette figure livide à la fenêtre! Pour rien au monde je n'aurais voulu manquer cette affaire.

— Vous avez une théorie?

— Oui. Une théorie provisoire. Mais je serais bien surpris si elle ne s'avérait pas exacte. Le premier mari de cette femme est dans la villa.

— Pourquoi croyez-vous cela?

— Comment expliquer autrement son angoisse frénétique lorsque son deuxième mari voulait entrer? Les faits, tels que je les reconstitue, doivent ressembler à ceci : cette femme s'est mariée en Amérique. Son mari a révélé un jour quelques particularités haïssables, ou, dirons-nous, il a contracté une maladie maudite

et est devenu un lépreux ou un idiot. Elle s'est
enfuie, a réintégré l'Angleterre, changé de nom
et redémarré dans la vie, toute neuve... du moins
elle le croyait! Elle était mariée depuis trois
ans; elle pensait que sa situation était sûre; elle
avait dû montrer à son mari le certificat de décès d'un homme dont elle avait falsifié le nom.
Et puis, voilà que son domicile est découvert
par son premier mari, ou, nous pouvons le supposer, par une femme que les scrupules n'em-
barrassent pas et qui s'est liée à l'invalide. Ils
écrivent à Mme Grant Munro et la menacent
de venir et de la démasquer. Elle demande à
son mari cent livres et s'efforce d'acheter leur
silence. En dépit des cent livres ils arrivent. Et
quand le mari lui annonce par hasard que des
nouveaux venus occupent la villa voisine, elle
sait déjà que ce sont ses persécuteurs. Elle attend que son mari soit endormi, puis elle se
précipite pour essayer de les convaincre de la
laisser en paix. Comme elle n'obtient pas gain
de cause, elle y retourne le lendemain matin, et
son mari la surprend au moment où elle en
sort. Elle lui promet alors de ne plus y aller,
mais deux jours plus tard l'espoir de se débarrasser de ces terribles voisins est trop fort pour
elle, et elle se livre à une nouvelle tentative en
apportant une photographie qui lui a sans doute

été demandée. En plein milieu de la discussion, la bonne accourt pour annoncer le retour de son maître. Sur quoi la femme, sachant qu'il se rendrait tout droit à la villa, fait sortir ses interlocuteurs par la porte de derrière, et les conduit sans doute à ce bois de pins qui nous a été indiqué comme tout proche. Ainsi il trouve la maison déserte. Je serais bien surpris, cependant, si elle était aussi tranquille quand il rentrera ce soir. Que pensez-vous de ma théorie?

— Ce sont des hypothèses, sans plus!

— Des hypothèses qui au moins collent avec les faits. Quand de nouveaux faits seront apportés à notre connaissance et que ma théorie ne collera plus, alors il sera assez tôt pour la reconsidérer. Pour l'instant nous n'avons rien à faire d'autre que d'attendre un message de notre ami de Norbury. »

Nous n'eûmes pas longtemps à attendre. Il arriva juste quand nous finissions notre thé. « La villa est toujours habitée. Ai vu la figure à la fenêtre. Je serai au train de sept heures. Ne prendrai aucune décision avant votre arrivée. » Tel était le message de M. Grant Munro.

Il nous guettait sur le quai à notre descente de wagon. Les lampes de la gare nous permirent de constater qu'il était très pâle et qu'il frémissait d'une agitation difficilement contenue.

« Ils sont encore là, monsieur Holmes! murmura-t-il en posant une main sur la manche de
mon ami. J'ai vu des lumières dans la villa
quand je suis descendu. Nous allons régler tout
maintenant, une fois pour toutes!

— Quel est votre plan? demanda Holmes
tandis que nous nous engagions dans la sombre
route bordée d'arbres.

— Je vais pénétrer dans la maison par n'importe quel moyen : de force sans doute. Je
verrai par moi-même qui habite là. Je voudrais que tous les deux vous me serviez de
témoins.

— Vous y êtes absolument déterminé, en dépit de l'avertissement de votre femme? Rappelez-vous : elle vous a dit qu'il valait mieux que
vous ne sondiez pas ce mystère...

— Oui, je suis absolument déterminé.

— Ma foi, je pense que vous avez raison.
N'importe quelle certitude est préférable au
doute torturant. Nous ferions mieux de monter
tout de suite. Certes, légalement nous nous mettons dans un mauvais cas, mais la cause en vaut
la peine. »

La nuit était très sombre et une petite pluie
commença à tomber quand nous quittâmes la
grand-route pour tourner dans un petit chemin
creux aux ornières profondes. M. Grant Munro

marchait très vite; en trébuchant nous le sui-
vions du mieux que nous le pouvions.

« Voilà les lumières de ma maison, murmura-t-il en désignant une lueur parmi les
arbres. Et voici la villa que je vais forcer. »

Après un coude du petit chemin, la villa se
dressa tout près de nous. Une raie jaune qui
tombait sur le premier plan obscur montrait
que la porte n'était pas complètement fermée.
A l'étage supérieur une fenêtre était largement
éclairée. Pendant que nous regardions, une tache
noire se déplaça derrière le store.

« C'est la mégère! s'écria Grant Munro. Vous
voyez bien qu'il y a quelqu'un ici! Suivez-moi,
et nous aurons bientôt le fin mot de tout! »

Nous nous approchâmes de la porte, mais tout
à coup une femme sortit de l'ombre et se plaça
dans le rayon doré de la lampe. Comme elle
était à contrejour je ne pouvais pas voir son
visage, mais elle étendait ses bras dans une attitude de supplication.

« Pour l'amour de Dieu, Jack, non! cria-
t-elle. J'avais le pressentiment que tu viendrais
ce soir. N'entre pas, mon chéri! Fais-moi confiance : je te jure que tu n'auras jamais à le
regretter.

— Trop longtemps je t'ai fait confiance, Effie! Laisse-moi passer. Il faut que je passe. Mes

amis et moi nous allons éclaircir cette affaire
et la régler une fois pour toutes. »

Il la poussa de côté, nous le suivîmes. Il ouvrit la porte. Une femme d'un certain âge accourut, voulut lui barrer le passage, mais il la
bouscula, et nous grimpâmes l'escalier. Grant
Munro se précipita dans la pièce éclairée du
haut. Nous entrâmes sur ses talons.

C'était une chambre confortable, bien meublée, avec deux bougies qui brûlaient sur la
table, et deux autres sur la cheminée. Dans un
coin, penchée au-dessus d'un pupitre, il y avait
ce qui ressemblait à une petite fille. Elle nous
tournait le dos quand nous entrâmes, mais nous
constatâmes qu'elle portait une robe rouge et de
longs gants blancs. Quand brusquement elle
nous fit face, je ne pus réprimer un cri de surprise et d'horreur. Sa figure était d'une affreuse
teinte livide, avec des traits parfaitement dé-
pourvus de toute expression. Une seconde plus
tard le mystère fut expliqué. Holmes, en riant,
passa une main derrière l'oreille de l'enfant, un
masque tomba de sa figure, et nous nous trouvâmes en face d'une petite Négresse noire
comme du charbon qui riait de toutes ses dents
blanches devant notre stupéfaction. En sympathie avec sa joie, je me mis à rire moi aussi,
mais Grant Munro, une main sur la gorge, cria :

« Mon Dieu! Mais qu'est-ce que cela veut dire?

— Je vais te l'expliquer!... »

Mme Grant Munro entra dans la chambre. Elle avait un fier visage, tragiquement beau.

« ... Tu m'as obligée, alors que je ne le voulais pas, à tout te dire. A présent il faudra que toi et moi nous nous accommodions de la vérité. Mon mari est mort à Atlanta. Mon enfant a survécu.

— Ton enfant! »

Elle tira de son corsage un médaillon en argent.

« Tu n'as jamais vu ce médaillon ouvert?

— Je croyais qu'il ne s'ouvrait pas. »

Elle toucha un ressort, la face du dessus se leva. Alors apparut le portrait d'un homme, d'une beauté et d'une intelligence frappantes, mais qui portait sur ses traits les signes formels d'une ascendance africaine.

« C'est John Hebron, d'Atlanta! fit la femme de Grant Munro. Et il n'y a jamais eu plus noble cœur sur la terre. J'avais rompu avec ma race pour l'épouser. Tant que nous avons vécu ensemble je ne l'ai pas une fois regretté. Notre malheur a été que notre unique enfant ait tiré davantage de lui que de moi. Cela arrive souvent dans de telles unions, et ma petite Lucie est beaucoup plus noire que son père. Mais, noire ou blanche, n'importe! Elle est ma petite fille chérie, elle sera l'enfant gâtée de sa mère! »

La fillette, à ces mots, s'élança pour aller se pelotonner dans les jupes de Mme Grant Munro, qui reprit :

« ... Je ne l'ai laissée en Amérique que parce que sa santé était fragile, et parce que tout changement lui aurait fait du mal. Je l'ai confiée aux soins d'une fidèle Ecossaise qui avait été notre servante. Pas un instant je n'ai songé à la renier! Mais quand la chance t'a placé sur mon chemin, Jack, et quand j'ai appris à t'aimer, j'ai eu peur de te parler de cet enfant. Que Dieu me pardonne! Je craignais de te perdre. Je n'avais pas le courage de tout te dire. Devant choisir entre vous deux, dans ma faiblesse de femme je me suis détournée de ma petite fille. Pendant trois ans je t'ai caché son existence, mais la nourrice me donnait de ses nouvelles et je savais ainsi qu'elle était complètement rétablie. Finalement, il me vint un désir insurmontable de revoir l'enfant. Je luttai, me débattis : en vain. J'avais beau supputer tous les dangers, je résolus de l'avoir près de moi, ne fût-ce que pour quelques semaines. J'envoyai cent livres à la nourrice et je lui fis parvenir toutes les indications quant à cette villa. De la

sorte elle pouvait être notre voisine, sans qu'il
y eût apparemment le moindre lien entre nous.
Je poussai mes précautions jusqu'à lui commander de garder l'enfant à la maison pendant le
jour, et de la munir d'un masque et de gants
pour que les flâneurs susceptibles de la voir à
la fenêtre ne bavardent point au sujet d'une
enfant noire dans le pays. Peut-être aurais-je été
mieux inspirée de prendre moins de précautions, mais j'étais folle de peur que tu
n'apprisses la vérité.

« C'est toi qui m'as dit le premier que la
villa était occupée. J'aurais sans doute dû
attendre le matin, mais je ne pouvais pas dormir tant cette nouvelle m'avait énervée. Aussi
me glissai-je dehors, persuadée que tu dormais.
Seulement tu m'avais vue sortir, et ce fut là
le début de mes chagrins. Le lendemain mon
secret était à ta discrétion, mais noblement tu
te contins pour ne pas poursuivre ton avantage.
Trois jours plus tard, toutefois, la nourrice et
l'enfant eurent juste le temps de fuir par la
porte de derrière tandis que tu entrais par la
porte de devant. Et maintenant... Maintenant
ce soir tu sais tout... Et je te le demande, Jack :
que va-t-il advenir de mon enfant et de moi? »

Elle se tordit les mains en attendant une réponse.

Il ne s'écoula pas moins de deux minutes avant que Grant Munro ne rompît le silence. Mais quand il formula sa réponse, elle était du genre de celles dont j'aime à me souvenir. Il prit la petite fille, la leva à bout de bras, l'embrassa, et puis, tout en continuant à la porter, il tendit à sa femme son autre main et se dirigea vers la porte :

« Nous pourrons en discuter chez nous beaucoup plus confortablement, dit-il. Je ne suis pas un homme parfait, Effie, mais je crois que je suis meilleur que tu ne l'avais cru. »

Holmes et moi, nous les suivîmes dans le petit chemin creux. Mon ami me tira par la manche :

« Je pense que nous serons plus utiles à Londres qu'à Norbury... »

Il ne me souffla plus mot de l'affaire avant que, tard dans la nuit, au moment où il allait pénétrer dans sa chambre, il ne se retournât pour me dire :

« Watson, si jamais vous avez l'impression que je me fie un peu trop à mes facultés, ou que j'accorde à une affaire moins d'intérêt qu'elle ne le mérite, alors ayez la bonté de me chuchoter à l'oreille : « Norbury! » Je vous en serai toujours infiniment reconnaissant. »

## CHAPITRE III

# L'EMPLOYÉ DE L'AGENT DE CHANGE

PEU de temps après mon mariage j'avais acheté une clientèle dans le quartier de Paddington. Le vieux M. Farquhar, qui me l'avait cédée, avait été autrefois un excellent praticien de médecine générale; mais son âge, compliqué d'un mal qui ressemblait à la danse de Saint-Guy, avait éloigné les patients de son cabinet. Rien d'anormal, n'est-ce pas, à ce que le public parte du principe que l'homme qui fait profession de soigner autrui doit être lui-même en bonne santé? Beaucoup de gens se méfient du médecin dont les remèdes sont inefficaces pour son propre cas. Au fur et à mesure que déclinait mon prédécesseur, sa clientèle tombait. Quand je pris sa succession, elle était descendue de 1 200 consultations annuelles à 300. Toutefois j'étais jeune, plein d'énergie, et

j'avais confiance : quelques années, j'en étais
sûr, me suffiraient pour remonter la pente.

Au cours des trois mois qui suivirent mon
installation, je ne bougeai de chez moi que pour
visiter mes malades; je vis donc rarement mon
ami Sherlock Holmes. qui ne se déplaçait
presque jamais en dehors de ses affaires, puisque
de mon côté j'étais trop occupé pour me rendre
dans Baker Street. Aussi fus-je surpris, certain
matin de juin, lorsque, assis en train de lire la
*Gazette Médicale Anglaise,* après mon petit déjeuner, j'entendis la sonnette bientôt suivie de la voix
aiguë, presque stridente, de mon vieux camarade.

« Ah! mon cher Watson! s'écria-t-il en pénétrant dans le salon. Je suis ravi de vous voir.
J'espère que Mme Watson est tout à fait remise
des petites émotions que nous avons connues
lors de notre aventure du « Signe des Quatre [1] »?

— Merci, tous deux nous allons très bien!
répondis-je en lui serrant chaleureusement la
main.

— Et j'espère aussi, reprit-il en s'asseyant
dans le rocking-chair, que les soucis de l'exercice de la médecine n'ont pas entièrement détruit l'intérêt que vous portiez à nos petits problèmes de logique?

1. Cf. Etude en Rouge *suivi de* Le Signe des Quatre (Le Livre de
*Poche*).

— Au contraire! répondis-je. Hier soir encore je me suis plongé dans mes vieilles notes pour classer quelques-uns de nos résultats.

— Considéreriez-vous votre collection comme terminée, achevée, complète?

— Pas du tout! Je ne souhaiterais rien de mieux que de l'enrichir d'expériences nouvelles.

— Aujourd'hui par exemple?

— Oui. Aujourd'hui si cela vous plaît.

— Et aussi loin qu'à Birmingham?

— Certainement, si vous le désirez.

— Et la clientèle?

— J'assure celle de mon voisin quand il s'en va. Il est toujours prêt à acquitter ses dettes.

— Ah! voilà qui est parfait! s'exclama Holmes en se laissant aller dans son fauteuil et en me regardant attentivement à l'abri de ses paupières à demi closes. Je m'aperçois que ces derniers temps votre santé n'a pas été brillante. Les rhumes de l'été sont toujours assez fatigants.

— J'ai dû rester à la chambre trois jours la semaine dernière à cause d'un coup de froid. Mais je croyais que je n'en arborais aucune trace.

— En effet. Vous paraissez remarquablement en forme.

— Comment alors avez-vous su que j'avais été souffrant?

— Vous connaissez mes méthodes, cher ami!

— Vous l'avez déduit?

— Exactement.

— Et de quoi?

— De vos pantoufles. »

Je considérai les pantoufles vernies neuves que je portais.

« Comment diable?... »

Holmes répondit à ma question avant que j'eusse eu le temps de la formuler.

« Vos pantoufles sont neuves, dit-il. Il ne peut pas y avoir plus de quelques semaines que vous les avez. Or, les semelles que vous présentez en ce moment à ma vue sont légèrement roussies. Un instant j'ai pensé que vous aviez pu les mouiller, puis les roussir en les séchant. Mais près de la cambrure je vois un petit disque rouge de papier avec les hiéroglyphes du marchand. L'humidité l'aurait naturellement décollé. Vous vous êtes donc assis les pieds au feu, ce qu'un homme en parfaite santé n'aurait pas fait même par un mois de juin aussi pluvieux que celui dont nous sommes gratifiés. »

Les raisonnements de Holmes avaient ceci de particulier : une fois l'explication fournie, la chose était la simplicité même. Il lut ce sentiment sur mon visage. Son sourire se nuança d'amertume.

« J'ai l'impression que je me déprécie quand j'explique, dit-il. Des résultats sans causes sont beaucoup plus impressionnants. Etes-vous prêt à partir pour Birmingham?

— Bien sûr! De quelle affaire s'agit-il?

— Je vous la raconterai dans le train. Mon client est dehors dans une voiture. Pouvez-vous venir tout de suite?

— Une minute, et je suis à vous. »

Je griffonnai un billet pour mon voisin, montai quatre à quatre afin d'avertir ma femme, et rejoignis Holmes sur le pas de ma porte.

« Votre voisin est un médecin? me demanda-t-il en me désignant la plaque de cuivre.

— Oui. Il a acheté une clientèle comme moi.

— Une clientèle établie depuis longtemps?

— Comme la mienne. Toutes deux existaient depuis que les maisons ont été construites.

— Ah! Dans ce cas vous vous êtes assuré de la meilleure des deux.

— Je pense que oui. Mais comment le savez-vous?

— Par les marches, mon cher. Les vôtres sont trois fois plus usées que les siennes. Mais voici,

dans cette voiture, mon client M. Hall Pycroft.
Permettez-moi de vous présenter à lui. Fouettez
votre cheval, cocher! Car nous avons juste le
temps d'arriver à la gare pour prendre le
train. »

L'homme en face de qui je m'assis était
jeune, bien bâti, avec un teint clair, un visage
ouvert et honnête, et une petite moustache
blonde frisée. Il portait un haut-de-forme fort
brillant, un costume noir sobre et élégant, bref
ce qu'il fallait pour lui donner l'apparence de
ce qu'il était : un jeune familier de la City
appartenant à cette classe que l'on a baptisée
Cockneys mais qui a fourni l'élite de nos régiments de volontaires, de nos sportifs et de nos
athlètes. Sa figure ronde, rougeaude, respirait
naturellement la bonne humeur, mais les coins
de sa bouche s'étaient affaissés sous l'effet d'une
détresse qui ne me parut pas exempte de comique. Il me fallut attendre cependant que
nous fussions installés dans notre compartiment
de première classe et que notre train eût démarré dans la direction de Birmingham pour
apprendre la nature de l'ennui qui l'avait
conduit chez Sherlock Holmes.

« Nous avons soixante-dix minutes devant
nous, annonça Holmes. Je vous demande, monsieur Hall Pycroft, de bien vouloir faire part à

mon ami de votre très intéressante aventure, exactement comme vous m'en avez fait part à moi-même, avec même quelques détails supplémentaires si possible. Cela me sera utile d'entendre à nouveau la succession des faits. Il s'agit d'un cas, Watson, peut-être parfaitement creux, mais qui du moins présente ces caractéristiques sortant de l'ordinaire qui vous sont aussi chères qu'à moi. Maintenant, monsieur Pycroft, je ne vous interromprai plus. »

Notre jeune compagnon me regarda avec une lueur de malice dans les yeux.

« Le pire dans cette histoire, dit-il, c'est que j'ai l'air du plus fieffé des idiots. Evidemment rien n'est encore catastrophique, et, d'ailleurs, je ne vois pas comment j'aurais pu agir autrement. Mais si j'ai perdu ma place sans compensation, alors je paierai cher pour le doux crétin que j'aurai été! Je ne suis pas très fort pour raconter les histoires, docteur Watson, mais il faut me prendre comme je suis.

« Je travaillais chez Coxon and Woodhouse, à Draper's Garden, mais au début du printemps ils eurent un coup dur avec l'emprunt vénézuélien, comme vous vous rappelez sans doute, et ce fut une méchante faillite. J'étais resté chez eux cinq ans; le vieux Coxon me délivra un fameux certificat quand survint le krach. Mais nous les employés, au nombre de vingt-sept, nous fûmes tous sur le pavé. Je frappai à plusieurs portes, mais il y avait beaucoup d'autres types dans mon cas et j'essuyai partout un fiasco complet. Chez Coxon on me payait trois livres par semaine; j'en avais économisé environ soixante-dix; mais je commençais à en voir la fin. J'étais quasiment à sec. C'était tout juste si je pouvais acheter des timbres pour écrire aux petites annonces et des enveloppes pour y coller mes timbres. J'avais troué mes semelles à force de monter les escaliers des bureaux. Toujours rien en vue.

« Finalement je sus qu'il y avait une place libre chez Mawson and William's le grand agent de change de Lombard Street. Les histoires de bourse, ça n'est peut-être pas votre rayon, mais je peux vous garantir que Mawson and William's compte parmi les maisons très prospères de Londres. A l'annonce qui avait paru il fallait répondre par lettre. J'envoyai mon certificat et mon curriculum vitae, mais sans grand espoir. Par retour du courrier je reçus une réponse m'informant que si je me présentais le lundi suivant je pourrais immédiatement entrer en fonctions, à condition que mon aspect extérieur fût satisfaisant. Personne ne sait comment ces choses-là se décident. Il y en a qui affirment que le directeur se contente de plonger sa main dans le tas et de prendre le premier nom qui sort. En tout cas, le mien était sorti; rien ne pouvait me faire davantage plaisir! Pour appointements de début, on me proposait une livre de plus par semaine que chez Coxon, avec des fonctions à peu près analogues.

« Et maintenant j'en viens à la partie bizarre de mon histoire. Je logeais en garni sur la route de Hampstead : 17, Potter's Terrace. Bon. Le soir même du jour où j'avais reçu ma promesse d'emploi je fumais un cigare le cœur en paix, lorsque la propriétaire monta dans ma chambre avec une carte de visite sur laquelle je lus : « Arthur Pinner, agent financier. » Je n'avais jamais entendu parler de ce Pinner, et je me demandai bien ce qu'il pouvait me vouloir, mais naturellement je le fis monter. Le voilà qui entre : taille moyenne, cheveux bruns, yeux noirs, barbe noire, avec un je ne sais quoi d'un peu juif dans le nez. Il a des manières vives, il parle bref, comme un monsieur qui connaît la valeur du temps.

« — Monsieur Hall Pycroft, je crois?

« — Oui, monsieur. »

« Je lui avance une chaise.

« — Vous étiez récemment chez Coxon and « Woodhouse?

« — Oui, monsieur.

« — Et engagé maintenant par Mawson?

« — Exact.

« — Bon, fait-il. Voilà : j'ai entendu quel-
« ques histoires peu banales sur vos capacités
« financières. Vous vous rappelez Parker, le
« directeur de Coxon? Il était intarissable à
« votre sujet. »

« Evidemment, j'étais bien aise de l'entendre.
Au bureau j'avais toujours bien travaillé, mais
je n'aurais jamais cru que dans la City on parlait
autant de moi.

« — Vous avez une bonne mémoire? me
« demande-t-il.

« — Assez! dis-je modestement.

« — Etes-vous demeuré en contact avec la
« Bourse pendant que vous n'avez pas tra-
« vaillé?

« — Oui. Tous les matins je lis la cote des
« valeurs.

« — Voilà qui dénote une réelle application!
« s'écrie-t-il. Voilà comment on s'enrichit! Vous
« ne m'en voudrez pas si je vous mets à
« l'épreuve, n'est-ce pas? A combien aujourd'hui
« les Ayrshires?

« — 105, contre 105 1/4.

« — Et le consolidé de Nouvelle-Zélande?

« — 104.

« — Et les Broken Hills anglais?

« — 7 contre 7 et 6.

« — Merveilleux! s'exclame-t-il en levant les
« bras. Exactement ce que j'aurais répondu.
« Mon garçon, mon garçon, vous êtes bien trop
« calé pour prendre une place d'employé chez
« Mawson! »

« Cette explosion m'étonne, comme vous
pouvez le penser.

« — Ma foi, dis-je à M. Pinner, d'autres
« gens ne m'apprécient pas autant que vous.
« J'ai dû me bagarrer dur avant de trouver ce
« job, et je suis rudement content de l'avoir
« obtenu.

« — Peuh, mon cher! Vous devriez voler
« plus haut, voyons! Vous n'êtes pas dans votre
« vraie sphère. Moi, ce que je vous offre est
« peu de chose par rapport à vos capacités,
« mais par rapport à ce que vous offre Mawson,
« c'est le jour à côté de la nuit. Dites-moi :
« quand vous présentez-vous chez Mawson? »

« — Lundi.

« — Ah! Ah! Je parierais bien une petite
« somme que vous n'irez pas chez Mawson.

« — Pas chez Mawson?

« — Non, monsieur! Lundi vous serez direc-
« teur commercial de la société de quincaille-
« rie Franco-Midland, S.A.R.L. qui groupe

« 134 succursales dans les villes et villages de
« France, sans compter celles de Bruxelles et
« San Remo. »

« J'en ai le souffle coupé. Je murmure :

« — Mais je n'en ai jamais entendu parler!

« — Rien d'étonnant. Tout cela a été tenu
« très secret. Le capital a été entièrement sous-
« crit par des particuliers : c'est une trop
« bonne affaire pour y admettre le public. Mon
« frère, Harry Pinner, en est l'animateur et
« l'administrateur délégué. Il savait que j'étais
« dans le bain, et il m'a demandé de lui trou-
« ver un brave type pas cher... c'est-à-dire un
« homme jeune, actif, plein de mordant, d'éner-
« gie. Parker m'a parlé de vous, voilà pourquoi
« je suis ici ce soir. Nous ne pouvons vous offrir
« qu'un salaire de misère : cinq cents pour
« débuter... »

« Je hurle :

« — Cinq cents livres par an?

« — Seulement pour commencer. Mais vous
« aurez une commission de 1 % sur toutes les
« affaires enlevées par vos agents, et vous pou-
« vez me croire : cette commission doublera
« votre salaire!

« — Mais je ne connais rien à la quincail-
« lerie!

« — Tut, mon garçon, vous vous y connais-
« sez en chiffres! »

« J'ai des bourdonnements dans la tête. Je
voudrais bien rester calme et tranquille sur ma
chaise, mais c'est difficile. Soudain un petit
frisson de doute me chatouille.

« — Il faut que je sois franc avec vous, lui
« dis-je. Mawson ne m'offrait que 200 livres,
« mais Mawson est une affaire sérieuse, sûre.
« En réalité, je sais si peu de choses sur votre
« société que...

« — Ah, parfait! Bravo! s'écrie-t-il dans une
« sorte d'extase. Vous êtes exactement l'homme
« qu'il nous faut! On ne vous la fait pas à vous,
« et vous avez bien raison! Tenez, voici un
« billet de cent livres. Si vous pensez que nous
« pouvons nous entendre, vous n'avez qu'à le
« glisser dans votre poche : ce sera une avance
« sur votre salaire.

« — C'est fort généreux de votre part, dis-je.
« Quand dois-je débuter dans mon nouvel em-
« ploi?

« — Soyez à Birmingham demain à une
« heure. J'ai dans ma poche une lettre que
« vous remettrez à mon frère. Vous le trouve-
« rez au 126 B, Corporation Street, où sont si-
« tués les bureaux provisoires de la société.
« Naturellement c'est lui qui vous confirmera

« votre engagement, mais entre nous l'affaire
« est conclue.

« — Vraiment, je ne sais comment vous
« exprimer ma gratitude, monsieur Pinner! lui
« dis-je.

« — Mais pas du tout, mon garçon! Vous
« n'avez que ce que vous méritez. Il y a une ou
« deux choses, de simples formalités, que je
« voudrais régler avec vous. Avez-vous une
« feuille de papier ici? Ecrivez : « Je sous-
« signé déclare accepter les fonctions de direc-
« teur commercial à la société de quincaillerie
« Franco-Midland, contre des appointements
« minima de 500 livres. »

« Je fais ce qu'il demande, et il met le papier
dans sa poche.

« — Encore un autre détail, reprend-il.
« Qu'avez-vous l'intention de faire avec
« Mawson? »

« Dans ma joie j'avais complètement oublié
Mawson.

« — Je vais écrire une lettre de démission.

« — Voilà précisément ce que je ne veux pas.
« Figurez-vous que je me suis disputé à propos
« de vous avec le directeur de Mawson. J'étais
« monté lui parler de vous, et il a été très dé-
« sagréable. Insultant même! Il m'a accusé de
« vouloir vous embobeliner pour vous faire

« quitter sa firme. A la fin j'ai presque perdu
« mon sang-froid et je lui ai lancé : « Si vous
« voulez de bons employés, il faut les payer un
« bon prix. » Il m'a répondu : « Il préférerait
« avoir notre petit salaire plutôt que le vôtre! »
« Et moi j'ai répondu : « Je vous parie cinq
« livres que lorsqu'il aura écouté mes offres,
« vous n'entendrez plus jamais parler de lui. »
« Il m'a dit : « Tenu! Nous l'avons ramassé
« dans le ruisseau, il ne nous lâchera pas de
« sitôt! » Voilà ses propres paroles.

« — L'impudent coquin! Jamais je ne l'ai vu
« de ma vie! D'ailleurs pourquoi m'occuperais-
« je de lui? Si vous préférez que je ne lui écrive
« pas, certainement je ne lui écrirai pas!

« — Bien! Voilà qui est promis, me dit-il en
« se levant de sa chaise. Eh bien, je suis ravi
« d'avoir déniché pour mon frère quelqu'un
« d'aussi intelligent. Voici votre avance de cent
« livres, et voici la lettre. Prenez note de
« l'adresse, 126 B, Corporation Street, et sou-
« venez-vous de l'heure de votre rendez-vous :
« demain à une heure. Bonne nuit. Je vous
« souhaite de gagner tout l'argent que vous
« méritez! »

« Voilà tout ce qui s'est passé entre nous, si
mes souvenirs sont exacts. Vous imaginez, docteur Watson comme j'étais content d'une chance

aussi peu ordinaire! Je passai la moitié de la
nuit à remuer tout ça dans ma tête, et le lendemain je partis pour Birmingham par un train
qui me laissait suffisamment de temps pour
arriver à l'heure. Je déposai mes affaires dans
un hôtel de New Street, et je me rendis à
l'adresse indiquée.

« J'étais en avance d'un quart d'heure, mais
je me dis que ça n'avait pas d'importance. Le
126 B était un couloir entre deux grandes bou-
tiques, qui menait à un escalier de pierre en
colimaçon sur lequel ouvraient de nombreux
appartements, loués en guise de bureaux à des
sociétés ou à des membres des professions libé-
rales. Les noms des locataires étaient badigeon-
nés sur un tableau, mais je ne vis pas le nom de
la S.A.R.L. Franco-Midland de quincaillerie.
Je demeurai interdit, j'en avais le cœur gros
comme une montagne, je me demandais si
toute cette affaire était une mystification... Et
puis un homme survint et m'adressa la parole.
Il ressemblait beaucoup au type que j'avais vu
la veille au soir : il avait la même voix, la
même silhouette, mais il était imberbe et ses
cheveux étaient plus clairs.

« — Seriez-vous monsieur Hall Pycroft? me
« demande-t-il.

« — Oui.

« — Ah! je vous attendais, mais vous êtes
« un peu en avance. J'ai reçu ce matin une
« lettre de mon frère : il me chante vos louanges.

« — J'étais en train de chercher vos bureaux.

« — Nous n'avons pas encore notre nom
« inscrit ici, car ce n'est que la semaine der-
« nière que nous avons pu nous procurer ces
« locaux provisoires. Venez avec moi, nous allons
« parler de l'affaire. »

« Je le suis jusqu'en haut d'un escalier, sous
les ardoises. Là deux petites pièces vides et
poussiéreuses, sans tapis et sans rideaux, dans
lesquelles il me pousse. Moi j'avais pensé à un
grand bureau avec des tables étincelantes, des
employés rangés derrière comme j'y étais habitué! Alors je regarde plutôt interloqué deux
chaises branlantes et une petite table qui, avec
un registre et une corbeille à papier, compo-
saient tout l'ameublement.

« — Ne vous découragez pas, monsieur
« Pycroft! s'écrie ma nouvelle connaissance en
« voyant la tête que je faisais. Rome ne s'est
« pas construite en un jour; nous avons beau-
« coup d'argent derrière nous, quoique nous
« ne fassions pas énormément d'épate dans nos
« bureaux. Allons, asseyez-vous et donnez-moi
« votre lettre. »

« Je la lui donne. Il la lit très soigneusement.

« — Vous semblez avoir produit une très
« forte impression sur mon frère Arthur, dit-il
« en reposant la lettre. Or, je le connais bien :
« il a le jugement sain. Certes il ne jure que
« par Londres et moi par Birmingham : toute-
« fois en cette occasion je suivrai son avis. Veuil-
« lez vous considérer comme définitivement en-
« gagé.

« — Qu'aurai je à faire?

« — Vous aménagerez bientôt notre grand
« dépôt de Paris qui va déverser un flot de
« faïences et de poteries anglaises dans les maga-
« sins de nos cent trente-quatre agents en
« France. L'achat sera totalement effectué dans
« la semaine. D'ici là vous resterez à Birming-
« ham et vous vous rendrez utile.

« — En quoi faisant? »

« Pour toute réponse, voilà qu'il prend dans
un tiroir un gros livre rouge.

« — Ceci est le Bottin, me dit-il. Le Bottin
« est la liste des habitants de Paris; leur pro-
« fession est inscrite après le nom. Je voudrais
« que vous emportiez ce livre chez vous et que
« vous releviez les noms de tous les quincailliers
« avec leurs adresses. Cela me servirait beau-
« coup d'avoir cette liste.

« — Sûrement il en existe déjà dans des
« annuaires, non?

« — On ne peut pas se fier à eux. Leur
« système est différent du nôtre. Mettez-vous
« là-dessus et venez m'apporter vos listes lundi
« prochain à midi. Au revoir, monsieur Pycroft.
« Si vous continuez à montrer du zèle et de
« l'intelligence, vous trouverez que la société
« est un bon patron. »

« Je rentre à l'hôtel avec, sous le bras, le
gros livre rouge et, dans le cœur, des sentiments
fort contradictoires. D'un côté je suis définitivement engagé et j'ai cent livres en poche. De
l'autre l'aspect des bureaux, l'absence du nom
sur le tableau et d'autres détails qui auraient
frappé un homme d'affaires m'ont fâcheusement impressionné sur la situation de mes em-
ployeurs. Mais après tout, j'ai mon argent.
Advienne que pourra! Je m'attelle donc à ma
tâche. Tout le dimanche je demeure penché
au-dessus du Bottin et lundi je n'en suis arrivé
qu'à la lettre H. Je retourne chez mon patron.
Je le trouve dans la même pièce vide. Il me dit
de continuer jusqu'au bout, et de revenir mercredi. Mercredi je n'ai pas encore terminé. Je
travaille d'arrache-pied jusqu'à vendredi, c'est-
à-dire hier. Alors j'apporte mon travail à
M. Harry Pinner.

« — Je vous remercie beaucoup, me dit-il.
« Je crains d'avoir sous-estimé les difficultés de

« cette tâche. Vous avez fait là un travail qui
« me sera d'un secours matériel considérable.

« — Et qui m'a pris du temps!

« — Maintenant, reprend-il, je vais vous
« demander de me dresser la liste des maisons
« d'ameublement, car elles vendent toutes de
« la quincaillerie.

« — Très bien.

« — Venez demain soir à sept heures pour
« me dire où vous en serez. Ne vous surmenez
« pas. Deux heures de music-hall dans la soirée
« ne vous feront pas de mal après tous vos tra-
« vaux. »

« Le voilà qui se met à rire tout en me parlant, et je m'aperçois non sans sursauter que
sa deuxième dent du côté gauche a un très vilain plombage en or. »

Sherlock Holmes se frotta les mains avec
ravissement, tandis que moi je contemplais avec
ahurissement notre client.

« Oui, oui! Vous avez bien raison de paraître
sidéré, docteur Watson! me dit-il. Mais pourtant c'est ainsi. Quand j'avais causé avec l'autre
type à Londres il avait ri à l'idée que je n'irais
pas chez Mawson. Et j'avais remarqué que sa
dent était plombée, très exactement comme
celle que j'ai vue hier. Vous comprenez : le
reflet de l'or, dans les deux cas, fixa mon atten-

tion. Quand je réfléchis que la voix et la silhouette étaient les mêmes, et que les seules caractéristiques qui différaient pouvaient provenir d'un coup de rasoir ou d'une perruque, je me dis que c'était certainement un seul et même homme. Bien sûr, on comprend que deux frères se ressemblent, mais pas au point d'avoir la même dent plombée de la même façon... Il me congédia et je me retrouvai dans la rue, ne sachant pas trop si je marchais sur la tête ou sur les talons. Je revins à mon hôtel, me plongeai la tête dans l'eau froide et essayai de penser. Pourquoi m'avait-il envoyé de Londres à Birmingham? Pourquoi était-il arrivé à Birmingham avant moi? Pourquoi s'était-il écrit une lettre à lui-même? C'était trop de problèmes pour ma tête; je n'y comprenais rien. Et soudain l'idée me traversa que ce qui était pour moi noir comme la nuit pouvait être clair comme le jour pour M. Sherlock Holmes. J'ai eu juste le temps de prendre le train de nuit, de le voir ce matin et de vous ramener tous deux à Birmingham. »

Lorsque l'employé de l'agent de change eut terminé le récit de sa surprenante aventure il y eut un instant de silence. Puis Sherlock Holmes m'adressa un clin d'œil et s'adossa aux coussins avec la figure à la fois satisfaite et critique d'un connaisseur qui vient de s'humecter le palais avec un grand cru de l'année.

« Pas mal, Watson, n'est-ce pas? Il y a dans cette affaire certains détails qui me plaisent. Je pense que vous conviendrez avec moi qu'un entretien avec M. Harry Pinner, au siège provisoire de la Franco-Midland, ne manquerait pas de piquant pour nous deux?

— Mais comment pourrons-nous?... demandai-je.

— Oh! rien de plus facile! s'exclama joyeusement Hall Pycroft. Vous êtes deux de mes amis qui cherchez un emploi. Quoi de plus normal que je vous présente à l'administrateur délégué?

— Bien sûr! D'accord! fit Holmes. Je voudrais voir de près ce personnage et tenter de percer son petit jeu. Quelles qualités, mon ami, possédez-vous donc pour que vos services soient si hautement évalués? Ou serait-il possible que?... »

Il se mit à se ronger les ongles et à regarder obstinément par la portière. Nous n'obtînmes pas plus de deux ou trois paroles de lui avant notre arrivée dans New Street.

A sept heures, ce soir-là, nous déambulions tous les trois dans Corporation Street vers les bureaux de la société.

« Ce n'est pas la peine d'arriver en avance, nous expliqua notre client. Il ne vient là que pour me voir apparemment, car les lieux sont inoccupés jusqu'à l'heure fixée pour notre rendez-vous.

— Voilà qui est suggestif! observa Holmes.

— Je vous l'avais bien dit! s'exclama subitement l'employé de banque. Le voici qui marche devant nous. »

Il nous désigna un homme plutôt petit, blond, bien habillé, qui se hâtait sur l'autre trottoir. Tandis que nous le surveillions il regarda du côté d'un gamin qui hurlait les titres de la dernière édition du journal du soir, s'élança au milieu des voitures et des autobus pour en acheter un. Puis, le journal dans une main, il disparut par une porte.

« C'est là! s'écria Hall Pycroft. Il monte aux bureaux de la société. Venez avec moi. Je vais tout régler le plus facilement du monde. »

Nous grimpâmes cinq étages à sa suite; notre client frappa à une porte entrouverte.

« Entrez! »

Nous nous trouvâmes alors dans la pièce nue et vide qui nous avait été décrite. Devant la table unique était assis l'homme que nous avions aperçu dans la rue; le journal du soir

était étalé sous ses yeux. Quand il leva la tête
il me sembla que je n'avais jamais vu de visage
portant autant de signes d'accablement, et de
quelque chose au-delà de l'accablement... d'une
horreur telle que peu de gens en éprouvent au
cours de leur existence! Son front était luisant
de sueur, ses joues avaient la couleur blan-
châtre d'un ventre de poisson, dans ses yeux
brillait un sauvage regard fixe. Il regarda son
employé comme s'il ne le reconnaissait plus, et
je constatai d'après l'étonnement qu'exprimait
la figure de notre guide que cette contenance
n'était pas du tout celle à laquelle il l'avait
habitué.

« Vous paraissez souffrant, monsieur Pinner!
s'exclama-t-il.

— Oui, je ne me sens pas très bien! » répondit l'autre en faisant des efforts évidents pour
se ressaisir.

Il passa sa langue sur ses lèvres avant de demander :

« ... Quels sont ces messieurs que vous avez
amenés avec vous?

— L'un est M. Harris, de Bermondey, et
l'autre M. Price, de cette ville, annonça notre
employé avec aisance. Ce sont deux amis à moi,
des hommes d'expérience, mais ils sont chô-
meurs depuis quelque temps, et ils espéraient

que peut-être vous pourriez utiliser leurs capacités dans la société.

— Bien possible! Bien possible! fit M. Pinner avec un sourire affreux à voir. Oui, nous pourrons sans doute faire quelque chose pour vous. Quelle est votre spécialité, monsieur Harris?

— Je suis comptable, répondit Holmes.

— Ah? Nous aurons justement besoin d'un teneur de livres. Et vous, monsieur Price?

— Employé de bureau, répondis-je.

— J'ai tout lieu d'espérer que la société pourra vous engager. Je vous le ferai savoir dès que nous serons entrés dans la voie des décisions. Et maintenant, je vous prie de me laisser. Pour l'amour de Dieu, laissez-moi seul! »

Ces derniers mots avaient jailli de sa bouche comme si la contrainte qu'il avait visiblement exercée sur lui-même avait brusquement volé en éclats. Holmes et moi échangeâmes un regard, et Hall Pycroft fit un pas vers la table.

« Vous oubliez, monsieur Pinner, que vous m'avez donné rendez-vous ici pour que je reçoive vos instructions, dit-il.

— Certainement, monsieur Pycroft, certainement! répondit l'autre d'une voix plus calme. Vous pouvez attendre un moment, et il n'y a pas de raison pour que vos amis n'attendent pas avec vous. Je serai tout à fait à votre disposition dans trois minutes, si tant est que je puisse abuser de votre patience jusque-là. »

Il se leva avec un air très courtois, s'inclina en passant devant nous, ouvrit une porte située à l'autre bout du bureau et la referma derrière lui.

« Qu'est-ce que cela veut dire? chuchota Holmes. Va-t-il nous filer entre les doigts?

— Impossible! répondit Pycroft.

— Pourquoi?

— Cette porte donne sur une pièce intérieure.

— Sans issue?

— Sans autre issue que la porte.

— Est-elle meublée?

— Hier elle était vide.

— Alors que peut-il y faire? Quelque chose m'échappe dans cette affaire. Si jamais un homme a été aux trois quarts fou de terreur, c'est bien Pinner. Qu'est-ce qui a bien pu lui donner la tremblote?

— Il a pensé que nous étions des policiers, dis-je.

— C'est sûr! » fit Pycroft.

Holmes secoua la tête.

« Il n'est pas devenu blême. Il était blême quand nous sommes entrés. Il est possible que... »

Sa phrase fut interrompue par un toc-toc assez fort qui venait de la porte intérieure.

« Pourquoi diable frappe-t-il à sa propre porte? » cria l'employé.

A nouveau et beaucoup plus fort retentit le toc-toc-toc. Cette porte fermée commençait à nous énerver. Je me tournai vers Holmes et je vis sa figure se figer tandis qu'il se penchait en avant avec une excitation intense. Puis soudain nous entendîmes une sorte de gargouillement et un vif tambourinage sur du bois. Holmes bondit comme un forcené à travers la pièce et poussa sur la porte. Elle était assujettie de l'intérieur. Ensemble nous pesâmes dessus de toute notre force, de tout notre poids. Une charnière sauta, puis une autre; enfin la porte céda. Nous nous élançâmes par-dessus les débris.

La pièce était vide.

Notre embarras ne dura qu'une seconde. Dans un angle, l'angle le plus proche du bureau où nous avions attendu, il y avait une deuxième porte. Holmes sauta, l'ouvrit. Par terre gisaient une veste et un gilet. A un crochet fixé derrière la porte était pendu, avec ses propres bretelles autour du cou, l'administrateur délégué de la société de quincaillerie Franco-Midland. Il avait les genoux remontés, la tête qui faisait un angle atroce avec le reste du corps; le battement de ses talons contre la porte avait été le bruit qui avait interrompu notre conversation. En un instant je l'avais attrapé par la taille, soulevé, tandis que Holmes et Pycroft dénouaient les bandes élastiques qui avaient presque disparu entre les plis blanchâtres de la peau. Puis nous le transportâmes dans l'autre pièce. Il resta là étendu; sa figure avait le teint plombé de l'ardoise; à chaque souffle ses lèvres rouges se gonflaient et se dégonflaient. Une véritable ruine, à côté de ce qu'il était quelques minutes plus tôt!

« Qu'est-ce que vous en pensez, Watson? » me demanda Holmes.

Je me penchai pour procéder à un bref examen. Le pouls était faible et irrégulier. Mais sa respiration se faisait moins saccadée et ses paupières frémissaient assez pour laisser voir un peu du blanc de l'œil.

« Il était moins cinq! Mais à présent il vivra. Tenez, ouvrez la fenêtre s'il vous plaît, et apportez-moi la carafe d'eau... »

Je lui déboutonnai le col, j'aspergeai sa figure, et je fis exécuter à ses bras tous les mouvements classiques destinés à ranimer les asphyxiés, jusqu'à ce qu'il émît un souffle long et normal.

« ... Ce n'est plus qu'une question de temps », dis-je en me détournant de lui.

Holmes se tenait près de la table, les deux mains enfoncées dans les poches de son pantalon, et le menton baissé contre la poitrine.

« Je suppose que nous devrions maintenant appeler la police, dit-il. Pourtant j'avoue que je préférerais remettre aux policiers une affaire complètement élucidée.

— Tout ça, c'est énigme et Cie! s'écria Pycroft en se grattant la tête. Pourquoi voulaient-ils me faire monter et me garder ici, et puis?...

— Peuh! fit Holmes avec impatience. Tout est devenu assez clair. Sauf ce dernier geste subit.

— Vous comprenez donc le reste?

— Le reste est l'évidence même. Qu'est-ce que vous dites, Watson? »

Je haussai les épaules.

« Moi je n'y comprends rien!

— Oh! voyons, si vous considérez les premiers éléments, ils ne mènent qu'à une seule conclusion!

— Quelle est votre théorie, alors?

— Toute l'affaire repose sur deux points. Le premier, c'est la déclaration qu'on fait écrire à Pycroft et par laquelle celui-ci entre au service de cette absurde société. Vous ne voyez pas son importance?

— Je crains que non.

— Allons! Pourquoi en avaient-ils besoin? Pas pour la bonne règle, car ces sortes d'arrangements sont habituellement verbaux; en quel honneur y aurait-il eu une exception? Ne voyez-vous pas, mon jeune ami, qu'ils étaient très désireux d'obtenir un spécimen de votre écriture et que c'était pour eux le seul moyen de l'avoir?

— Mais pourquoi?

— D'accord! Pourquoi? Quand nous aurons répondu à ce pourquoi, nous aurons progressé vers la solution de notre petit problème. Quelqu'un voulait apprendre à imiter votre écriture, et il lui fallait auparavant s'en procurer un exemplaire. Et maintenant si nous passons au deuxième point, nous découvrons que chacun éclaire l'autre. Le deuxième point est celui-ci : Pinner vous demande de ne pas démissionner de votre emploi : Pinner veut laisser croire au directeur de Mawson qu'un M. Hall Pycroft, qu'il n'a jamais vu, prendra son service lundi matin.

— Mon Dieu! s'exclama notre client. Quelle linotte j'ai été!

— A présent mesurez-vous l'importance de votre déclaration manuscrite? Supposez que quelqu'un prenne votre place, et que ce quelqu'un

ait une écriture très différente de celle par laquelle vous avez posé votre candidature, la supercherie aurait été éventée. Mais entre-temps,
le coquin a appris à vous imiter; sa situation
était donc bien assurée, car je présume que personne dans les bureaux ne vous avait jamais
vu?

— Personne! gémit Pycroft.

— Parfait! Naturellement il était du plus
haut intérêt de vous empêcher de trop réfléchir
là-dessus, comme de vous éviter tout contact
vous permettant d'apprendre que vous aviez un
double qui travaillait chez Mawson. Voilà pourquoi ils vous ont donné une jolie avance sur
vos appointements, et expédié dans les Midlands
où ils vous accablèrent de travail pour que vous
ne puissiez pas vous rendre à Londres et compro-
mettre leur petite combinaison. Tout cela est
assez simple.

— Mais pourquoi cet homme ferait-il sem-
blant d'être son propre frère?

— Mais c'est également fort clair! Dans ce
complot ils sont évidemment deux. L'autre est
en train de se faire passer pour vous au bureau.
Celui-ci a joué le rôle de vous engager, et puis
il a trouvé qu'il ne pourrait pas vous dénicher
un patron sans mettre une troisième personne
dans le secret. Ce à quoi il ne tenait pas du

tout. Il a donc modifié son aspect extérieur du mieux qu'il a pu, et il a attribué cette ressemblance que vous deviez évidemment remarquer à un air de famille. Mais par chance il y a eu le plombage en or. Sinon, vous n'auriez sans doute rien soupçonné! »

Hall Pycroft dressa en l'air ses mains jointes.

« Seigneur! s'écria-t-il. Mais pendant que je jouais l'imbécile ici, que fabriquait l'autre Hall Pycroft chez Mawson? Que devons-nous faire, monsieur Holmes? Dites-moi quoi faire!

— Il faut télégraphier chez Mawson.

— Le samedi ils ferment à midi.

— N'importe. Il peut y avoir un concierge ou un gardien...

— Ah! oui! Ils emploient un gardien en permanence à cause des valeurs qu'ils détiennent dans leurs coffres. Je me rappelle en avoir entendu parler dans la City.

— Très bien. Nous allons télégraphier au gardien pour savoir si tout se passe bien, et si un employé à votre nom travaille dans l'établissement. Cela est assez clair. Par contre, ce qui l'est moins, c'est pourquoi l'un des coquins, du seul fait qu'il nous voit, quitte cette pièce et va aussitôt se pendre à côté.

— Le journal! » grinça une voix derrière nous.

Le coquin en question, tout blanc, s'était mis sur son séant; on aurait dit un spectre; la raison commençait à réapparaître dans ses yeux; il frictionnait nerveusement le large sillon rouge creusé autour de son cou.

« Le journal! Bien sûr! s'écria Holmes au paroxysme de l'excitation. Idiot que je suis! J'étais tellement axé sur notre visite que pas un instant je n'ai pensé au journal. Naturellement c'est dans le journal que nous trouverons la clef de l'énigme! »

Il l'étala sur la table, et un cri de triomphe s'échappa de ses lèvres.

« Regardez, Watson! C'est un journal de Londres. L'une des premières éditions de l'*Evening Standard*. Voici ce qui nous manquait. Regardez les titres : « Un crime dans la City. « On assassine chez Mawson and William's. Un « gigantesque coup monté. Capture du crimi- « nel. » Allez, Watson, nous sommes tous également anxieux de savoir : alors, s'il vous plaît, lisez l'article à haute voix. »

D'après son emplacement dans le journal, il s'agissait de l'affaire la plus importante de la capitale.

« Une formidable tentative de brigandage, qui se solde par la mort d'un homme et la capture du criminel, a eu lieu cet après-midi dans la City. Depuis quelque temps, Mawson and William's, les agents de change bien connus, assumaient la garde de valeurs dont le total dépassait un million de livres sterling. Le directeur était si conscient de la responsabilité qui lui incombait en raison des grands intérêts en jeu que des coffre-forts du dernier modèle avaient été mis en service, et qu'un surveillant armé montait la garde nuit et jour dans le bâtiment. Il est établi que la semaine dernière un nouvel employé du nom de Hall Pycroft fut engagé par la société. Ce Pycroft en définitive n'était autre que Beddington, le célèbre faussaire et cambrioleur qui, en compagnie de son frère, venait de purger un emprisonnement de cinq ans. Par des moyens qui n'ont pas encore été précisés il parvint à obtenir sous un faux nom une situation dans l'établissement; il l'utilisa à prendre les empreintes de diverses serrures et à connaître l'emplacement de la chambre forte et des coffres.

« Chez Mawson les employés quittent leur travail le samedi à midi. Le sergent Tuson, de la police de la City, fut donc plutôt surpris de voir quelqu'un muni d'un sac de voyage descendre les marches à une heure vingt. Ses soupçons s'éveillèrent. Le sergent suivit son homme.

Avec l'aide de l'agent Pollock il réussit, en dépit d'une résistance désespérée, à l'arrêter. Immédiatement il apparut qu'un vol audacieux et considérable avait été commis. Près de cent mille livres de bons des chemins de fer américains, plus une grosse quantité d'autres titres, furent inventoriés dans le sac. L'examen des lieux amena la découverte du corps du malheureux gardien, plié en deux et enfoncé dans le plus grand des coffres où il n'aurait pas été trouvé avant lundi si le sergent Tuson n'avait pas manifesté autant de zèle que de courage. Le crâne de la victime avait été fracassé par un coup de tisonnier assené par-derrière. Sans aucun doute Beddington avait pu entrer en simulant d'avoir oublié quelque chose; il avait tué le gardien, dévalisé le gros coffre, mis le cadavre à la place des valeurs et il se disposait à partir avec son butin. Son frère qui est habituellement son associé n'apparaît pourtant pas dans cette affaire, du moins d'après ce qu'on en peut dire aujourd'hui. Mais la police enquête afin de savoir où il se tient actuellement. »

« Eh bien nous pouvons épargner à la police quelques difficultés de ce côté-là! fit Holmes en lorgnant vers le corps recroquevillé près de la fenêtre. La nature humaine est un étrange composé, Watson! Voyez comme un bandit doublé d'un assassin peut susciter assez d'affection pour que son frère tente de se suicider quand il apprend que la corde l'attend. Mais nous n'avons pas le choix : le docteur et moi monterons la garde, monsieur Pycroft, pendant que vous pousserez la complaisance jusqu'à aller prévenir la police. »

## CHAPITRE IV

## LE « GLORIA SCOTT »

« J'ai ici quelques papiers, me dit mon ami Sherlock Holmes un soir d'hiver où nous étions assis de chaque côté de la cheminée, qui selon moi mériteraient que vous y jetiez un coup d'œil. Il s'agit des documents qui se rapportent à l'affaire extraordinaire du *Gloria Scott* : par exemple le message qui a foudroyé d'horreur le juge de paix Trevor quand il l'a lu. »

D'un tiroir il avait exhumé une petite boîte décolorée; après en avoir défait le ruban il me tendit un court billet griffonné sur une demi-feuille de papier ardoisé. En voici le texte :

« *Plus de difficultés : rien comme gibier à Londres pour faire la concurrence. Hudson ton représentant a très bien vendu les faisans, la faisane et la mèche de fouet. Ta perdrix rouge seule a la chance de pouvoir quitter cette semaine l'élevage d'Angleterre.* »

Quand je relevai les yeux après avoir lu ce message énigmatique, je vis Holmes glousser de joie.

« Vous me paraissez un peu désorienté! me dit-il.

— Je comprends mal qu'un pareil message ait pu foudroyer d'horreur son destinataire : il me semble, au contraire...

— Mais oui : au contraire!... Et pourtant le fait est que son destinataire, un beau vieillard robuste, s'est écroulé après qu'il en eut pris connaissance comme s'il avait reçu à bout portant un coup de fusil.

— Vous éveillez ma curiosité! Mais d'abord pourquoi m'avez-vous dit que cette affaire méritait de ma part un intérêt particulier?

— Parce qu'elle a été ma première affaire. »

J'avais souvent essayé d'obtenir de mon compagnon qu'il me révèle les motifs qui l'avaient aiguillé vers les enquêtes criminelles, mais je n'avais jamais réussi jusque-là à le saisir dans une humeur communicative. Or, ce soir je le vis étaler sur ses genoux les documents auxquels il avait fait allusion. Il alluma sa pipe et pendant quelques instants demeura silencieux dans son fauteuil à remuer des souvenirs.

« Vous ne m'avez jamais entendu parler de Victor Trevor? me demanda-t-il. Il fut le seul

ami que je me fis pendant mes deux années
d'Ecole. Je ne me rappelle pas, Watson, avoir
jamais été un individu très sociable : je préférais
m'enfermer dans ma chambre afin de mettre
au point mes petites méthodes personnelles de
raisonnement : si bien que je ne me mêlais
guère aux garçons de mon âge. En dehors de
l'escrime et de la boxe, le sport ne me tentait
pas. Je consacrais donc mon attention à des
sujets fort différents de ceux qui passionnaient
mes camarades. Le résultat fut qu'entre eux et
moi il n'y avait aucun point de contact. Trevor
était le seul avec lequel je me liai; encore fal-
lut-il pour cela qu'un matin, alors que je me
rendais à un service religieux, son bull-terrier
se prît d'une passion soudaine pour ma cheville.

« Cette manière prosaïque de faire connaissance se révéla efficace. Je fus immobilisé pour
dix jours, et Trevor venait prendre de mes nouvelles. D'abord il ne resta bavarder qu'une minute. Mais bientôt ses visites se prolongèrent,
et nous devînmes vite amis. C'était un garçon
vigoureux, sanguin, plein d'esprit et d'énergie,
à beaucoup d'égards mon contraste. Cependant
nous nous découvrîmes quelques points communs, et notre amitié se scella du jour où j'appris qu'il était aussi dépourvu d'amis que moi.
Finalement il m'invita chez son père à Donni-

thorpe, dans le Norfolk, et j'acceptai son hospitalité pour un mois des grandes vacances.

« Le vieux Trevor était incontestablement un homme riche et considéré : juge de paix et propriétaire terrien. Donnithorpe est un petit hameau juste au nord de Langmere, dans la région des lacs et des marécages. La demeure était de type ancien, très longue, avec des solives de chêne et des murs de briques; une belle avenue bordée de tilleuls y menait. On chassait dans les fougères d'excellents canards sauvages; il y avait du poisson remarquable; la bibliothèque était limitée mais elle ne contenait que de bons ouvrages : héritée, d'après ce que je compris, d'un précédent occupant; la cuisine était convenable. Bref il aurait fallu être bien difficile pour ne pas passer là un mois enchanteur.

« Le père Trevor était veuf, et mon ami était son fils unique. Il avait eu une fille, je crois, mais elle était morte de la diphtérie au cours d'un séjour à Birmingham. Le père m'intéressa énormément. Il n'était pas très cultivé. Seulement il était doué d'une force primitive considérable, à la fois physique et mentale. Il avait peu lu, mais il avait beaucoup voyagé, et loin. Il avait vu le monde, et il se souvenait de tout ce qu'il avait appris. C'était un grand gaillard à forte et épaisse carrure, à tignasse poivre et sel, avec un visage hâlé et des yeux bleus perçants qui lui donnaient parfois un air féroce. Pourtant il avait dans le pays la réputation d'être bon et charitable. Au tribunal il était renommé pour son indulgence.

« Un soir, peu de temps après mon arrivée, nous étions assis après dîner devant un verre de porto, et le jeune Trevor se mit à parler de mes habitudes d'observation et de déduction dont j'avais déjà fait un système, sans en avoir deviné pour autant l'importance qu'il allait prendre dans ma vie. Naturellement le vieillard crut que son fils exagérait en racontant deux ou trois exploits banals que j'avais accomplis.

« — Allons, monsieur Holmes! me dit-il en « riant gaiement. Essayez de déduire quelque « chose sur mon compte : je suis un excellent « sujet.

« — Je crains de ne pas pouvoir vous en dire « long, répondis-je. Néanmoins je pense que « vous avez circulé ces derniers temps en redou- « tant une agression personnelle. »

« Le rire s'éteignit sur ses lèvres, et il me considéra avec un vif étonnement.

« — Ma foi, voilà qui est exact! dit-il. Tu « sais, Victor, quand nous avons mis un terme « aux activités de cette bande de braconniers,

« ils ont juré d'avoir notre peau. Et Sir Edward
« Hoby a récemment été attaqué. Depuis je
« n'ai pas cessé de me tenir sur mes gardes;
« mais je me demande bien comment vous pou-
« vez le savoir.

« — Vous avez une très jolie canne, dis-je.
« D'après l'inscription j'ai remarqué que vous
« ne la possédiez que depuis un an. Mais vous
« vous êtes donné du mal pour en creuser la
« pomme et pour y verser du plomb fondu : si
« bien que vous disposez d'une arme formida-
« ble. J'en ai déduit que vous n'auriez pas pris
« de telles précautions si vous n'aviez pas re-
« douté un danger quelconque.

« — Et quoi encore? me demanda-t-il en
« souriant.

« — Dans votre jeunesse vous avez fait de
« la boxe.

« — Exact, cela aussi. Comment l'avez-vous
« deviné? Est-ce que mon nez n'est pas tout à
« fait droit?

« — Il ne s'agit pas de votre nez, mais de
« vos oreilles. Elles ont l'allongement et l'épais-
« seur qui ne se retrouvent que chez les boxeurs.

« — Rien d'autre?

« — Les callosités de vos mains m'appren-
« nent que vous avez beaucoup retourné la
« terre.

« — Tout mon argent vient d'un champ au-
« rifère.

« — Vous êtes allé en Nouvelle-Zélande.

« — Exact encore.

« — Vous avez séjourné au Japon.

« — Parfaitement vrai.

« — Et vous avez été très intimement asso-
« cié à quelqu'un dont les initiales étaient J.A.,
« et qu'ensuite vous avez cherché à oublier
« complètement. »

« M. Trevor se leva avec peine, me fixa de
ses grands yeux bleus dont l'expression devint
sauvage, farouche, et piqua du nez parmi les
coquilles de noix qui jonchaient la nappe :
évanoui raide.

« Vous pouvez imaginer, mon cher Watson,
comme nous avons été bouleversés, son fils et
moi. Son attaque ne fut pas cependant de longue durée : dès que nous eûmes déboutonné
son col et aspergé d'eau fraîche son visage, il
hoqueta deux ou trois fois et se remit sur son
séant.

« — Ah! mes enfants! nous dit-il en s'effor-
« çant de sourire. J'espère que je ne vous ai pas
« effrayés, au moins? Costaud comme je suis,
« j'ai pourtant une faiblesse du côté du cœur
« et il ne m'en faut pas beaucoup pour me
« flanquer par terre. Je ne sais pas comment

« vous vous débrouillez, monsieur Holmes, mais
« j'ai l'impression que tous les détectives offi-
« ciels ou officieux sont à côté de vous des en-
« fants. C'est là votre carrière, monsieur! Et
« vous pouvez en croire un homme qui a roulé
« sa bosse dans les cinq parties du monde! »

« Voilà le conseil, joint à une estimation exa-
gérée de mes capacités, qui me mit pour la
première fois, Watson, si vous me faites l'honneur de me croire, en face de ce sentiment tout
nouveau pour moi : à savoir que je pourrais
gagner ma vie grâce à ce qui n'avait été pour
moi qu'un simple passe-temps. Sur le moment,
d'ailleurs, je fus trop préoccupé par le soudain
malaise de mon hôte pour penser à autre chose.

« — J'espère ne vous avoir rien dit qui vous
« ait fait mal? murmurai-je.

« — Eh bien, vous avez touché à coup sûr
« une corde sensible! Puis-je vous demander
« comment vous savez cela, et ce que vous sa-
« vez exactement? »

« Il s'adressait maintenant à moi sur un ton
badin, mais au fond de son regard une sorte de
terreur restait tapie.

« — C'est la simplicité même! répondis-je.
« Quand vous avez relevé votre manche pour
« tirer tout à l'heure le poisson hors de l'eau,
« j'ai vu les initiales « J.A. » tatouées au pli

« du coude. Les lettres sont encore visibles,
« mais étant donné leur demi-effacement et la
« couleur de votre peau tout autour, il est évi-
« dent que vous avez tenté de les faire dispa-
« raître. Evident, par conséquent, que ces ini-
« tiales vous ont été autrefois très chères et
« qu'ensuite vous avez souhaité les oublier.

« — Quels yeux! s'écria-t-il non sans pousser
« un soupir de soulagement. C'est tout à fait
« ce que vous avez dit. Mais n'en parlons plus.
« De tous les revenants, les spectres de
« nos amours sont les pires. Passons dans la
« salle de billard et fumons paisiblement un
« cigare. »

« A dater de ce jour et en dépit de toute sa
cordialité, il y eut constamment dans le comportement de M. Trevor envers moi une pointe
de soupçon. Son fils le remarqua.

« — Vous avez donné une telle peur au
« vieux, me dit-il, qu'il ne sera plus jamais sûr
« de ce que vous savez et de ce que vous igno-
« rez. »

« Il n'avait pas l'intention de me le montrer,
j'en suis certain, mais cette impression était si
fort entrée en lui qu'elle se manifestait en toute
occasion. Finalement, me rendant compte que
ma présence le tourmentait, je brusquai la fin
de mon séjour. Toutefois la veille de mon départ

il se produisit un incident dont l'importance
se révéla par la suite.

« Nous étions assis sur la pelouse dans des
fauteuils de jardin, prenant le soleil et admirant le panorama des lacs, quand la bonne vint
annoncer qu'à la porte quelqu'un désirait voir
M. Trevor.

« — Qui? s'enquit notre hôte.

« — Il n'a pas voulu me dire son nom.

« — Que me veut-il alors?

« — Il m'a seulement dit que vous le con-
« naissiez, et qu'il voulait vous parler juste un
« moment. »

« — Faites-le venir ici. »

« Nous vîmes apparaître un petit bonhomme
à la mine chafouine, à l'allure obséquieuse, à
la démarche traînante. Il portait une veste dé-
boutonnée, tachée de goudron à la manche, une
chemise à carreaux noirs et rouges, des pantalons de treillis, de grosses chaussures éculées. Il
avait la figure maigre, brunie, rusée, ornée d'un
perpétuel sourire qui découvrait une rangée
irrégulière de dents jaunes. Ses mains ratatinées
étaient à demi fermées, comme les marins ont
l'habitude. Pendant qu'il traversait pesamment
la pelouse j'entendis M. Trevor comprimer un
petit cri de gorge : il se leva précipitamment
et courut dans la maison. Il fut de retour pres-

que aussitôt; quand il passa près de moi, je sentis une forte odeur de cognac.

« — Alors, mon vieux! fit-il. Que puis-je « faire pour votre service? »

« Le marin resta debout à le regarder avec des yeux plissés. Le même sourire écartait toujours ses lèvres molles.

« — Vous ne me connaissez pas? demanda-« t-il enfin.

« — Ah! çà, mon Dieu! Mais c'est Hudson! « s'écria M. Trevor avec une intonation de « surprise.

« — C'est Hudson, monsieur, répondit le « marin. Eh oui, cela fait bien trente et quel-« ques années que je ne vous ai vu. Et vous « voilà dans votre maison, tandis que moi j'en « suis encore à piquer mes boîtes de conserves « dans les poubelles.

« — Tut, mon vieux! Tu t'apercevras que « je n'ai pas oublié les anciens! » déclara M. Trevor qui s'avança vers le marin, lui dit quelque chose à voix basse et reprit plus fort : « Va à la cuisine. On te donnera à manger et « à boire. Je te trouverai certainement une si-« tuation.

« — Merci, monsieur. Je viens de passer deux « ans sur un cargo de huit nœuds, et je voudrais « bien me reposer un peu. Je pensais que je

« pourrais m'arranger soit avec M. Beddoes
« soit avec vous.

« — Ah! s'exclama M. Trevor. Tu sais
« l'adresse de M. Beddoes?

« — Pardonnez-moi, monsieur, mais je sais
« où sont tous mes vieux amis! » répondit le
marin en accentuant son sourire sinistre.

« Il suivit alors la bonne à la cuisine. M. Trevor marmonna quelques mots pour nous dire
qu'il avait été camarade de bord avec cet homme
au cours de son voyage vers les terres aurifères.
Puis il nous laissa et rentra. Une heure plus
tard, quand nous regagnâmes la maison, nous
le trouvâmes étendu ivre mort sur le sofa de la
salle à manger. Cet incident me laissa une vilaine impression, et je ne fus pas fâché le lendemain de quitter Donnithorpe : je sentais que
ma présence serait pour mon ami une source
de gêne.

« Tous ces événements eurent lieu pendant
le premier mois des grandes vacances. Je revins
m'enfermer dans ma chambre de Londres où
je procédai, durant sept semaines, à diverses expériences de chimie organique. Un jour d'automne cependant, alors que les vacances touchaient à leur fin, je reçus un télégramme de
mon ami me suppliant de revenir à Donnithorpe
parce qu'il avait grand besoin de conseils et

d'appui. Je laissai tout tomber et je repris la route du nord.

« Il m'attendait à la gare avec la charrette anglaise. Du premier regard je compris qu'il venait de passer deux mois fort pénibles. Il avait maigri, il semblait rongé par le chagrin, il avait perdu la gaieté de bon aloi qui l'animait.

« — Le vieux est en train de mourir! me
« dit-il dès l'abord.

« — Pas possible! m'écriai-je. Mourir de
« quoi?

« — D'apoplexie. Un choc nerveux. Tout
« aujourd'hui il a été à deux doigts de la mort.
« Je ne sais pas si nous le retrouverons en vie. »

« A cette nouvelle inattendue j'étais, comme vous le devinez, Watson, absolument boule-versé.

« — Et la cause? demandai-je.

« — Ah! voilà le point! Montez, nous parle-
« rons en route. Vous vous rappelez le type
« qui est arrivé la veille de votre départ?

« — Très bien.

« — Savez-vous qui nous avons introduit ce
« jour-là dans notre maison?

« — Je n'en ai aucune idée.

« — Le Diable, Holmes! »

« Je le dévisageai avec stupéfaction.

« — Si, Holmes. C'était le Diable en per-

« sonne. Depuis son arrivée nous n'avons pas
« eu une heure de tranquillité. Pas une! Depuis
« ce soir-là le vieux n'a jamais plus relevé la
« tête. Et maintenant sa vie ne tient plus qu'à
« un souffle, il a le cœur démoli : tout ça à
« cause de ce maudit Hudson.

« — Quel pouvoir détenait-il donc?

« — Ah! je donnerais gros pour le savoir!
« Mon pauvre père, si bon, si généreux, si gen-
« til! Comment a-t-il pu tomber dans les griffes
« de ce bandit? Mais je suis content que vous
« soyez venu, Holmes. Je fonde de grands es-
« poirs sur votre jugement et sur votre discré-
« tion. Je suis sûr que vous me conseillerez au
« mieux. »

« Nous volions sur la route lisse et blanche;
devant nous s'étendait tout le pays des lacs et
des marécages qui miroitaient sous la lumière
rouge du soleil couchant. Parmi un bouquet
d'arbres sur notre gauche j'aperçus déjà les
hautes cheminées et le mât pavoisé qui indiquaient la demeure de M. Trevor.

« — Mon père a fait d'Hudson un jardinier,
« m'expliqua mon ami. Et puis, comme le jar-
« dinage ne lui plaisait pas, il l'a nommé maître
« d'hôtel. La maison paraissait être à lui; il s'y
« promenait et agissait à sa guise. Les bonnes
« se plaignirent de son intempérance et de ses

« grossièretés. Papa les augmenta pour les faire
« taire. Hudson prenait le bateau et le meilleur
« fusil de mon père pour s'offrir des petites par-
« ties de chasse. Et toujours ce visage insolent,
« ricanant, sournois, que j'aurais boxé vingt
« fois s'il avait été celui d'un homme de mon
« âge! Je vous le jure, Holmes, tout ce temps-là
« je me suis dominé terriblement. Et mainte-
« nant je me demande si je n'aurais pas mieux
« fait de me contraindre un peu moins!... Bref,
« les choses tournèrent de mal en pis : cet ani-
« mal de Hudson devint de plus en plus impor-
« tun, il se mêlait toujours davantage de choses
« qui ne le regardaient pas, jusqu'au jour où
« en ma présence il répliqua insolemment à
« mon père. Je le pris par les épaules et le chas-
« sai de la pièce où nous nous tenions. Il fila
« tout blême, avec des yeux venimeux qui ex-
« primaient plus de menaces que n'importe
« quel discours. Je ne sais pas ce qui se passa
« ensuite entre mon pauvre vieux et lui, mais
« papa vint me trouver le lendemain pour me
« demander de bien vouloir faire des excuses à
« Hudson. Comme vous le pensez, je refusai net
« et je ne cachai pas à mon père ma surprise
« qu'il tolérât une pareille canaille qui prenait
« de si grandes libertés avec lui et avec les
« bonnes. « Ah! mon enfant! me répondit-il.

« C'est très facile de parler quand on ne sait pas
« dans quelle position je me trouve. Mais tu le
« sauras, Victor. Je veillerai à ce que tu sois
« au courant, advienne que pourra! Tu ne pen-
« seras jamais du mal de ton vieux papa, dis,
« mon fils? » Il était très ému. Il s'enferma
« dans son bureau toute la journée. Par la
« fenêtre je l'aperçus : il était occupé à écrire.
« Ce soir-là se produisit ce qui me parut être
« une bonne détente : Hudson nous annonça
« qu'il allait nous quitter. Il nous informa de
« sa détermination après le dîner; il avait la
« voix épaisse d'un homme à moitié ivre :
« J'en ai assez du Norfolk, nous dit-il. Je vais
« descendre voir M. Beddoes, dans le Hamp-
« shire. Il sera sans mentir aussi content de me
« voir que vous l'avez été. » Avec une douceur
« qui me fit bouillir, mon père lui demanda :
« Tu ne pars pas fâché, Hudson, je l'espère? »
« Le type jeta dans ma direction un regard
« maussade : « Je n'ai pas eu mes excuses! »
« Alors, mon père se tourna vers moi : « Vic-
« tor, tu reconnais que tu t'es conduit avec
« rudesse envers ce brave type, n'est-ce pas? »
« Je me bornai à répondre : « Au contraire!
« Je crois que tous les deux nous avons été
« formidablement patients envers lui. » Il
« gronda : « Ah! oui, vous trouvez? Vous trou-

« vez? Très bien, mon petit ami, on en repar-
« lera! » Il se glissa hors de la pièce et une
« demi-heure après il avait quitté la maison.
« Mon père était dans un état nerveux pitoya-
« ble. Mais ce fut juste au moment où il recou-
« vrait un peu de confiance que tomba le der-
« nier coup.

« — Et de quelle manière? demandai-je
« avidement.

« — Le plus extraordinairement du monde.
« Hier une lettre pour mon père arriva à la
« maison. Elle portait le cachet de la poste de
« Fordinbridge. Papa la lut, se prit la tête dans
« les mains, et il se mit à courir en rond dans
« le salon comme quelqu'un qui est subitement
« devenu fou. Quand je parvins à le coucher
« sur le canapé, sa bouche et ses paupières
« étaient crispées d'un côté, et je vis qu'il avait
« une attaque. Le docteur Fordham accourut
« immédiatement. Nous le mîmes au lit. Mais
« la paralysie s'est étendue, il n'a pas repris
« connaissance, et je crois que nous ne le re-
« trouverons pas vivant.

« — Vous m'épouvantez, Trevor! m'excla-
« mai-je. Mais quoi donc, dans cette lettre,
« aurait pu provoquer une telle catas-
« trophe?

« — Rien. Et voilà l'inexplicable. Le mes-

« sage était absurde, banal. Ah! mon Dieu!
« C'est ce que je craignais... »

« Pendant qu'il parlait nous avions contourné
le virage de l'avenue des tilleuls; dans la lumière faiblissante du soir nous vîmes que tous
les stores de la maison avaient été baissés. Nous
nous hâtâmes vers la porte. Mon ami avait la
figure dévorée par le chagrin. Un homme vêtu
de noir franchissait le seuil; il s'arrêta quand
il nous aperçut.

« — Quand cela est-il arrivé, docteur? inter-
« rogea Trevor.

« — Presque immédiatement après votre
« départ.

« — Avait-il repris connaissance?

« — Juste un instant avant la fin.

« — A-t-il dit quelque chose pour moi?

« — Ceci seulement : les papiers sont dans
« le tiroir du fond du meuble japonais. »

« Mon ami monta, accompagné du docteur,
vers la chambre mortuaire. Moi je restai dans
le bureau, méditant sur toute l'affaire, et me
sentant plus affligé que je ne l'avais jamais été.
Quel était le passé de ce Trevor? Il avait été
boxeur, il avait voyagé, il était devenu cher-
cheur d'or. Et comment était-il tombé au pouvoir de ce marin au visage repoussant? Pourquoi,
également, s'était-il évanoui pour une allusion

aux initiales à demi effacées sur son bras? Et
pourquoi était-il mort de frayeur au reçu d'une
lettre de Fordinbridge? Puis je me rappelai que
Fordinbridge était situé dans le Hampshire, et
que ce M. Beddoes, chez qui s'était rendu le
marin probablement dans l'intention de le faire
chanter, m'avait été indiqué comme résidant
dans le Hampshire. La lettre pouvait donc venir soit de Hudson le marin annonçant qu'il
avait trahi le secret coupable qui semblait exister, soit de Beddoes avertissant un vieil associé
qu'une trahison de cet ordre était imminente.
Jusque-là c'était assez clair. Mais dans ce cas
comment se faisait-il que le message fût banal,
absurde, pour reprendre les mots mêmes du fils?
Il avait dû l'avoir mal lu, mal compris. Ou alors
ce message aurait été rédigé dans l'un de ces
codes ingénieux qui permettent d'écrire une
chose qui en signifie une autre. Il me fallait
avoir cette lettre entre les mains. Si elle avait
un sens caché, je saurais bien le deviner. Pendant une heure je demeurai assis réfléchissant
dans l'obscurité, jusqu'à ce qu'une bonne en
larmes apportât une lampe et que sur ses talons
entrât mon ami Trevor, pâle mais maître de lui,
muni des papiers qui sont maintenant sur mes
genoux. Il s'assit en face de moi, approcha la
lampe du bord de la table et me tendit un court

billet griffonné, comme vous le voyez, sur une
simple feuille de papier gris; et je lus : « *Plus*
« *de difficultés : rien comme gibier à Londres*
« *pour faire la concurrence. Hudson ton repré-*
« *sentant a très bien vendu les faisans, la fai-*
« *sane et la mèche de fouet. Ta perdrix rouge*
« *seule a la chance de pouvoir quitter cette se-*
« *maine l'élevage d'Angleterre.* »

« Je peux bien vous dire que je fus frappé
du même étonnement que vous aujourd'hui
quand je lus ce message pour la première fois.
Puis je le relus, très attentivement. Evidemment,
comme je l'avais supposé, un deuxième sens
devait être dissimulé dans cette étrange combinaison de mots. Ou bien y avait-il une signification convenue antérieurement dans des mots
comme « mèche à fouet » ou « perdrix rouge »?
D'un code arbitraire, il m'aurait été impossible
de déduire quoi que ce fût! Or, j'étais prêt à
jurer que là était le nœud de l'affaire. La présence du nom « Hudson » semblait indiquer
que l'objet du message était celui auquel j'avais
pensé et que son auteur était Beddoes plutôt
que le marin. J'essayai de le lire à rebours, mais
les derniers mots : « *D'Angleterre l'élevage...* »
me découragèrent. Puis je tentai des mots alternés, mais ni les « *Plus difficultés comme à
pour...* » ni les « *De rien gibier Londres faire* »

ne m'éclairèrent le moins du monde. Enfin, tout
à coup, la clef m'apparut. Je vis que le premier
de chaque groupe de trois mots était seul à retenir, ce qui donnait une suite de phrases qui
avaient poussé au désespoir le vieux Trevor.

« L'avertissement était bref, net. Je le tra-
duisis pour mon camarade :

« *Plus rien à faire. Hudson a vendu la mèche.
Ta seule chance : quitter l'Angleterre.* »

« Victor Trevor enfouit son visage dans ses
mains frémissantes.

« — Je suppose que ce doit être exact, me
« dit-il. Mais c'est pire que la mort, car cela
« signifie aussi le déshonneur. Tout de même,
« que signifient les mots « *Ton représentant* »
« et « *Perdrix rouge* »?

« — Rien pour le message, mais peut-être en
« saurions-nous davantage si nous découvrions
« l'expéditeur. Vous voyez : il a commencé par
« écrire : « *Plus... rien... à... faire* », etc. En-
« suite pour se conformer au code il a bouché
« les espaces par deux mots à la suite. Naturel-
« lement il s'est servi des premiers mots qui lui
« venaient à l'idée. Et s'il y en a tant qui se
« rapportent au gibier, vous pouvez être sûr
« que cet expéditeur est ou un fanatique de la
« chasse ou un passionné de l'élevage. Qu'est-ce
« que vous savez sur ce Beddoes?

« — Maintenant que vous m'y faites penser,
« dit-il, je me souviens que chaque automne
« mon pauvre père était invité à chasser sur sa
« réserve.

« — Alors c'est incontestablement de lui que
« vient le billet! Reste à savoir la nature du
« secret que le marin Hudson semble avoir
« tenu en suspens au-dessus de la tête de ces
« deux hommes riches et respectables.

« — Hélas, Holmes! s'écria-t-il. J'ai bien
« peur qu'il ne s'agisse d'un secret de péché et
« de honte! Pour vous je n'en ai pas. Voici la
« déclaration qui a été rédigée par mon père
« quand il a su que le danger était imminent.
« Je l'ai trouvée dans le meuble japonais,
« comme me l'avait annoncé le docteur. Prenez-
« la et lisez-la-moi. Je n'ai ni la force ni le cou-
« rage de le faire moi-même. »

« Et voici les papiers, mon cher Watson,
qu'il me remit. Je vais vous les lire à vous,
comme je les lui ai lus, à lui, cette nuit-là dans
le vieux bureau. Sur l'extérieur il est écrit :
« Détails sur le voyage du *Gloria Scott,* depuis
« son départ de Falmouth le 8 octobre 1855
« jusqu'à sa destruction à 15° 20' de latitude
« nord et 25° 14' de longitude ouest le 6 no-
« vembre. » Cette déclaration est rédigée sous
forme de lettre. En voici le texte :

« Mon bien cher fils,

« Maintenant que le déshonneur qui appro-
che commence à assombrir les dernières années
de ma vie, je puis écrire en toute vérité et pro-
bité que ce n'est pas la crainte de la loi, ni la
perte de ma situation dans le comté, ni ma
chute sous les yeux de tous ceux qui m'ont
connu qui me fend le cœur : c'est l'idée que
tu auras à rougir de moi, toi qui m'aimes et
qui n'as jamais eu de motif pour ne point me
respecter. Mais si le coup que pour toujours
je redoute s'abat sur moi, alors je désire que tu
lises ceci, afin que ce soit de moi que tu appren-
nes jusqu'où j'ai été à blâmer. Si tout au contraire se passe bien (que le Dieu Tout-Puissant
entende ma prière!) et si par hasard ce papier
n'est pas détruit et tombe entre tes mains, je
te conjure par tout ce que tu considères de plus
sacré, par la mémoire de ta chère mère et par
l'amour qui nous a toujours unis, d'arrêter là
ta lecture, de le jeter au feu et de ne plus lui
accorder la moindre pensée.

« Si, donc, tu poursuis cette lecture, c'est
que j'aurai été préalablement démasqué et
mené hors de ma maison; ou, ce qui est plus
probable étant donné ma maladie de cœur, que

je serai mort avec mon secret scellé à jamais
sur ma langue. Dans l'un ou l'autre cas, je n'aurais rien à te cacher. Prends par conséquent
chacun de mes mots pour la vérité nue. Je le
jure!

« Cher enfant, je ne m'appelle pas Trevor.
Lorsque j'étais beaucoup plus jeune je m'appe-
lais James Armitage. Tu comprends à présent
le choc que j'éprouvai il y a quelques semaines
lorsque ton ami d'Ecole me parla d'une manière
qui pouvait me laisser supposer qu'il avait percé
mon secret. Sous le nom d'Armitage j'entrai
dans une banque de Londres. Sous le nom d'Armitage je fus déclaré coupable d'avoir contre-
venu aux lois de mon pays, et je fus condamné
à la relégation perpétuelle. Ne pense pas trop
de mal de moi, mon petit enfant. J'avais à payer
une dette d'honneur, comme on dit, et pour
m'en acquitter, j'ai utilisé de l'argent qui ne
m'appartenait pas : j'étais certain que je pourrais le restituer avant qu'on s'aperçût qu'il
manquait. Une terrible malchance s'acharna sur
moi. L'argent sur lequel j'avais compté ne me
fut pas donné, et un examen prématuré des
comptes fit apparaître le déficit. L'affaire aurait
pu s'arranger dans la clémence, mais les lois
étaient appliquées plus sévèrement il y a trente
ans que maintenant, et le jour de mon trente-

troisième anniversaire je me trouvai enchaîné comme criminel avec trente-sept autres forçats dans l'entrepôt du bateau *Gloria Scott,* en partance pour l'Australie.

« C'était en 1855. La guerre de Crimée battait son plein. Les vieux bateaux de forçats avaient beaucoup servi comme transports de troupes en mer Noire. Le gouvernement fut donc obligé d'utiliser des navires plus petits et moins adéquats pour reléguer ses bagnards. Le *Gloria Scott* avait fait le commerce du thé avec la Chine, mais de nouveaux voiliers l'avaient supplanté : il était trop vieux, lourdement arqué avec de larges baux. Il jaugeait 500 tonnes. En sus de ses 38 gibiers de potence, il transportait un équipage de 36 hommes, 18 soldats, un capitaine, 3 lieutenants, un médecin, un aumônier et 4 gardiens. En somme il avait une cargaison de 100 âmes quand nous quittâmes Falmouth.

« Les cloisons entre les cellules des forçats n'étaient pas en chêne solide comme dans les transports pénitentiaires : elles se révélèrent minces et fragiles. Mon voisin vers l'arrière se touvait être un gaillard que j'avais particulièrement remarqué au moment de l'embarquement. Il était jeune; son visage clair ne portait ni barbe ni favoris; il avait un long nez effilé, des

mâchoires en casse-noix, un port de tête insouciant, et il se balançait en marchant. Par-dessus
tout il était d'une taille qui l'empêchait de
passer inaperçu. Je ne crois pas qu'il y en eût
un parmi nous qui lui arrivât plus haut que
l'épaule. A coup sûr il ne mesurait pas moins
de deux mètres! C'était bizarre de voir au milieu de tant de figures maussades et lasses une
tête qui respirait la décision et l'énergie. Quand
je l'aperçus, ce fut comme un brasier dans une
tempête de neige. Je fus donc satisfait de l'avoir
comme voisin, et plus heureux encore quand,
dans le silence mortel de la nuit, j'entendis un
chuchotement contre mon oreille : il s'était
débrouillé pour tailler une ouverture dans la
planche qui nous séparait.

« — Salut, camarade! dit-il. Comment t'ap-
« pelles-tu? Pourquoi es-tu ici? »

« Je lui répondis et lui demandai en échange
qui il était.

« — Je suis Jack Prendergast, me dit-il.
« Et, ma foi, tu apprendras à respecter mon
« nom! »

« Je me rappelais avoir entendu parler de
son affaire, car peu de temps avant mon arrestation elle avait provoqué une énorme sensation
dans tout le pays. C'était un homme de bonne
famille et de grandes capacités, mais il était

incurablement atteint d'habitudes déplorables et, par un ingénieux système d'escroquerie, il avait dépouillé quelques-uns des plus riches commerçants de Londres.

« — Ah! ah! Tu te souviens de moi? me « demanda-t-il fièrement.

« — Très bien!

« — Alors peut-être te rappelles-tu un détail « curieux dans mon affaire?

« — Lequel?

« — J'avais près d'un quart de million, n'est-« ce pas?

« — C'est ce que l'on a dit.

« — Mais on n'a rien récupéré, eh?

« — Non.

« — Eh bien, où t'imagines-tu que se trouve « le fric?

« — Je n'en ai aucune idée, répondis-je.

« — Juste entre mon index et mon pouce! « s'écria-t-il. Par Dieu je possède plus de livres « à mon nom que tu as de cheveux sur la tête. « Et si tu as de l'argent, mon fils, et si tu sais « comment le manier et le dépenser, tu peux « faire n'importe quoi! Alors crois-tu vraisem-« blable qu'un type qui pourrait faire n'importe « quoi va traîner ses guêtres dans la cale puante « d'un vieux cercueil plein de rats et de poux « comme ce caboteur de la côte chinoise? Non,

« monsieur! Un type pareil veille sur lui-même
« et sur ses copains. Cramponne-toi à lui, et, sur
« la Bible, tu n'auras pas à t'en plaindre. »

« C'était sa façon de parler. D'abord je crus
que de telles paroles ne signifiaient rien. Mais
au bout d'un moment, quand il m'eut éprouvé
et fait promettre le silence avec toute la solen-
nité possible, il me donna à entendre qu'il y
avait réellement un complot en train pour que
nous nous assurions le commandement du bateau. Une douzaine de prisonniers l'avaient
tramé avant de monter à bord. Prendergast en
était le chef; son argent en était le puissant
moteur.

« — J'avais un associé, me dit-il. Un brave
« type comme il y en a peu, aussi fidèle qu'un
« cercle à un tonneau. Et plein aux as. Un ri-
« chard! Où crois-tu qu'il se trouve en ce mo-
« ment? Eh bien, c'est l'aumônier du bateau.
« L'aumônier, pas moins! Il est monté à bord
« avec un habit noir et des papiers en règle. Il
« a assez d'argent dans sa valise pour acheter
« le bateau depuis la quille jusqu'à la pomme
« du mât. L'équipage lui est dévoué corps et
« âme. Il pouvait acheter les matelots à tant la
« douzaine au comptant et il les a payés avant
« qu'ils signent leur engagement. Il a deux des
« gardiens, plus Mercer, le second. Il aurait

« acheté le capitaine lui-même s'il avait cru
« que ça en valait la peine!

« — Que devrons-nous faire, alors? deman-
« dai-je.

« — Qu'est-ce que tu crois? Nous allons don-
« ner à quelques-uns de ces soldats une tunique
« plus rouge que celle dont leur tailleur les a
« gratifiés.

« — Mais ils sont armés!

« — Et nous le serons aussi, mon garçon!
« Il y a une paire de pistolets pour chaque fils
« de sa mère. Si nous ne pouvons pas prendre
« ce bateau, avec tout l'équipage pour nous,
« alors il faudra nous renvoyer à la communale.
« Cette nuit tu parleras à ton copain de l'autre
« côté et tu verras si on peut avoir confiance
« en lui. »

« Je n'y manquai point. Il se trouva que
mon autre voisin était un homme jeune dont
la situation ressemblait à la mienne : il avait été
condamné pour faux. Il s'appelait Evans, mais
plus tard il changea de nom comme moi, et il
est à présent un citoyen riche et heureux de
l'Angleterre du Sud. Tout de suite il se déclara
prêt à se joindre à la conspiration puisqu'il n'y
avait pas d'autre moyen de salut. Nous n'avions
pas encore quitté la Manche qu'il n'y avait plus
que deux prisonniers tenus dans l'ignorance.

L'un avait l'esprit faible et nous n'osions pas nous confier à lui; l'autre était atteint de jaunisse et ne pouvait nous être d'aucun secours.

« Dès le départ, rien en vérité ne pouvait nous empêcher de prendre possession du bateau. L'équipage se composait de coquins spécialement enrôlés pour cette aventure. Le faux aumônier passait dans nos cellules pour nous exhorter; il portait un sac noir soi-disant rempli de brochures de piété; il venait si souvent qu'à la fin du troisième jour nous avions tous, soigneusement serrés au pied de notre lit, une lime, une paire de pistolets, une livre de poudre et vingt pièces d'or. Deux des gardiens étaient aux ordres de Prendergast; le second lieutenant était son bras droit. Nous n'avions contre nous que le capitaine, deux seconds, deux gardiens, le lieutenant Martin et ses dix-huit soldats, plus le médecin. Pourtant nous avions décidé de ne négliger aucune précaution et de procéder à l'attaque par surprise, de nuit. Mais elle eut lieu plus tôt que prévu, et voici pourquoi :

« Un soir, à peu près trois semaines après notre départ, le médecin du bord était descendu pour voir l'un des prisonniers qui était malade. Passant sa main au bas de la couchette, il sentit la forme des pistolets. S'il n'avait rien dit, toute l'affaire aurait été éventée. Mais c'était un petit

bonhomme nerveux : il poussa un cri de surprise et il devint si pâle que son patient devina
sur l'heure ce qu'il avait découvert. Il le saisit,
le bâillonna avant qu'il pût donner l'alarme, et
le ficela sous sa couchette. Le médecin avait ouvert la porte qui conduisait au pont. Tous, d'un
même élan, nous la franchîmes. Les deux sentinelles furent abattues, ainsi que le caporal qui
était accouru pour voir ce qui se passait. A l'entrée des cabines, il y avait deux autres soldats :
leurs fusils ne devaient pas être chargés, car ils
ne firent pas feu sur nous, et ils furent tués
tandis qu'ils essayaient de mettre la baïonnette
au canon. Nous nous précipitâmes dans la cabine du capitaine; mais au moment où nous
poussions sa porte, une déflagration retentit de
l'intérieur : nous le trouvâmes la tête couchée
sur la carte de l'Atlantique qui était épinglée
sur sa table; l'aumônier se tenait à côté de lui,
avec à la main un pistolet encore fumant. Les
deux lieutenants furent arrêtés par l'équipage.
Tout paraissait bel et bien réglé.

« La cabine de luxe était attenante à celle
du capitaine; nous y pénétrâmes en masse et
nous nous affalâmes sur les banquettes en parlant tous ensemble; nous étions au bord de la
folie, dans le sentiment de notre liberté retrouvée. Tout autour il y avait des coffres et Wilson,

le faux aumônier, en fractura un pour en ex-
traire une douzaine de bouteilles de xérès doré.
Aussitôt nous leur cassâmes le goulot et rem-
plîmes nos gobelets. Au moment où nous les
levions pour trinquer, voilà que sans avertissement ni sommation une salve de fusils nous
déchira les oreilles; la cabine s'emplit d'une
fumée telle que nous ne pouvions pas voir de
l'autre côté de la table. Quand elle se dissipa,
je me retrouvai dans un véritable abattoir.
Wilson et huit forçats se tortillaient par terre,
pêle-mêle. Le sang et le xérès coulaient et se
confondaient sur la table : encore aujourd'hui
j'ai des nausées en y pensant. Nous étions para-
lysés par ce spectacle, et je crois que nous nous
serions rendus si Prendergast n'avait pas été
là. Il mugit comme un taureau et se rua à la
porte avec tous les survivants derrière lui. Face
à nous, sur la poupe, il y avait le lieutenant et
dix de ses hommes. Les châssis vitrés au-dessus
de la table de la cabine avaient été légèrement
ouverts, et ils nous avaient tiré dessus par l'entrebâillement. Avant qu'ils eussent eu le temps
de recharger leurs fusils nous fûmes sur eux.
Ils résistèrent avec acharnement, mais nous
avions l'avantage du nombre; en cinq minutes
tout fut consommé. Mon Dieu! Y eut-il jamais
semblable boucherie à bord d'un navire? Pren-

dergast se démenait comme un démon; il ramassait les soldats, à croire qu'ils étaient des enfants, et les balançait par-dessus bord morts ou vifs. Un sergent horriblement blessé eut le courage de nager longtemps, jusqu'à ce que l'un de nous, pris de pitié, lui fît sauter la cervelle d'un coup bien ajusté. Quand le combat prit fin, il ne restait de nos ennemis que les deux gardiens, les deux lieutenants et le médecin.

« Ce fut à leur sujet que se produisit la grande querelle. Beaucoup d'entre nous étaient fort contents d'avoir reconquis leur liberté, cela leur suffisait, ils ne tenaient pas à avoir un meurtre sur la conscience. Rien de commun en effet entre jeter par-dessus bord des soldats armés d'un fusil et assister à un massacre exécuté de sang-froid. Nous fûmes huit, trois marins et cinq forçats, à déclarer que nous ne le voulions pas. Mais il n'y eut rien à faire pour ébranler Prendergast et ceux qui partageaient son avis. Il nous affirma que notre unique chance de sécurité consistait à achever le nettoyage et qu'il ne laisserait pas en vie une langue capable de témoigner contre nous. Il s'en fallut de peu que nous partageâmes le sort des prisonniers, mais finalement il nous dit que nous pouvions prendre un canot et partir. Nous sautâmes sur cette offre, tant nous étions écœurés de cette volonté sanguinaire, et nous comprenions bien qu'il n'était pas en notre pouvoir d'y mettre un terme. On nous donna à chacun des frusques de marin, un baril d'eau, une caisse de bœuf salé et une caisse de biscuits, plus une boussole. Prendergast nous mena devant la carte, nous expliqua que nous étions des marins naufragés dont le bateau avait sombré par 15° de latitude nord et 25° de longitude ouest. Puis il coupa l'amarre de l'embarcation et nous laissa filer.

« Et maintenant j'en arrive, mon cher fils, à la partie la plus surprenante de mon récit. Les marins avaient halé bas la vergue de misaine pendant la révolte. Quand nous nous éloignâmes ils la remirent d'équerre. Comme il soufflait un léger vent du nord-est, le bateau commença à prendre de la distance. Notre canot escaladait tant bien que mal les longues vagues douces. Evans et moi, qui étions les plus instruits du groupe, nous avions pris place à l'arrière pour décider de notre destination. C'était un joli problème, car le cap Vert était situé à plus de 750 kilomètres sur notre nord, et la côte africaine à un millier de kilomètres sur notre est. En définitive, comme le vent venait plutôt du nord, nous pensâmes que la Sierra Leone était la meilleure solution, et nous mîmes le cap dans cette direction. L'autre bateau naviguait

à ce moment presque coque noyée sur notre
tribord arrière. Soudain, alors que nous regardions de son côté, nous vîmes une gerbe de
fumée noire épaisse en jaillir, qui s'épanouit
sur l'horizon comme un arbre gigantesque.
Quelques secondes plus tard un coup de ton-
nerre éclata. Lorsque la fumée fut chassée par
le vent nous ne vîmes plus trace du *Gloria
Scott*. Immédiatement nous virâmes de cap et
fîmes force de rames vers l'endroit où une
brume noirâtre, flottant encore au-dessus de
l'eau, indiquait la scène du sinistre.

« Il nous fallut une bonne heure pour l'atteindre. D'abord nous crûmes que nous étions
arrivés trop tard. Les débris d'un canot, une
grande quantité de caisses et d'esparts mon-
taient et redescendaient au gré des vagues.
N'ayant décelé aucun signe de vie, nous avions
fait demi-tour, mais nous entendîmes appeler
au secours : à une certaine distance sur un
morceau de bois un homme gisait étendu. Nous
le hâlâmes sur notre canot : c'était un jeune
matelot qui s'appelait Hudson : il était tellement brûlé et épuisé que nous dûmes attendre
le lendemain matin pour apprendre de sa bouche ce qui s'était passé.

« Après notre départ, Prendergast et sa bande
s'étaient mis en devoir d'exécuter les cinq pri-

sonniers survivants. Les deux gardiens avaient été abattus et jetés par-dessus bord. Puis ç'avait été le tour du troisième lieutenant. Prendergast était alors descendu dans l'entrepont et de ses propres mains il avait tranché la gorge du malheureux médecin. Il ne restait plus que le lieutenant en premier, qui était hardi et énergique. Quand il vit que le forçat s'avançait vers lui avec un couteau ensanglanté à la main, il se dégagea de ses liens, qu'il avait préalablement desserrés, et il sauta du pont dans la cale arrière.

« Une douzaine de forçats armés de pistolets descendirent pour le rattraper. Ils le trouvèrent assis près d'un baril de poudre ouvert, une boîte d'allumettes dans la main. Ce baril était l'un des cent que transportait le bateau. Il jura qu'il ferait tout sauter s'il était molesté. Quelques minutes plus tard ce fut l'explosion. Hudson pensait qu'elle avait été causée par un coup de pistolet mal dirigé plutôt que par l'allumette du lieutenant. Mais quelle qu'en fût la cause, le *Gloria Scott* était anéanti, ainsi que la canaille qui en avait pris le commandement.

« Telle est, mon cher enfant, l'histoire résumée en peu de mots de la terrible affaire dans laquelle je me suis trouvé engagé. Le lendemain nous fûmes repérés par le brick *Hotspur* qui se dirigeait vers l'Australie, et son capitaine nous

crut sans difficulté quand nous lui affirmâmes
que nous étions les survivants d'un bateau de
voyageurs qui avait fait naufrage. Le *Gloria Scott*
fut déclaré par l'Amirauté perdu en mer. Jamais
son véritable destin n'a été révélé. Après un excellent voyage le *Hotspur* nous débarqua à Sydney,
où Evans et moi prîmes de faux noms. Nous nous
dirigeâmes vers les terres aurifères; là, parmi la
foule cosmopolite qui était rassemblée, nous aban-
donnâmes pour toujours notre première identité.

« Je n'ai pas besoin de relater la suite. Nous
avons fait fortune, nous avons voyagé, et nous
sommes revenus en Angleterre comme des colo-
niaux enrichis pour y acheter des terres. Pendant plus de vingt ans nous avons mené une
existence paisible et utile, en espérant que notre
passé était à jamais enterré. Imagine donc ce
que j'ai pu éprouver quand dans le marin qui
survint je reconnus instantanément l'homme
que nous avions sauvé du naufrage! Je ne sais
comment il avait retrouvé nos traces, mais il
était décidé à profiter de notre peur. Tu comprends maintenant pourquoi je m'efforçais de
maintenir la paix entre vous. Et dans une certaine mesure tu sympathiseras avec la terreur
qui m'habite, depuis qu'il a quitté la maison
avec des menaces sur la langue pour se rendre
auprès de son autre victime. »

« Au-dessous est écrit, d'une main si tremblante qu'on peut à peine lire : « Beddoes
« m'avertit en code que H. a tout dit. Doux
« Seigneur, ayez pitié de nos âmes! »

« Voilà le récit que j'ai lu cette nuit-là au
jeune Trevor, et je crois, Watson, qu'étant
donné les circonstances c'était un récit plutôt
dramatique. Mon brave ami eut le cœur brisé.
Il alla en Extrême-Orient s'occuper de planta-
tions de thé, où il réussit bien. Quant au marin
et à Beddoes, je n'ai jamais eu de nouvelles de
l'un ou de l'autre à partir du jour où a été
écrite cette lettre. Tous deux ont disparu complètement. Or, la police n'avait reçu aucune
dénonciation : si bien que Beddoes a pris une
menace pour l'exécution de la menace. La police croit que Hudson et Beddoes se sont mis
d'accord pour partir ensemble. Pour ma part
je pense que la vérité est exactement l'inverse.
Il est probable que Beddoes, poussé au désespoir et se croyant déjà trahi, s'est vengé sur
Hudson et a quitté le pays en emportant autant
d'argent qu'il le pouvait. Tels sont les faits de
l'affaire, docteur, et s'ils peuvent être utiles à
l'enrichissement de votre collection, je les mets
bien volontiers à votre disposition. »

## CHAPITRE V

# LE RITUEL DES MUSGRAVE

DANS le caractère de mon ami Sherlock Holmes une anomalie m'a souvent choqué : bien que dans sa démarche intellectuelle il fût le plus méthodique et le plus ordonné de tous les hommes, bien qu'il affectât aussi pour s'habiller une certaine élégance du genre strict, il pratiquait dans la vie courante un débraillé qui aurait jeté hors de ses gonds n'importe quel compagnon d'existence. Dieu sait si à cet égard j'étais peu conventionnel! Mon séjour mouvementé en Afghanistan avait couronné une disposition naturelle à la vie de bohème, et j'étais devenu plus négligent qu'il n'aurait convenu à un homme de l'art. Tout de même je m'imposais des limites!... Mais quand je tombe sur un partenaire qui range ses cigares dans le seau à charbon, son tabac au fond d'une babouche, et sa correspondance sous la lame perforatrice

d'un couteau à cran d'arrêt fiché en plein milieu de la tablette de la cheminée, alors j'arbore
des airs vertueux. De même, j'ai constamment
soutenu que l'entraînement au pistolet était un
passe-temps de plein air; voilà pourquoi, lorsque
Holmes en proie à une humeur bizarre s'assied
dans un fauteuil avec son instrument à double
détente, une centaine de cartouches, et entre-
prend de dessiner sur le mur un patriotique
V.R. (*Victoria Regina*) en points grêlés, je ressens fortement que ni l'atmosphère ni le décor
de notre salon ne s'améliorent.

Des reliques diverses, relevant de la chimie
ou de la criminologie, erraient à l'aventure
dans l'appartement : elles occupaient les posi-
tions les plus invraisemblables; j'en retrouvais
dans le beurrier par exemple, à moins que ce ne
fût dans des endroits encore moins recommandés.
Mais ses papiers surtout me mettaient au sup-
plice. Holmes avait horreur de détruire des documents, en particulier ceux qui se rapportaient
à des affaires finies. Une ou deux fois par an
il rassemblait toute son énergie pour les étique-
ter et les classer. Pas davantage car, ainsi que
je l'ai déjà mentionné quelque part dans ces
récits incohérents, ses explosions d'énergie passionnée qui lui permettaient de réussir les exploits remarquables auxquels son nom restera

attaché étaient suivies de réactions léthargiques pendant lesquelles il s'allongeait n'importe où avec son violon et ses livres, ne remuait qu'à peine, consentait tout juste à venir s'asseoir à table. De mois en mois, ses papiers s'accumulaient donc jusqu'à ce que l'appartement croulât sous les manuscrits qu'il ne fallait mettre au feu sous aucun prétexte et dont seul le propriétaire pouvait disposer.

Nous étions assis un soir d'hiver au coin du feu, et je me hasardai à lui suggérer que puisqu'il avait achevé de coller des coupures de presse dans son recueil personnel, il pourrait employer les deux heures à venir à rendre notre salon un peu habitable. Holmes ne put pas nier le bien-fondé de cette requête et, plutôt maussade, il se rendit dans sa chambre d'où il revint en tirant derrière lui une grande malle métallique. Il l'immobilisa au milieu de la pièce, leva le couvercle et s'assit devant elle sur un escabeau. Elle était déjà remplie pour un tiers de rouleaux de papiers entourés de rubans rouges.

« Il y a là pas mal d'affaires, Watson! me dit-il en me jetant un regard malicieux. J'ai l'impression que si vous connaissiez le contenu de cette malle, vous me prieriez de sortir quelques paquets au lieu d'en mettre d'autres.

— Serait-ce donc les archives de vos premiers travaux? Je vous ai souvent demandé de m'en parler...

— Oui, mon garçon! Tout cela a trait à des affaires, hélas, prématurées, puisque je n'avais pas encore de biographe pour s'occuper de ma gloire... »

Il tira plusieurs paquets les uns après les autres d'une main caressante, presque tendre.

« ... Ce ne sont pas que des réussites, Watson! Mais dans le nombre il y a quelques jolis petits problèmes. Voici le dossier des assassinats de Tarleton, et l'affaire Vamberry... Vamberry, le marchand de vins, vous rappelez-vous? Et puis l'aventure de la vieille Russe. Et la singulière histoire de la béquille en aluminium. Et encore l'affaire de Ricoletti au pied bot et de son abominable épouse. Et voici... Ah! ceci est vraiment quelque chose d'un peu plus recherché! »

Il plongea son bras jusqu'au fond de la malle et en exhuma une petite boîte en bois munie d'un couvercle à glissière, dans le genre de celles où les enfants rangent leurs joujoux. Il poussa le couvercle et sortit un morceau de papier chiffonné, une antique clef en cuivre, une cheville de bois avec une pelote de ficelle qui y était attachée, et trois vieux petits disques de métal rouillés.

« Eh bien, mon ami, que pensez-vous de ce lot? me demanda-t-il en souriant.

— Il s'agit d'une collection assez curieuse!

— Très curieuse. Et l'histoire qui tourne autour est bien plus curieuse encore.

— Ces reliques ont donc une histoire?

— Elles sont de l'histoire!

— Qu'entendez-vous par là? »

Sherlock Holmes les mania avec précaution et les aligna sur la table. Puis il alla se rencogner dans son fauteuil pour les contempler à distance avec des yeux satisfaits.

« Voilà tout ce que j'ai conservé pour me rappeler l'épisode du rituel des Musgrave. »

Plus d'une fois je l'avais entendu mentionner cette affaire, mais jamais je n'avais pu en obtenir le détail.

« Je serais tellement content, dis-je, si vous me le racontiez!

— A condition que je ne touche pas à mon désordre? s'écria-t-il enchanté. Après tout, Watson, votre amour de l'ordre n'aura pas tellement à en souffrir! Mais je ne demande pas mieux que vous ajoutiez cette histoire à vos archives, car elle contient certains points qui la rendent unique dans les annales criminelles de ce pays et, je crois, du monde entier. Une collection de mes futiles exploits serait incomplète si cette affaire très singulière n'y figurait pas.

« Vous vous le rappelez sans doute : je dois à l'affaire du *Gloria Scott,* et à ma conversation avec l'homme infortuné dont je vous ai conté le destin, de m'être orienté vers la profession de ma vie. Vous me voyez maintenant, alors que mon nom est célèbre dans les cinq parties du monde et que je suis généralement reconnu à la fois par le public et par la police officielle comme la suprême cour d'appel pour des affaires litigieuses. Même lorsque vous avez fait ma connaissance, à l'époque de l'affaire que vous avez relaté dans « Etude en Rouge [1] », j'avais déjà rassemblé une assez belle clientèle, plus nombreuse que lucrative d'ailleurs. Vous pouvez difficilement mesurer les difficultés qui m'assaillirent à mes débuts, et vous seriez bien surpris si je vous disais combien de temps j'ai dû attendre avant de percer.

« Lorsque j'arrivai à Londres, je louai une chambre dans Montague Street, juste sur l'angle en partant du British Museum. Là commença mon attente des clients. J'occupai de trop nombreux loisirs par l'étude des sciences qui pou-

1. Cf. Etude en Rouge (*Le Livre de Poche*).

vaient accroître davantage mon efficacité. De temps à autre des affaires venaient à se présenter, principalement par l'intermédiaire d'anciens camarades d'études car pendant mes dernières années à l'Université on s'était mis à parler de moi et de mes méthodes. Ma troisième affaire fut celle du rituel des Musgrave; la curiosité que souleva cette étrange succession d'événements et la somme des intérêts en jeu, me poussèrent vers la situation qu'à présent j'occupe.

« Reginald Musgrave avait été dans la même Ecole que moi : je le connaissais vaguement. Il n'était pas très populaire parmi les étudiants; mais il m'avait toujours semblé que ce que l'on portait généreusement au crédit de l'orgueil n'était au fond que tentatives pour dissimuler une extrême méfiance naturelle. Tout son extérieur annonçait un ultra-aristocrate : il était mince, il avait le profil altier, de grands yeux, des manières guère moins dépourvues de langueur que de dignité. La vérité est qu'il était le rejeton de l'une des plus vieilles familles du royaume, bien que la branche à laquelle il appartenait fût une branche cadette qui s'était autrefois vers le seizième siècle séparée des Musgrave du nord et qui s'était établie dans l'ouest du Sussex : le manoir de Hurlstone est peut-être la plus ancienne demeure habitée du comté. L'homme en question paraissait porter sur sa figure le lieu de sa naissance. Il m'était impossible de regarder son pâle visage aigu, ou son port de tête, sans les associer aussitôt avec des voûtes grisâtres, des fenêtres à meneaux et tout le décor archaïque d'un donjon féodal. Il nous arrivait de bavarder ensemble. Plus d'une fois il manifesta un vif intérêt pour mes méthodes d'observation et de déduction.

« Pendant quatre ans il ne me donna pas signe de vie. Et puis un matin je le vis entrer dans ma chambre de Montague Street. Il avait peu changé, il était vêtu comme un jeune élégant (il avait toujours été plutôt dandy), et il avait conservé les mêmes manières calmes et suaves qui jadis parmi nous le classaient à part.

« — Qu'est-ce que vous devenez, Musgrave?
« lui demandai-je après une cordiale poignée
« de main.

« — Vous avez sans doute appris la mort de
« mon pauvre père, me répondit-il. Il a été
« emporté il y a deux ans. Depuis j'ai dû natu-
« rellement m'occuper du domaine de Hurlstone
« et, comme je suis député de la circonscription,
« mon temps a été assez encombré. Mais je crois
« que vous, Holmes, vous utilisez à des fins pra-

« tiques les talents dont l'exercice nous stupé-
« fiait toujours?

« — Oui. J'ai choisi de vivre sur mes res-
« sources intellectuelles.

« — Vous m'en voyez ravi, car en ce moment
« un conseil de votre part me serait très pré-
« cicux. Nous avons eu à Hurlstone quelques
« incidents très étranges, et la police a été inca-
« pable d'y voir clair. Il s'agit d'une affaire en
« tous points extraordinaire et inexplicable! »

« Vous pouvez deviner, Watson, l'attention
passionnée que je portai à ces paroles. La chance
après laquelle je courais depuis plusieurs mois
se présentait brusquement à portée de ma main.
Dans le plus profond de mon cœur je croyais
que j'étais capable de réussir là où d'autres
échouaient. Enfin j'allais avoir l'occasion de justifier cette prétention! Je le priai de me livrer
tous les détails. Il s'assit alors en face de moi, et
alluma la cigarette que je poussai vers lui.

« Apprenez d'abord, commença-t-il, que le
célibataire que je suis emploie une nombreuse
domesticité à Hurlstone. Ma vieille maison
est pleine de coins et de recoins; il faut du
monde pour l'entretenir. J'élève également
du gibier dans une réserve et, à la saison du
faisan, je reçois d'habitude des amis : je suis
donc obligé d'avoir du personnel. En tout huit

bonnes, la cuisinière, le maître d'hôtel, deux valets de chambre et un gamin pour les courses. Bien entendu le jardin et les écuries disposent de serviteurs à part.

« Le plus ancien de ma maisonnée était le maître d'hôtel Brunton. Lorsqu'il fut engagé par mon père, c'était un jeune instituteur sans poste. Il avait beaucoup de caractère et d'énergie; aussi devint-il rapidement irremplaçable. Imaginez un bel homme bien bâti, avec un front splendide, et qui ne paraît pas plus de quarante ans bien qu'il ait passé chez nous une vingtaine d'années. Etant donné ses avantages naturels, ainsi que ses dons extraordinaires puisqu'il parle plusieurs langues et joue à peu près de tous les instruments de musique, il est surprenant qu'il se soit contenté si longtemps d'une telle situation : je suppose qu'il se trouvait bien et qu'il manquait de volonté pour faire mieux. Le maître d'hôtel de Hurlstone, tous ceux qui ont séjourné chez nous s'en souviennent comme d'un oiseau rare.

« Mais ce serviteur modèle a un défaut : il joue les Don Juan. Dans une campagne isolée c'est un rôle facile pour un bel homme.

« Tant qu'il fut marié, tout alla bien. Mais il devint veuf et il ne tarda pas à nous causer beaucoup de soucis. Voici quelques mois nous eûmes l'espoir qu'il allait se remarier, car il se lia à Rachel Howells, notre deuxième femme de chambre; mais il rompit pour ne plus s'occuper que de Janet Tregellis, la fille du chef des gardes-chasse. Rachel, qui est une très brave fille mais qui possède le tempérament émotif des Gallois, fut atteinte d'une violente fièvre cérébrale, et elle circule dans la maison (du moins elle y circulait jusqu'à hier encore) comme l'ombre d'elle-même. Tel fut notre premier drame à Hurlstone, mais un deuxième survint, qui chassa le premier de nos pensées, et qui débuta par la disgrâce et le renvoi du maître d'hôtel Brunton.

« Voici comment la chose se produisit. J'ai dit que Brunton était intelligent : cette intelligence causa sa perte, car elle le poussait à témoigner d'une curiosité insatiable à l'égard de ce qui ne le regardait pas le moins du monde. Je n'avais aucune idée des extrémités auxquelles elle le porterait; il fallut un incident banal pour que je m'en rendisse compte.

« Je vous ai précisé que la maison était pleine de coins et recoins. Une nuit de la semaine dernière, la nuit de mardi à mercredi pour être exact, je ne pouvais pas trouver le sommeil en raison d'une tasse de fort café noir que j'avais eu la sottise de boire après dîner. Jusqu'à deux

heures du matin je me tournai et me retournai
dans mon lit. Désespérant de m'endormir, je
me levai et allumai une bougie avec l'intention
de lire un roman que j'avais commencé. Mais
j'avais laissé le livre dans la salle de billard :
j'enfilai ma robe de chambre et descendis pour
aller le chercher.

« Pour gagner la salle de billard je devais
traverser un couloir qui menait à la bibliothèque et à une chambre d'amis. Imaginez ma
surprise quand, jetant un coup d'œil dans le
couloir, je vis de la lumière qui filtrait à travers
la porte entrouverte de la bibliothèque. J'avais
moi-même éteint la lampe et fermé la porte
avant de monter me coucher. Naturellement je
pensai d'abord à des cambrioleurs. Les couloirs
à Hurlstone ont leurs murs abondamment déco-
rés de trophées de guerre et de vieilles panoplies. Je m'emparai d'une hache d'armes, je
posai ma bougie, et je m'aventurai sur la pointe
des pieds dans le couloir jusqu'à la porte de la
bibliothèque.

« Brunton, le maître d'hôtel, s'y trouvait. Il
était assis dans une bergère, avec sur les genoux
une feuille de papier qui ressemblait à une
carte, et il soutenait son front d'une main
comme quelqu'un qui est abîmé dans de profondes réflexions. Muet d'étonnement je demeu-

rai immobile dans l'obscurité pour l'observer. Une petite chandelle au bord de la table répandait une faible lumière; elle me suffit pour constater qu'il était tout habillé. Brusquement il se leva, se dirigea vers mon bureau, l'ouvrit, et tira l'un des tiroirs, d'où il prit un papier. Il revint s'asseoir sur la bergère, posa le papier sur la table à côté de la chandelle, l'étala et se mit à l'examiner avec une attention extrême. Devant cette inspection de nos papiers de famille, mon indignation me poussa à avancer : Brunton leva les yeux et me vit debout sur le seuil. Il sauta sur ses pieds, blanc de frayeur, et il enfouit contre sa poitrine l'espèce de carte qu'il avait précédemment étudiée.

« — Eh bien, m'exclamai-je. C'est ainsi que « vous payez de retour la confiance que nous « vous avons toujours témoignée? Considérez- « vous comme congédié à partir de demain! »

« Il s'inclina. Il avait l'air d'un homme écrasé. Il passa furtivement à côté de moi sans prononcer un mot. La chandelle était restée sur la table; elle me permit de voir quel document Brunton avait pris dans le bureau. Je fus stupéfait en constatant qu'il ne s'agissait d'aucun papier d'importance, mais simplement d'un exemplaire des questions et réponses contenues dans notre vieille règle peu banale qui s'appelle

le rituel des Musgrave. C'est une sorte de céré-
monie particulière dans notre famille, à laquelle
depuis plusieurs siècles chaque Musgrave s'est
conformé à sa majorité : bref un document
d'intérêt purement privé, qui pourrait peut-
être intéresser un archéologue au même titre
que nos blasons, mais dont l'utilité pour tout
autre m'échappe complètement.

« — Nous ferions mieux de garder ce papier
« pour la suite, dis-je. Nous y reviendrons tout
« à l'heure.

« — Si réellement vous croyez que c'est né-
« cessaire! » répondit-il après une brève hésitation. Pour continuer mon récit, donc, je refer-
mai le bureau en me servant de la clef dont
Brunton s'était servi, puis je m'apprêtais à
regagner ma chambre, quand je vis que le maître
d'hôtel était revenu et se tenait devant moi.

« — Monsieur Musgrave, s'écria-t-il d'une
« voix enrouée par l'émotion, je ne peux pas
« supporter cette disgrâce, monsieur! J'ai tou-
« jours eu une fierté au-dessus de ma situation
« dans la vie, et un pareil congédiement me
« tuerait. Vous répondrez de mon sang, mon-
« sieur... Oui, en vérité mon sang retombera
« sur votre tête si vous me poussez au désespoir.
« Si vous ne pouvez pas me garder après ce qui
« vient de se passer, laissez-moi, pour l'amour

« de Dieu, donner ma démission et partir dans
« un mois, comme si c'était de mon plein gré.
« Cela je puis le supporter, monsieur Musgrave,
« mais pas d'être jeté hors d'ici devant tous ces
« gens que je connais si bien.

« — Vous ne méritez pas une grande consi-
« dération, Brunton! répondis-je. Votre conduite
« est parfaitement honteuse. Toutefois comme
« vous êtes depuis longtemps dans ma famille,
« je ne souhaite pas vous attirer un châtiment
« public. Mais un mois, c'est excessif. Partez
« dans huit jours et expliquez votre départ
« comme bon vous semblera.

« — Seulement huit jours, monsieur? s'écria-
« t-il. Quinze, monsieur! Donnez-moi au moins
« quinze jours!

« — Huit jours. Et vous pouvez vous esti-
« mer heureux avec cela. »

« Il se défila, tête basse, pendant que j'étei-
gnais la lumière et que je remontais dans ma
chambre.

« Au cours des deux journées qui suivirent,
Brunton témoigna d'un zèle très assidu à me
servir. Je ne fis aucune allusion à ce qui s'était
passé, et j'attendais non sans curiosité pour voir
comment il allait camoufler son renvoi. Le troisième matin cependant il ne se montra pas après
le petit déjeuner, comme il le faisait d'habitude

afin de recevoir mes instructions pour la journée.
En quittant la salle à manger je tombai sur
Rachel Howells, la femme de chambre. Je vous
ai dit qu'elle relevait de maladie : elle me parut
si misérablement pâle et maigre que je lui re-
prochai d'avoir repris son travail.

« — Vous devriez être au lit! lui dis-je. Vous
« reprendrez votre service quand vous serez
« plus forte. »

« Elle me regarda avec une expression si
bizarre que je me demandai si son cerveau
n'était pas dérangé.

« — Je suis assez forte, monsieur Musgrave!

« — Nous verrons ce qu'en pense le méde-
« cin. D'ici-là, cessez votre travail. Quand vous
« descendrez dites simplement que je voudrais
« voir Brunton.

« — Le maître d'hôtel est parti, me répon-
« dit-elle.

« — Parti! Parti où?

« — Il est parti. Personne ne l'a vu. Il n'est
« pas dans sa chambre. Oh! oui, il est parti...
« parti! »

« Elle tomba en arrière contre le mur en
poussant un grand éclat de rire. Epouvanté par
cette subite crise d'hystérie, je me précipitai
vers la sonnette pour réclamer du secours. La
femme de chambre fut transportée chez elle;

elle continuait de crier et de sangloter. Quant
à moi je me mis en quête de Brunton. Sa disparition ne faisait aucun doute. Il n'avait pas
dormi dans son lit. Il n'avait été vu par personne depuis que la veille au soir il avait rega-
gné sa chambre. Pourtant il fut impossible
d'expliquer comment il avait quitté la maison
car au matin portes et fenêtres furent trouvées
verrouillées et barrées de l'intérieur. Ses vêtements, sa montre, et même son argent étaient
restés dans sa chambre : seul manquait le costume noir qu'il portait dans son service. Ses
pantoufles aussi avaient disparu, mais ses chaussures étaient là. Où donc le maître d'hôtel
Brunton était-il allé cette nuit-là, et qu'était-il
advenu de lui?

« Nous fouillâmes la maison de la cave au
grenier, sans trouver la moindre trace du disparu. Je vous l'ai dit; je vous le répète encore :
cette vieille maison est un labyrinthe, surtout
l'aile d'époque qui est maintenant pratiquement inhabitée; mais nous inspectâmes chaque
pièce, chaque mansarde, sans découvrir d'indice.
Je ne pouvais pas croire qu'il était parti en laissant derrière lui tout ce qui lui appartenait;
mais pourtant où était-il? J'appelai la police locale; en vain. Il avait plu pendant la nuit; nous
examinâmes la pelouse, les allées tout autour

de la maison; inutilement. Telle était la situation quand un nouvel incident vint la compliquer davantage.

« Pendant deux jours Rachel Howells fut si mal en point, tantôt délirante, tantôt hystérique, qu'une infirmière avait été mandée pour la veiller la nuit. La troisième nuit après la disparition de Brunton l'infirmière constata que sa malade dormait paisiblement et elle se laissa aller à un petit somme dans son fauteuil. Quand elle se réveilla le lendemain matin, elle trouva le lit vide, la fenêtre ouverte et aucune trace de Rachel Howells. Je fus averti immédiatement; avec deux valets je me mis sans perdre un instant à la recherche de la femme de chambre. Nous n'eûmes pas de mal à repérer la direction qu'elle avait prise : en effet au bas de la fenêtre nous trouvâmes les empreintes de ses pas; nous les suivîmes facilement à travers la pelouse jusqu'au bord de l'étang; là elles disparurent, tout près du sentier de gravier qui conduit hors des terres. L'étang avait près de deux mètres cinquante de profondeur à cet endroit. Vous vous représentez nos sentiments quand nous observâmes que les traces de la pauvre démente s'arrêtaient au bord de l'eau.

« Bien entendu, nous draguâmes l'étang, mais sans succès; le corps demeura introuvable. Par contre nous ramenâmes à la surface un objet plutôt imprévu. C'était un sac de toile qui contenait des vieux métaux rouillés, décolorés, et plusieurs morceaux de cristal ou de verre dépolis. Voilà ce que nous retirâmes de l'étang. Et en dépit des recherches et enquêtes qui ont été conduites hier, nous ignorons tout du destin de Rachel Howells et de Richard Brunton. La police du comté est sur le point de donner sa langue au chat. Je suis venu vous voir, car vous êtes ma suprême ressource. »

« Vous me devinez, n'est-ce pas Watson, écoutant avec la plus vive attention cette suite extraordinaire d'événements, et essayant de les coordonner, de distinguer le fil auquel tous pourraient se raccrocher?

« Le maître d'hôtel était parti. La femme de chambre était partie. La femme de chambre avait aimé le maître d'hôtel, mais elle avait eu ensuite un motif de le haïr. Elle était de sang gallois, farouche et ardent. Elle s'était montrée terriblement excitée tout de suite après sa disparition. Elle avait précipité dans l'étang un sac dont le contenu était étrange. Tels étaient les éléments qui devaient être pris en considération. Et cependant aucun d'entre eux ne creusait le problème jusqu'au cœur. Quel était donc le point de départ de toute cette succession d'incidents? Là au moins se trouvait le bout du fil embrouillé.

« — Il faut que je voie le papier, dis-je à
« Musgrave, que votre maître d'hôtel voulait
« consulter même au risque de perdre sa place.

« — C'est quelque chose d'assez absurde que
« ce rituel de notre famille! répondit-il. Mais
« le mérite de l'ancienneté est sa circonstance
« atténuante. J'ai ici un exemplaire des ques-
« tions et réponses. Si vous voulez vraiment y
« jeter un coup d'œil... »

« Il me tendit ce même papier que j'ai ici, Watson, et voici l'étrange catéchisme auquel devait se plier chaque Musgrave atteignant l'âge d'homme. Je vous lis les questions et les réponses telles qu'elles sont écrites :

« — A qui l'appartenance?
« — A celui qui est parti.
« — Qui l'aura?
« — Celui qui doit venir.
« — Quel mois était-ce?
« — Le sixième après le premier.
« — Où était le soleil?
« — Au-dessus du chêne.
« — Où était l'ombre?
« — Sous l'orme.
« — Combien de pas?

« — Nord : dix et dix. Est : cinq et cinq.
« Sud : deux et deux. Ouest : un et un. Et
« au-dessous.

« — Que donnerons-nous?

« — Tout ce qui est à nous.

« — Pourquoi le donnerions-nous?

« — Par amour de la confiance. »

« — L'original n'est pas daté, mais l'ortho-
« graphe est celle du milieu du xviie siècle,
« indiqua Musgrave. Je crains toutefois que
« ceci ne vous soit pas très utile pour résoudre
« cette énigme.

« — Au moins, répondis-je, nous nous trou-
« vons en face d'un nouveau mystère, encore
« plus intéressant que le premier. Il se peut
« que la solution de l'un se révèle être la solu-
« tion de l'autre. Vous m'excuserez, Musgrave,
« si je déclare que votre maître d'hôtel me
« semble avoir été un homme très avisé, qui a
« eu plus de perspicacité que dix générations
« de ses maîtres.

« — J'ai du mal à vous suivre jusque-là,
« murmura Musgrave. Ce papier ne revêt à
« mes yeux aucune importance pratique.

« — Mais aux miens son importance est
« considérable, et je pense que Brunton parta-
« geait mon sentiment. Il l'avait sans doute vu
« avant la nuit où vous l'avez surpris?

« — C'est très possible. Nous ne prenions
« pas la peine de le cacher.

« — Il voulait sans doute, selon moi, se ra-
« fraîchir la mémoire. N'avait-il pas une sorte
« de carte qu'il comparait avec le manuscrit et
« qu'il a enfouie dans une poche quand il vous
« a vu?

« — Exact. Mais en quoi pouvait l'intéresser
« cette vieille coutume de notre famille? Et
« que signifie ce dialogue incohérent?

« — Je ne crois pas que nous éprouverons de
« grandes difficultés à répondre à ces questions,
« dis-je. Si vous y consentez nous allons prendre
« le premier train qui nous descendra dans le
« Sussex, et nous approfondirons l'affaire sur
« place. »

« Dans l'après-midi du même jour nous étions
tous deux à Hurlstone. Vous avez peut-être vu
des images ou lu des descriptions de ce célèbre
vieux manoir; aussi me bornerai-je à vous dire
qu'il est construit en forme de L; le jambage le
plus long en est la partie la plus moderne; le
plus court l'ancien noyau à partir duquel l'autre
s'est développé. Sur la porte basse à lourd lin-
teau, au centre de l'aile ancienne, est gravé
1607, mais les experts sont d'accord pour déclarer que les solives et la charpente sont d'une
date plus éloignée. Les murs énormément épais

et les fenêtres minuscules avaient incité la famille, dans le courant du siècle dernier à cons-
truire une aile neuve; l'ancienne ne servait plus
que d'entrepôt ou de cave. Un parc splendide
entourait la demeure de ses vieux arbres; l'étang
dont avait parlé mon client était situé tout
près de l'avenue, à deux cents mètres des bâtiments.

« J'étais déjà fermement convaincu, Watson,
qu'il ne s'agissait pas de trois mystères séparés,
mais d'un seul, et que si je pouvais comprendre
le rituel des Musgrave je détiendrais la clé de
l'énigme relative aussi bien au maître d'hôtel
Brunton qu'à la femme de chambre Howells.
Ce fut donc à cette tâche que je vouai toute
mon énergie. Pourquoi ce serviteur tenait-il à
percer le secret de cette vieille formule? De
toute évidence parce qu'il y avait vu quelque
chose qui avait échappé à toutes ces générations
de propriétaires terriens et dont il espérait tirer
un avantage particulier. Qu'était ce secret? Et
comment avait-il pu fixer le destin de Brunton?

« Il m'apparut tout de suite, dès la première
lecture du rituel, que les mesures devaient se
rapporter à un endroit auquel faisait allusion le
reste du document. Si nous localisions cet endroit nous devrions être en bonne voie pour
savoir quel était ce secret que les vieux Mus-

grave avaient jugé nécessaire d'enrober d'une façon si curieuse. Pour points de départ, il y avait un chêne et un orme. Quant au chêne, pas d'hésitation possible : juste devant la façade de la demeure, sur le côté gauche de l'avenue, se dressait un patriarche parmi les chênes, l'un des arbres les plus magnifiques que j'aie jamais vus.

« — Etait-il là quand votre rituel fut écrit? « demandai-je quand nous passâmes devant le « géant.

« — Selon toute probabilité, il devait déjà « être là au temps de Guillaume le Conquérant. « Il a une circonférence de sept mètres! »

« Un de mes points de départ était donc bon.

« — Avez-vous de vieux ormes? demandai-je.

« — Il y en avait un très vieux par là-bas, « mais il a été foudroyé voici dix ans, et nous « avons abattu la souche.

« — Pourriez-vous vous rappeler son empla- « cement?

« — Oh oui!

« — Il n'y a pas d'autres ormes?

« — Il n'y en a pas d'anciens. Mais il y a « beaucoup de hêtres.

« — Je voudrais voir l'emplacement du vieil « orme. »

« Nous étions arrivés dans une charrette anglaise; mon compagnon fit virer son cheval et, avant d'entrer dans la maison, il me mena vers l'endroit où une cicatrice sur la pelouse demeurait bien visible, presque à mi-distance entre le chêne et le manoir. Mon enquête me parut progresser.

« — Je suppose qu'il est impossible de trou-
« ver quelque part la hauteur qu'atteignait ce
« vieil orme? demandai-je.

« — Je puis vous la donner tout de suite :
« dix-neuf mètres.

« — Comment se fait-il que vous la connais-
« siez? questionnai-je non sans surprise.

« — Quand mon vieux précepteur m'infli-
« geait un exercice de trigonométrie, il y avait
« toujours à calculer des hauteurs. Au long de
« mon enfance j'ai calculé la hauteur de chaque
« arbre et de chaque bâtiment du domaine.

« — Voilà ce qui s'appelle une chance aussi
« imprévue que bienvenue!... »

« Les données de mon petit problème se précisaient plus vite que je ne l'avais espéré.

« — ... Dites-moi, repris-je, est-ce que votre
« maître d'hôtel vous a jamais posé cette même
« question? »

« Reginald Musgrave me considéra avec étonnement.

« — Vous me le rappelez maintenant, répon-
« dit-il. Brunton m'a effectivement interrogé
« sur la hauteur de l'arbre (cela remonte à
« quelques mois) pour mettre un terme à une
« discussion avec le valet d'écurie. »

« Autant d'excellentes nouvelles, Watson,
car je voyais que j'étais sur la bonne piste. Je
levai les yeux vers le soleil : il était bas; dans
moins d'une heure il arriverait juste au-dessus
des branches supérieures du vieux chêne. Une
condition figurant au rituel serait remplie. Et
l'ombre de l'orme devait signifier la limite de
l'ombre, sinon le tronc aurait été choisi comme
point de repère. J'avais à déterminer où se
situerait la limite de l'ombre quand le soleil
serait juste au-dessus du chêne.

— Mais puisque l'orme n'était plus là,
Holmes, vous avez dû éprouver beaucoup de
difficultés?

— Voilà : je me suis dit que si Brunton avait
pu le faire, je le pourrais également. D'ailleurs
il n'y eut pas de difficulté réelle. Je me rendis
avec Musgrave dans son bureau, taillai moi-
même cette cheville en bois à laquelle j'attachai
cette longue ficelle avec un nœud à chaque
mètre. Puis je pris deux longueurs de canne à
pêche, qui faisaient juste deux mètres, et je
revins toujours accompagné de mon client vers

l'emplacement de l'orme. Le soleil frôlait le haut du chêne. J'attachai la canne à pêche à un bout, traçai la direction de l'ombre et la mesurai. Elle avait deux mètres soixante-dix de long.

« A présent mon calcul devenait simple. Si une canne à pêche de deux mètres projetait une ombre de deux mètres soixante-dix, un orme de dix-neuf mètres en projetterai une de vingt-cinq mètres soixante-cinq, et la direction de la première serait naturellement la direction de la deuxième. Je mesurai la distance : elle m'amena presque au mur de la maison; j'enfonçai ma cheville à cet endroit. Vous pouvez imaginer ma joie, Watson, quand à moins de six centimètres de ma cheville je vis un creux conique dans le sol. Je me trouvais là devant la marque faite par Brunton dans ses mensurations : j'étais toujours sur la trace.

« De ce point de départ j'avançai par pas, non sans avoir repéré les points cardinaux à l'aide de ma boussole de poche. Dix pas de chaque pied me firent longer le mur de la maison; à nouveau je plantai une cheville. Puis je marchai soigneusement vers l'est (cinq pas), puis vers le sud (deux pas). Cela me conduisit jusqu'au seuil de la porte ancienne. Deux pas vers l'ouest, cela signifiait que je devais avancer de deux pas dans le couloir dallé, et que là était l'endroit indiqué par le rituel.

« Jamais je n'ai frémi d'une telle déception, Watson! Pendant quelques instants je crus avoir commis une erreur grossière dans mes calculs. Le soleil couchant éclairait à plein le couloir : je voyais les vieilles pierres grises usées par les pas mais solidement cimentées les unes aux autres; depuis de très longues années elles n'avaient jamais été déplacées. Brunton n'avait pas travaillé par là. Je tapai sur les dalles, mais partout elles résonnaient de la même manière; il n'y avait aucun signe de fente, de vide, de fissure. Heureusement Musgrave, qui avait commencé à comprendre le sens de ma méthode et qui était à présent aussi excité que moi, s'empara du manuscrit pour vérifier mes calculs.

« — Et en dessous! s'écria-t-il. Vous avez « oublié le en dessous »!

« J'avais cru que cela voulait dire que nous aurions à creuser. Mais tout de suite je compris que je m'étais trompé.

« — Il y a donc une cave en dessous? m'excla-« mai-je.

« — Oui. Aussi vieille que la maison. Des-« cendons. Par cette porte! »

« Nous descendîmes un escalier en colimaçon. Mon compagnon alluma une grosse lanterne

qui se trouvait sur un tonneau dans un coin.
Instantanément nous constatâmes que nous
étions enfin arrivés au bon endroit, et que nous
n'étions pas les seuls à avoir récemment inspecté
les lieux.

« Cette cave avait été utilisée pour une réserve de bois. Mais les bûches, qui avaient été
jetées en désordre sur le sol, étaient rangées le
long des murs en piles et laissaient un espace
vide au milieu. Dans cet espace il y avait une
grande et lourde dalle, avec à son centre un
anneau de fer rouillé auquel était attaché un
épais foulard à carreaux de berger.

« — Mon Dieu! s'écria mon client. C'est le
« foulard de Brunton. Je le reconnais. Je pour-
« rais en jurer! Qu'est-ce que ce coquin venait
« faire ici? »

« Sur ma suggestion deux représentants de
la police locale furent conviés à assister à la
suite des opérations. Quand ils furent là,
j'essayai de lever la dalle en tirant sur le foulard. Je ne pus que la bouger légèrement, et il
me fallut l'aide de l'un des inspecteurs pour
parvenir à la pousser de côté. Un trou noir
bâillait en dessous. Tous nous regardâmes à
l'intérieur; agenouillé, Musgrave l'éclairait avec
sa lanterne.

« Une petite cavité qui avait à peu près deux

mètres de profondeur et quatre pieds carrés de surface s'offrait à nos investigations. Sur un côté il y avait un coffret trapu, en bois cerclé de cuivre; le couvercle était levé; cette vieille clé peu banale était enfoncée dans la serrure. Il était recouvert à l'extérieur d'une épaisse couche de poussière; l'humidité et les vers avaient rongé le bois; les champignons foisonnaient à l'intérieur. Plusieurs petits disques métalliques, apparemment de vieilles pièces de monnaie, comme celles que je tiens là, étaient éparpillées dans le fond de la boîte, qui ne contenait rien d'autre.

« Mais sur le moment nous ne nous intéressâmes guère à ce vieux coffret, car nos yeux s'étaient immobilisés sur une forme tassée tout contre. C'était la forme d'un homme vêtu de noir, accroupi sur les jarrets, le front couché sur le rebord du coffret et les deux bras l'enserrant. Cette attitude avait attiré tout le sang stagnant à la figure, et personne n'aurait pu mettre un nom sur un visage aussi décomposé, aussi horrible à regarder. Tout de même la taille, le costume, les cheveux suffirent à mon client pour qu'il affirmât que nous nous trouvions en présence du maître d'hôtel disparu. Sa mort remontait à quelques jours, mais rien sur sa personne, ni blessure ni contusions, ne

révéla comment il avait trouvé cette fin affreuse.
Quand son cadavre eut été transporté hors de
la cave, nous demeurions en face d'un problème
presque aussi formidable qu'au départ.

« J'avoue, Watson, que j'étais fort désap-
pointé. J'avais compté résoudre l'affaire dès que
j'aurais découvert l'endroit indiqué par le rituel. Mais je l'avais découvert et je n'étais pas
plus avancé dans la connaissance de ce que la
famille Musgrave avait dissimulé avec tant de
précautions. Certes j'avais apporté quelque lumière sur la disparition de Brunton, mais il
me restait à dire comment il avait affronté ce
destin, et quel rôle avait joué la femme de
chambre qui avait disparu. Je m'assis sur un
tonnelet dans un coin et je repassai soigneusement tous les faits dans ma tête.

« Vous connaissez ma méthode en pareil cas,
Watson. Je me mets à la place de l'homme et,
ayant d'abord évalué l'ampleur de son intelligence, je m'efforce d'imaginer comment j'aurais moi-même agi dans des circonstances analogues. Là, j'étais aidé par le fait que l'intelligence de Brunton était tout à fait de premier
ordre : je n'avais donc pas à faire entrer en
ligne de compte une équation personnelle. Il
savait que quelque chose d'une grande valeur
était caché. Il avait détecté l'endroit. Il avait

découvert que la dalle qui le recouvrait était
trop lourde pour être déplacée par un homme
seul. Alors que faire? Il ne pouvait pas se faire
aider par quelqu'un de l'extérieur, même par
quelqu'un en qui il aurait eu confiance, sans
retirer les barres des portes, donc sans risquer
d'être surpris. Le mieux était d'avoir un
complice à l'intérieur de la maison. Mais qui
choisir? Cette femme de chambre lui avait été
dévouée. Un homme éprouve toujours de la
difficulté à croire qu'il a pu perdre tout à fait
l'amour d'une femme, même s'il l'a maltraitée.
Il essaierait donc, moyennant quelques atten-
tions, de faire sa paix avec la fille Howells et de
l'utiliser comme complice. Ensemble ils vien-
draient de nuit à la cave et à eux deux ils sou-
lèveraient la dalle. Jusque-là je pouvais suivre
leurs actes comme si je les avais vus.

« Mais pour eux deux, et l'un des deux étant
une femme, ce n'avait pas dû être une tâche
aisée de soulever cette dalle. Moi, avec l'appoint
d'un robuste policier du Sussex, je ne l'avais
pas déplacée sans mal! Comment donc s'y se-
raient-ils pris? Probablement comme je l'aurais
fait moi-même. Je me levai et examinai attentivement les bûches qui gisaient sur le sol.
Presque immédiatement je trouvai ce que je
cherchais. Une bûche qui avait près d'un mètre

de long montrait à un bout une échancrure
marquée : d'autres étaient aplaties sur les côtés
comme si elles avaient été soumises à une pression considérable. C'était clair : en levant la
dalle ils avaient glissé des bûches dans l'entrebâillement, jusqu'à ce qu'enfin l'ouverture fût
assez grande pour permettre à une personne de
se faufiler à l'intérieur : ils l'avaient maintenue
au moyen d'une grosse bûche disposée en hauteur;
cette bûche avait fort bien pu s'échancrer, s'abî-
mer sur le côté inférieur, puisque tout le poids
de la dalle l'avait comprimée sur le tranchant
de la dalle voisine. Jusque-là j'étais sur un terrain solide.

« Mais maintenant, comment allais-je procéder pour reconstituer le drame de minuit? Évidemment un seul des deux complices pouvait se
glisser dans le trou; évidemment ç'avait été
Brunton. La fille Howells avait dû attendre sur
le bord. Brunton avait alors ouvert le coffret,
levé son contenu... probablement, puisqu'il
n'avait pas été retrouvé... et puis... et puis,
qu'était-il arrivé?

« Quelle vengeance, couvant comme un feu,
s'était subitement enflammée dans l'âme de
cette Celte passionnée quand elle vit à sa merci
l'homme qui lui avait fait tant de mal (et plus
de mal peut-être que nous le supposons)? Fut-ce

par hasard que la bûche glissa et que la dalle retomba pour enfermer Brunton comme dans un sépulcre? N'était-elle coupable que d'avoir tu l'accident? Ou d'un coup violent avait-elle repoussé le support pour que la dalle retombât à sa place habituelle? Quoi qu'il se fût passé, il me semblait voir cette silhouette de femme, agrippant son trésor découvert par hasard et fuyant follement par l'escalier en colimaçon, avec ses oreilles qui résonnaient peut-être encore des cris étouffés, du tambourinage frénétique de mains affolées contre la dalle qui emmurait un amant infidèle...

« Là était le secret de sa figure blanche, de ses nerfs ébranlés, de sa crise d'hystérie le lendemain matin. Mais qu'y avait-il dans le coffret? Qu'en avait-elle fait? Je pensai aussitôt aux vieux morceaux de métal et de cristal que mon client avait retirés de l'étang. Elle était allée les jeter à l'eau dès la première occasion, afin de se débarrasser de tout vestige de son forfait.

« Pendant vingt minutes j'étais demeuré assis, plongé dans mes réflexions. Musgrave était encore debout, livide; il continuait à balancer sa lanterne au-dessus de la cavité.

« — Ce sont des pièces de monnaie de « Charles I$^{er}$, me dit-il en examinant les quel-

« ques specimens qui étaient restés dans le
« coffret. Vous voyez : nous avions raison en fai-
« sant remonter le rituel au milieu du
« xviie siècle.

« — Nous allons sans doute découvrir quel-
« que chose d'autre de Charles Ier! » m'écriai-je.

« La signification vraisemblable des deux
premières questions du rituel venait de me
sauter aux yeux. Je demandai à examiner
le contenu du sac qu'il avait repêché dans
l'étang.

« Nous remontâmes dans son bureau où il
l'étala devant moi. Je compris pourquoi il y
avait attaché aussi peu d'importance, car le métal
était presque noir, et les cristaux ternes. J'en
frottai un contre ma manche, cependant, et il
se mit à étinceler comme un ver luisant dans le
creux de ma main. Le métal ouvré avait la
forme d'un double cercle, mais il avait été
tordu et avait perdu son dessin original.

« — Vous devez vous rappeler, lui dis-je, que
« les partisans du roi avancèrent en Angleterre
« même après la mort de Charles Ier. Mais lors-
« qu'ils ont dû s'enfuir ils ont probablement
« laissé leurs trésors les plus précieux enfouis
« derrière eux, avec l'intention de les récupérer
« quand les temps seraient devenus plus pai-
« sibles.

« — Mon ancêtre, Sir Ralph Musgrave, était
« un gentilhomme en renom et le bras droit de
« Charles II dans ses aventures, me répondit
« mon ami.

« — Ah! vraiment? Eh bien, je crois que
« cette précision nous apporte le dernier mail-
« lon de la chaîne. Je dois d'abord vous féliciter
« d'être remis en possession, bien que d'une
« manière tragique, d'une relique qui en elle-
« même est d'une grande valeur, mais qui, dans
« le musée des curiosités historiques, représente
« une valeur encore plus grande.

« — Qu'est-ce donc? me demanda-t-il tout
« étonné.

« — Rien de moins que l'ancienne couronne
« des rois d'Angleterre.

« — La couronne!

« — Mais oui! Reportez-vous au rituel. Que
« dit-il?

« A qui l'appartenance? » — « A celui qui
« est parti. » C'était après l'exécution de
« Charles Ier. Puis : « Qui l'aura? » — « Celui
« qui doit venir ». Il s'agissait de Charles II
« dont l'avènement était déjà prévu. Je pense
« qu'il ne peut pas y avoir de doute : ce dia-
« dème informe et tout cabossé a autrefois ceint
« la tête des rois Stuarts.

« — Et comment est-il venu dans l'étang?

« — Ah! voilà une question dont la réponse « exige un peu de temps... »

« Sur quoi, je lui décrivis la longue chaîne des conjectures et des preuves que j'avais construite. Le crépuscule était venu. La lune avait commencé d'éclairer la terre quand j'eus terminé mon récit.

« — Dans ces conditions comment se fit-il « que Charles ne reprit pas sa couronne à la « restauration de la monarchie? me demanda « Musgrave en replaçant la relique dans le sac « de toile.

« — Ah! vous avez mis le doigt sur un dé- « tail que nous ne pourrons sans doute jamais « élucider! Il est vraisemblable que le Mus- « grave qui détenait le secret mourut dans l'in- « tervalle et que, par inadvertance, il laissa ce « guide à son descendant sans lui en expliquer « le sens. De ce jour jusqu'à aujourd'hui il a « été transmis de père en fils, pour finalement « tomber entre les mains de l'homme qui en « surprit le secret et qui laissa sa vie dans « l'aventure. »

« Et voilà, Watson, l'histoire du rituel des Musgrave. La couronne est restée à Hurlstone, en dépit de certaines difficultés légales et d'une somme considérable que Reginald Musgrave dut

payer pour être autorisé à la conserver. Je suis
sûr que si vous alliez là-bas, et que vous vous
présentiez de ma part, on serait heureux de
vous la montrer. De la femme de chambre personne n'a jamais eu de nouvelles : selon toute
probabilité elle a quitté l'Angleterre et est
allée, nantie de son remords, se cacher quelque
part de l'autre côté des mers.

## CHAPITRE VI

## LES PROPRIÉTAIRES DE REIGATE

Au printemps de 1887 la santé de mon ami, M. Sherlock Holmes, s'était trouvée ébranlée par un surmenage excessif. L'affaire de la compagnie de Hollande et Sumatra et les projets fantastiques du baron Maupertuis sont encore trop présents à la mémoire du public et trop intimement liés à de délicats problèmes de politique et de finances pour trouver place dans cette galerie de croquis. Ils furent pourtant l'origine indirecte d'une démonstration par mon ami de l'excellence d'une arme nouvelle qu'il n'avait pas encore utilisée dans sa guerre aux criminels.

Si je me réfère à mes notes, je constate que le 14 avril je reçus un télégramme de Lyon m'avisant que Holmes, malade, était alité à l'hôtel Dulong. Dans les vingt-quatre heures

j'étais à son chevet, et à mon grand soulagement
je ne découvris rien de grave dans les symp-
tômes de son mal. Sa constitution de fer, cependant, n'avait pas résisté à la tension d'une enquête qui s'était prolongée pendant deux mois;
au cours de cette période il n'avait jamais travaillé moins de quinze heures par jour; il lui
était même arrivé, m'affirma-t-il, de ne pas se
reposer une heure pendant cinq jours d'affilée.
Le succès éclatant qui couronna ses efforts ne
le mit pas à l'abri d'une réaction et tandis que
l'Europe retentissait du bruit fait autour de son
nom, que sa chambre était jonchée de télégrammes de félicitations dans lesquels on enfon-
çait jusqu'à la cheville, je le trouvai en proie à
la plus noire des dépressions. Il savait qu'il
avait réussi là où les polices de trois pays avaient
échoué, et qu'il avait déjoué toutes les ma-
nœuvres du plus habile filou d'Europe : cela
même ne suffisait pas à le tirer de sa prostration
nerveuse.

Trois jours plus tard nous étions de retour à
Baker Street. Mais il était évident que mon
ami tirerait le plus grand profit d'un changement d'air, et j'avoue que la perspective de passer une semaine à la campagne n'était pas personnellement pour me déplaire. Mon vieux
camarade le colonel Hayter, que j'avais soigné

en Afghanistan s'était rendu acquéreur d'une maison près de Reigate, dans le Surrey, et il m'avait souvent invité à passer quelques jours chez lui. La dernière fois que je l'avais vu, il m'avait formellement déclaré que si mon ami voulait m'accompagner il serait heureux de le recevoir avec moi. Il me fallut user d'un peu de diplomatie, mais quand Holmes apprit que notre hôte était célibataire et qu'il jouirait de la plus entière liberté, il se laissa persuader. Une semaine après notre retour de Lyon, nous nous trouvions donc sous le toit du colonel. Hayter était un bon vieux soldat qui avait beaucoup voyagé et, comme je l'avais prévu, il se découvrit avec Holmes de nombreux traits communs.

Au soir de notre arrivée, nous étions réunis après dîner dans la salle d'armes; Holmes s'allongea sur le canapé, tandis que Hayter et moi examinions sa collection d'armes à feu.

« A propos, dit le colonel, je vais emporter là-haut un de ces revolvers pour le cas où nous aurions une alerte.

— Une alerte? m'écriai-je.

— Oui, nous avons eu récemment une petite alerte. Le vieil Acton, qui est l'un de nos gros bonnets du comté, a été cambriolé lundi dernier. Il n'y a pas eu beaucoup de dégâts, mais les voleurs n'ont pas encore été arrêtés.

— Pas de piste? interrogea Holmes en lançant un coup d'œil au colonel.

— Pas jusqu'ici. Mais c'est une affaire insignifiante, un petit fait divers de campagne, tout à fait indigne, monsieur Holmes, de retenir votre attention après cette grosse affaire internationale! »

Holmes écarta de la main le compliment, mais son sourire montra qu'il y avait été sensible.

« Pas de détails caractéristiques?

— Ma foi non. Les voleurs ont mis à sac la bibliothèque et ils n'ont guère été récompensés de leur travail. Toute la pièce a été mise sens dessus dessous, les tiroirs ouverts, les papiers dispersés, pour le butin que voici : un volume dépareillé de l' « Homère » de Pope, deux chandeliers en doublé, un petit baromètre en chêne, et une pelote de ficelle.

— Quel curieux assortiment! murmurai-je.

— Oh! les cambrioleurs ont évidemment mis la main sur ce qu'ils pouvaient emporter! »

Sur son canapé Holmes émit un grognement.

« La police locale devrait tirer quelque chose de cela! fit-il. Voyons, il est clair que... »

Mais je levai un doigt menaçant.

« Vous êtes ici pour vous reposer, mon cher!

Au nom du Ciel ne vous jetez pas sur un nouveau problème quand vos nerfs sont en loques. »

Holmes haussa les épaules, lança du côté du colonel un regard empreint de résignation comique, et la conversation dévia vers des sujets moins dangereux.

Le destin voulut, cependant, que ma vigilance professionnelle eût été dépensée en pure perte, car le lendemain matin le problème nous assaillit de telle manière qu'il ne nous fut pas possible de l'ignorer, et notre séjour à la campagne prit une tournure tout à fait imprévue. Nous étions en train de prendre notre petit déjeuner quand le maître d'hôtel du colonel fit dans la salle à manger une entrée bruyante, très incompatible avec sa réserve habituelle.

« Vous savez la nouvelle, monsieur?... Chez les Cunningham, monsieur! »

Le colonel s'immobilisa avec sa tasse de café entre la table et sa bouche.

« Un cambriolage?

— Un meurtre! »

Le colonel siffla entre ses dents.

« Nom d'un chien! s'écria-t-il. Qui a été tué? Le juge de paix ou son fils?

— Ni l'un ni l'autre, monsieur. C'est William, le cocher. D'un coup en plein cœur, monsieur. Mort sans dire un mot.

— Qui l'a tué?

— Le cambrioleur, monsieur. Il a disparu. Il venait de fracturer la fenêtre de l'office quand William est arrivé. William a perdu la vie en défendant le bien de son maître.

— Quelle heure était-il?

— Cette nuit, monsieur. Vers minuit.

— Bien. Nous irons faire un tour par là tout à l'heure », dit le colonel avec un grand sang-froid.

Il attendit que le maître d'hôtel fût sorti pour ajouter :

« Sale histoire! C'est un personnage très influent par ici, ce vieux Cunningham; de plus, un brave homme. Il sera fort affligé, car le cocher était à son service depuis de nombreuses années et c'était un excellent serviteur. Nous nous trouvons devant les mêmes brigands qui ont cambriolé la maison d'Acton.

— Et qui ont volé cette collection si particulière? demanda pensivement Holmes.

— Exactement.

— Hum! Peut-être la chose est-elle d'une simplicité enfantine. Tout de même à première vue, elle apparaît plutôt bizarre, n'est-ce pas? Normalement une bande de cambrioleurs opérant dans une région ne pratique point deux fois dans la même ville à quelques jours d'intervalle : elle a intérêt à transporter plus loin le théâtre de ses exploits! Quand vous avez parlé hier soir de prendre des précautions, j'ai pensé que Reigate était sans doute la dernière paroisse de l'Angleterre qui intéresserait le ou les voleurs. Décidément, j'ai encore beaucoup à apprendre!

— S'il s'agit d'un professionnel local, dit le colonel, les maisons d'Acton et de Cunningham sont évidemment celles qu'il aurait choisies : elles sont de beaucoup les plus grandes du pays.

— Et les plus riches?

— Elles devraient l'être. Mais leurs propriétaires sont tous deux engagés depuis des années dans un procès qui les ruine à mon avis. Le vieil Acton revendique la moitié du domaine de Cunningham; des deux côtés les hommes de loi se font payer cher...

— Si c'est un coquin des environs, il ne devrait pas y avoir de grandes difficultés à lui mettre la main au collet! fit Holmes en réprimant un bâillement. Ne vous inquiétez pas, Watson! Je n'ai nulle envie de m'en mêler.

— L'inspecteur Forrester, monsieur! » annonça le maître d'hôtel en ouvrant la porte.

Le représentant de la police officielle, jeune, présentant bien, l'œil vif, pénétra dans la pièce.

« Bonjour, colonel. J'espère que je ne vous

dérange pas trop? Mais nous avons appris que M. Holmes, de Baker Street, se trouvait ici... »

Le colonel désigna mon ami. L'inspecteur s'inclina.

« ... Nous avons pensé, monsieur Holmes, que peut-être vous voudriez bien faire quelques pas avec moi.

— Le sort est contre vous, Watson! s'écria Holmes en riant. Nous étions en train de discuter de l'affaire quand vous êtes entré, inspecteur. Consentirez-vous à nous donner quelques détails? »

Quand je le vis s'adosser contre la chaise dans l'une de ses attitudes favorites, je compris que le cas était désespéré.

« Nous n'avions aucun indice dans l'affaire Acton. Mais ici nous avons de quoi marcher, et sans aucun doute dans les deux affaires il s'agit de la même bande. L'homme a été vu.

— Ah!

— Oui, monsieur. Mais il a détalé comme un daim après avoir tiré le coup de feu qui a tué net le pauvre William. M. Cunningham l'a vu de la fenêtre de sa chambre, et M. Alec Cunningham l'a vu de la porte de service. Il était minuit moins le quart quand l'alerte a été donnée. M. Cunningham venait de se mettre au lit, et M. Alec, en robe de chambre, fumait une pipe. Tous deux ont entendu William le cocher appeler au secours, et M. Alec est descendu quatre à quatre pour voir ce qui se passait. La porte de service était ouverte; quand il arriva au bas des marches il vit deux hommes qui se battaient dehors. L'un des deux hommes tira un coup de feu; l'autre tomba; le meurtrier se rua dans le jardin et escalada la haie. M. Cunningham, de la fenêtre de sa chambre, aperçut le bandit quand il atteignit la route, mais il le perdit de vue presque immédiatement. M. Alec s'arrêta pour regarder s'il pouvait porter secours au mourant, si bien que le meurtrier put s'échapper. En dehors du fait qu'il était de taille moyenne et vêtu d'étoffe sombre, nous n'avons pas d'autre indication particulière, mais nous nous livrons à une enquête serrée, et s'il est étranger au pays nous le trouverons bientôt!

— Que faisait là ce William? A-t-il dit quelque chose avant de mourir?

— Pas un mot. Il habite avec sa mère la loge du concierge; c'était un serviteur très dévoué; aussi pensons-nous qu'il s'était dirigé vers la maison pour voir si tout était normal. Vous comprenez, l'affaire Acton avait alerté tout le pays. Le cambrioleur venait de forcer la porte de service (la serrure a été effectivement forcée) quand William lui est tombé dessus.

— Est-ce que William a dit quelque chose à sa mère avant de sortir?

— Elle est très vieille et sourde. Impossible d'obtenir d'elle le moindre renseignement! Le choc de la mort de son fils l'a assommée, mais je crois qu'elle n'a jamais été très vive d'esprit. Cependant il y a un élément extrêmement important. Regardez! »

Il tira de son carnet de notes un petit morceau de papier déchiré, et il l'étala sur son genou.

« Ce bout de papier a été trouvé entre le pouce et l'index de la victime. Il semble que ce soit le fragment angulaire d'une feuille plus grande. Vous remarquerez que l'heure qui y est indiquée est exactement l'heure à laquelle le pauvre diable est mort. Vous voyez que son meurtrier a pu lui arracher le reste du feuillet, à moins que William n'ait arraché ce fragment à son assassin. A lire ces quatre bouts de ligne, on dirait qu'il y a eu rendez-vous : « à onze heures trois quarts... apprendrez... beaucoup... utile. »

Holmes s'empara du papier.

« En supposant qu'il s'agisse d'un rendez-vous, poursuivit l'inspecteur, on peut admettre que ce William Kirwan, en dépit de sa réputation d'honnêteté, ait été de mèche avec le voleur.

Il a pu le rencontrer là, où il a pu l'aider à forcer la porte, et ensuite ils ont bien pu se quereller.

— Ce papier présente un intérêt extraordinaire! murmura Holmes en l'examinant avec une intense concentration d'esprit. Nous nous trouvons dans des eaux beaucoup plus profondes que je ne l'aurais cru! »

Il se plongea la tête dans les mains tandis que l'inspecteur souriait complaisamment devant l'effet que produisait son affaire sur le célèbre spécialiste de Londres.

« Votre dernière remarque, dit bientôt Holmes, relative à la possibilité d'une entente entre le cambrioleur et le cocher, et concluant que nous ayons là un billet de rendez-vous entre eux, est ingénieuse. Je ne dis pas que l'hypothèse soit improbable, mais ce papier nous ouvre... »

A nouveau il enfouit son visage entre ses mains et il demeura quelques minutes enfermé dans ses pensées. Quand il releva la tête je fus surpris de voir ses joues aussi colorées, ses yeux aussi brillants qu'avant sa maladie. Il sauta sur ses pieds avec toute sa vieille énergie.

« Je vous dirai quoi! reprit-il. J'aimerais examiner tranquillement les détails de l'affaire. Il y a quelque chose qui me fascine. Si vous m'y autorisez, colonel, je vais vous laisser avec mon ami Watson, et je vais faire un tour avec l'inspecteur pour vérifier quelques-unes de mes petites idées fantaisistes. Je serai de retour dans une demi-heure. »

Une heure et demie s'écoula avant que l'inspecteur ne revînt. Il était seul.

« M. Holmes est en train de faire les cent pas dans le champ, expliqua-t-il. Il désire que tous les quatre nous nous rendions ensemble à la maison.

— Chez M. Cunningham?

— Oui, monsieur.

— Pour quoi faire? »

L'inspecteur haussa les épaules.

« Je l'ignore totalement, monsieur. Entre nous, je crois que M. Holmes n'est pas tout à fait rétabli de sa maladie. Il s'est conduit d'une façon bizarre, et il est très excité.

— Je ne crois pas que vous ayez besoin de vous inquiéter, dis-je. D'habitude il y a toujours de la méthode dans sa folie.

— Certains pourraient dire qu'il y a de la folie dans sa méthode, marmonna l'inspecteur. Mais il est tout feu et flamme pour partir, colonel! Si vous êtes prêt, nous ferions mieux d'y aller. »

Nous retrouvâmes Holmes dehors. Il arpentait le champ. Il avait le menton enfoncé dans sa poitrine, les mains enfouies dans les poches de son pantalon.

« L'affaire prend de l'intérêt, dit-il. Watson, votre promenade à la campagne sera une réussite remarquable. J'ai passé une matinée charmante.

— Vous vous êtes déjà rendu sur les lieux du crime? demanda le colonel.

— Oui. L'inspecteur et moi avons effectué une petite reconnaissance.

— Couronnée de succès?

— Ma foi, nous avons vu différentes choses très intéressantes. Tout en marchant je vous dirai ce que nous avons fait. D'abord nous avons vu le cadavre de ce malheureux. Il est certainement mort d'une balle de revolver, comme on vous l'a dit.

— Vous en doutiez?

— Oh! il est toujours préférable de tout vérifier. Notre examen n'a pas été inutile. Nous avons eu ensuite une petite conversation avec M. Cunningham et son fils, qui nous ont montré l'endroit exact où le meurtrier était passé dans sa fuite à travers la haie. Ç'a été passionnant!

— Naturellement.

— Puis nous avons vu la mère du pauvre

diable. Elle n'a pu nous donner aucun renseignement, tant elle est vieille et faible.

— Et le résultat de vos investigations est
que...?

— Une conviction : ce crime n'est pas banal.
Peut-être la visite que nous allons faire appor-
tera-t-elle un élément qui la rendra moins obscure. Je crois que nous sommes bien d'accord,
inspecteur, sur l'importance extrême à attacher
au fragment de papier trouvé dans la main de
la victime et sur lequel était écrite l'heure précise de sa mort?

— Il devrait nous donner une indication,
monsieur Holmes.

— Il nous donne une indication. La personne
qui a écrit ce billet est celle qui a tiré William
de son lit à cette heure-là. Mais où est le reste
de cette feuille de papier?

— J'ai examiné le sol très soigneusement
dans l'espoir de retrouver l'autre morceau, murmura l'inspecteur.

— Le papier a été arraché de la main du
mort. Pourquoi quelqu'un tenait-il tant à
l'avoir? Parce que le papier l'incriminait. Qu'en
a-t-il fait? Il l'aura sans doute mis dans sa
poche, sans remarquer qu'un coin manquait
et était demeuré dans la main du mort. Si nous
pouvions récupérer le reste de ce billet, nous

avancerions à grands pas vers la solution du problème.

— Oui. Mais comment arriver à la poche du criminel avant d'avoir attrapé le criminel?

— Oh! cela vaut la peine d'y penser! Il y a un autre point évident. Le billet a été envoyé à William. L'homme qui l'a écrit ne le lui a pas remis, sinon il aurait communiqué son message verbalement et non par écrit. Qui donc a transmis le billet? Ou bien serait-il arrivé par la poste?

— Je me suis livré à une enquête là-dessus, répondit l'inspecteur. William a reçu hier une lettre par le courrier de l'après-midi. Il a détruit l'enveloppe.

— Excellent! s'écria Holmes en tapant dans le dos de l'inspecteur. Vous avez vu le facteur. C'est un plaisir de travailler avec vous! Bon. Voici la loge. Si vous voulez bien me suivre, colonel, je vous ferai les honneurs de la scène du crime. »

Nous dépassâmes la petite villa où avait vécu le cocher assassiné, et nous montâmes par une allée bordée de chênes vers une belle vieille maison construite au temps de la reine Anne : la date de Malplaquet était inscrite sur le fronton de la porte. Holmes et l'inspecteur nous firent faire le tour de la demeure jusqu'à ce que nous arrivions à une porte latérale; quelques mètres carrés de jardin la séparaient de la haie qui longeait la route. Un policier se tenait de faction à la porte de service.

« Ouvrez la porte, je vous prie! dit Holmes. Maintenant, vous voyez cet escalier : c'est de ces marches que le jeune M. Cunningham aperçut les deux hommes qui luttaient à l'endroit où nous sommes. Le vieux M. Cunningham se tenait à cette fenêtre, la deuxième sur la gauche, et il a vu le meurtrier s'enfuir juste à gauche de ce buisson. Le fils l'a vu aussi. Ils sont tous deux formels à propos du buisson. Puis M. Alec a couru s'agenouiller à côté du cocher blessé. Le sol est très dur, comme vous pouvez le constater : il n'y a pas d'empreintes pour nous guider. »

Tandis qu'il parlait, deux hommes descendirent l'allée du jardin après avoir contourné la maison. L'un était âgé : il avait une tête puissante, des traits burinés, des paupières lourdes. L'autre était un jeune homme vif, dont l'expression souriante, gouailleuse contrastait étrangement avec la nature de l'affaire qui nous avait amenés dans sa maison.

« Encore là-dessus, alors? fit-il en s'adressant à Holmes. Je croyais que vous autres, gens de

Londres, étiez imbattables. Vous n'avez pas l'air d'avancer bien vite!

— Ah! il faut nous accorder un peu de temps! répondit Holmes d'une voix enjouée.

— Vous en aurez besoin! déclara le jeune Alec Cunningham. Dites, je n'ai pas l'impression que nous possédions le moindre indice.

— Un seul, répondit l'inspecteur. Nous pensons que si seulement nous pouvions trouver... Mon Dieu! Monsieur Holmes, que se passe-t-il? »

Le visage de mon pauvre ami avait pris un aspect épouvantable. Ses yeux s'étaient révulsés, ses traits se tordirent sous l'effet de la souffrance; en poussant un gémissement étouffé il s'écroula par terre. Effrayés par la soudaineté et la violence de cette crise nous le transportâmes dans la cuisine sur un large fauteuil où pendant quelques minutes il respira lourdement. Finalement, après s'être excusé de sa faiblesse, il se remit debout.

« Watson vous dira que je relève d'une maladie pénible, expliqua-t-il. Je suis encore sujet à ces soudaines crises nerveuses.

— Voulez-vous que je vous fasse reconduire dans mon cabriolet? proposa le vieux Cunningham.

— Eh bien, puisque je suis ici, il y a un

point à propos duquel je voudrais être fixé absolument. Nous pouvons le vérifier très facilement.

— De quoi s'agit-il?

— Voilà : je me demande si l'arrivée de ce pauvre William a eu lieu avant, ou après l'entrée du cambrioleur dans la maison. Vous semblez tenir pour certain que, bien que la porte eût été forcée, le voleur n'a jamais pénétré à l'intérieur.

— Cela me paraît évident, répondit gravement M. Cunningham. Voyons, mon fils Alec n'était pas encore au lit : il aurait certainement entendu du bruit.

— Où était-il assis?

— Dans mon cabinet de toilette, en train de fumer.

— Quelle fenêtre?

— La dernière à gauche, à côté de celle de mon père.

— Vos lampes, chez vous et chez votre père, étaient allumées?

— Sans aucun doute.

— Il y a décidément quelques points singuliers dans cette affaire! fit Holmes en souriant. N'est-il pas extraordinaire qu'un cambrioleur (et un cambrioleur non dépourvu d'expérience) entre de force dans une maison alors que deux lumières lui indiquent que deux membres de la famille sont encore debout.

— Il devait avoir un fameux sang-froid!

— N'est-ce pas, si l'affaire n'était pas bizarre, nous nous serions abstenus de faire appel à vous? dit M. Alec. Mais pour en revenir à votre idée que le cambrioleur a dévalisé la maison avant d'être surpris par William, je la trouve absurde. N'aurions-nous pas trouvé les lieux en désordre et remarqué qu'il manquait divers objets?

— Cela dépend de la nature de ces objets, répondit Holmes. Rappelons-nous que nous avons affaire à un cambrioleur d'un type un peu spécial, et qui semble travailler d'une manière particulière. Considérez, par exemple, l'étrange assortiment qu'il a emporté de la maison d'Acton. Qu'est-ce qu'il y avait? Une pelote de ficelle, un pèse-lettre, et je ne sais quoi!

— Nous nous en remettons entièrement à vous, monsieur Holmes! dit le vieux Cunningham. Tout ce que vous suggérerez, vous ou l'inspecteur, sera certainement fait.

— En premier lieu, j'aimerais que vous offriez une récompense, vous-même, car la police mettra du temps à fixer la somme, et il convient d'agir au plus vite. J'ai préparé une formule :

voudriez-vous la signer? Cinquante livres suffiront, je pense.

— J'en donnerais volontiers cinq cents! dit le juge de paix en prenant la feuille de papier et le crayon que Holmes lui tendait. Mais ceci ne m'apparaît pas tout à fait correct, ajouta-t-il en parcourant le papier.

— Je l'ai écrit assez vite...

— Voyez! Vous commencez ainsi : « Attendu « que, vers minuit trois quarts, une tentative... « etc. » Or, il était minuit moins le quart, onze heures trois quarts si vous préférez. »

Cette erreur me contraria, car je savais comme Holmes était susceptible, sensible à toute défaillance de sa part. Il était célèbre pour la précision quant aux faits. Décidément sa maladie l'avait secoué! Ce simple petit incident me montrait éloquemment à quel point une convalescence prolongée lui serait salutaire. Pendant quelques instants il demeura embarrassé. L'inspecteur leva le sourcil. Alec Cunningham éclata de rire. Le vieux monsieur corrigea l'erreur et rendit le papier à Holmes.

« Faites-le imprimer le plus tôt possible, dit-il. Je crois que votre idée est excellente. »

Holmes rangea soigneusement le papier dans son portefeuille.

« Et maintenant, dit-il, ce serait une bonne

chose si nous visitions ensemble toute la maison afin de nous assurer que ce cambrioleur un tant soit peu excentrique n'a rien emporté. »

Auparavant, Holmes examina la porte qui avait été forcée. Il était évident qu'un couteau robuste ou une cisaille avait été enfoncée, et que la serrure avait été repoussée. Les traces sur le bois étaient encore visibles.

« Vous ne mettez pas de barres, par consé-quent? demanda Holmes.

— Nous ne l'avons jamais jugé nécessaire.

— Vous n'avez pas de chien?

— Si. Mais il est attaché de l'autre côté de la maison.

— Quand les deux domestiques se retirent-ils?

— Vers dix heures.

— D'habitude William était couché à cette heure-là?

— Oui.

— Il est curieux que cette nuit précisément il ait été debout. A présent, monsieur Cunnin-gham, je serais très heureux si vous vouliez bien nous faire visiter votre maison. »

Un couloir dallé, où débouchaient les cui-sines, menait par un escalier en bois directe-ment au premier étage de la maison. Sur le palier aboutissait un deuxième escalier plus décoratif qui venait du vestibule de devant; on y voyait les portes du salon ainsi que de plusieurs chambres dont celles de M. Cunningham et de son fils. Holmes avançait lentement, observant toute l'architecture de la maison. D'après l'expression de son visage, je compris qu'il était sur une piste chaude; mais je n'imaginais guère la direction où l'engageaient ses déductions.

« Mon bon monsieur! s'écria non sans impatience M. Cunningham. Ceci n'est sûrement pas nécessaire. Ma chambre est là, au bout des marches, et celle de mon fils est la suivante. Je laisse à votre bon sens le soin de dire si le voleur a pu monter sans que nous l'ayons entendu.

— Vous devriez faire demi-tour et chercher une autre piste, je crois! fit le jeune Cunningham avec un sourire malicieux.

— Je vous demanderai pourtant de tolérer encore un instant mon caprice. J'aimerais, par exemple, voir jusqu'où s'étend le champ visuel à partir des fenêtres. Ceci est la chambre de votre fils? demanda Holmes en poussant la porte. Et voici le cabinet de toilette où il était assis en train de fumer quand l'alarme fut donnée. Sur quoi donne la fenêtre? »

Il traversa la chambre, ouvrit une porte, et jeta un coup d'œil dans la pièce attenante.

« J'espère que vous êtes satisfait maintenant? interrogea avec humeur M. Cunningham.

— Merci. Je pense que j'ai vu tout ce que je désirais voir.

— Si c'est absolument nécessaire, nous pouvons entrer dans ma chambre.

— Si cela ne vous dérange pas trop... »

Le juge de paix haussa les épaules et il nous conduisit dans sa propre chambre, fort confortablement meublée. Pendant que nous la traversions en direction de la fenêtre, Holmes ralentit pour se mettre à ma hauteur en queue du groupe. Au pied du lit il y avait une petite table carrée, qui supportait une carafe d'eau et un panier d'oranges. En passant à côté d'elle, Holmes, à ma grande stupéfaction, se pencha et la renversa. La carafe se brisa en mille morceaux, et les fruits roulèrent dans toutes les directions.

« C'est malin, Watson! s'exclama-t-il froidement. Vous avez bien arrangé le tapis! »

Tout confus je me baissai et commençai à ramasser les fruits. Certes j'avais deviné que pour un motif quelconque mon compagnon désirait que j'assumasse la responsabilité de cette maladresse. Les autres firent avec moi la chasse aux oranges et nous remîmes la table d'aplomb.

« Tiens! s'écria l'inspecteur. Où est-il passé? »

Holmes avait disparu.

« Attendez-moi ici! fit le jeune Cunningham. Ce type, à mon avis, n'est pas dans son assiette. Venez avec moi, papa! »

Ils se précipitèrent hors de la chambre. Nous demeurâmes tous trois, le colonel, l'inspecteur et moi, à nous regarder stupéfaits.

« Ma foi, je commence à croire que M. Alec a raison! murmura l'inspecteur. C'est peut-être une conséquence de sa maladie mais tout de même... »

Il s'arrêta court : un cri, presque un hurlement, retentit :

« Au secours! A l'assassin! »

Comme un fou je me précipitai sur le palier, car j'avais reconnu la voix de mon ami. Les cris s'étaient transformés en gémissements rauques, inarticulés. Ils provenaient de la pièce que nous avions visitée en premier. Je me ruai à l'intérieur, puis dans le cabinet de toilette. Les deux Cunningham étaient penchés au-dessus du corps prostré de Sherlock Holmes; le fils lui serrait la gorge à deux mains; le père lui tordait le poignet. En un éclair nous les eûmes arrachés à leur proie. Holmes se remit sur ses pieds, très pâle, visiblement épuisé : il chancelait.

« Arrêtez ces hommes, inspecteur! haleta-t-il.

— Sur quelle accusation?

— Celle d'avoir assassiné leur cocher, William Kirwan! »

L'inspecteur le considéra avec ahurissement :

« Allons, allons, monsieur Holmes! fit-il. Je suis sûr que réellement vous ne voulez pas dire que...

— Non? Mais regardez-les, voyons! » cria Holmes.

Jamais figures humaines ne confessèrent plus clairement l'aveu d'une culpabilité. Le vieux Cunningham semblait pétrifié : son visage buriné était empreint d'une dureté mauvaise. Le fils avait perdu toute sa jactance, toute sa gouaille; dans ses yeux noirs luisait la férocité d'une dangereuse bête sauvage qui déformait ses traits. L'inspecteur ne dit rien, mais il alla vers la porte et sortit son sifflet. Deux de ses agents arrivèrent aussitôt.

« Je n'ai pas le choix, monsieur Cunningham! fit-il. J'espère que tout ceci se terminera par l'éclatante démonstration de votre innocence. Mais vous pouvez voir que... Ah! vous voudriez? Lâchez-moi ça! »

Il lança sa main en avant et un revolver, que le jeune homme venait d'armer, tomba sur le plancher.

« Gardez cette pièce! dit Holmes qui mit le

pied dessus. Elle sera utile au procès. Mais voici ce dont nous avions surtout besoin! »

Il leva en l'air un petit bout de papier chiffonné.

« Le reste du feuillet? s'écria l'inspecteur.

— Exactement.

— Et où était-il?

— Là où j'étais sûr qu'il se trouvait. Je vais tout vous expliquer. Je pense, colonel, que vous et Watson pourriez rentrer maintenant; je vous rejoindrai dans une heure au plus tard. L'inspecteur et moi devons avoir un petit entretien avec les prisonniers. Vous me reverrez certainement pour le déjeuner. »

Sherlock Holmes tint parole : vers une heure il pénétra dans le fumoir du colonel. Il était accompagné d'un vieux monsieur qu'il me présenta comme le M. Acton dont la maison avait été le théâtre du premier cambriolage.

« Je désirais que M. Acton fût présent pour écouter ma démonstration, dit Holmes, car tout naturellement les détails ne lui sont pas indifférents. Je crains, mon cher colonel, que vous ne regrettiez amèrement l'heure où vous avez accueilli l'oiseau des tempêtes que je suis!

— Au contraire! répondit chaleureusement le colonel, je considère comme un grand privilège d'avoir été le témoin de vos méthodes de travail. J'avoue qu'elles dépassent tout à fait mon attente, et que je suis parfaitement incapable de comprendre comment vous êtes parvenu à ce résultat. Je n'ai pas encore vu le vestige d'un indice!

— J'ai peur que mes explications ne vous déçoivent, car j'ai toujours eu pour habitude de ne rien cacher de mes méthodes à ceux qui, comme mon ami Watson ou tout autre, s'y intéressent intelligemment. Mais tout d'abord, comme je suis encore sous le choc des coups que j'ai reçus dans le cabinet de toilette, je crois, colonel, qu'une rasade de votre cognac me fera grand bien. Mes forces ont été soumises à une dure épreuve.

— Je croyais que vous étiez débarrassé de ces crises nerveuses... »

Sherlock Holmes rit de bon cœur.

« Nous en parlerons tout à l'heure, dit-il. Je vais vous faire un récit chronologique de l'affaire, pour vous montrer les divers éléments qui m'ont guidé. Si quelque chose ne vous paraît pas tout à fait clair, ayez l'amabilité de m'interrompre.

« Dans l'art du détective il est excessivement important de distinguer entre les faits qui ne sont que des incidents et les faits essentiels. Sinon l'attention et l'énergie se dissiperaient au

lieu de se concentrer. Pour cette affaire, depuis
le début je n'ai pas eu le moindre doute : la
clef de l'énigme devait être cherchée dans le
bout de papier que la victime avait en main.

« Avant d'aller plus loin, je voudrais vous
faire remarquer que si le récit d'Alec Cunningham avait été correct, et si l'agresseur après
avoir tué William Kirwan s'était immédiatement enfui, il n'aurait pas pu arracher le papier
que tenait le mort. Si ce n'était pas lui, c'était
donc Alec Cunningham en personne, car avant
que le vieux Cunningham fût descendu, plusieurs domestiques auraient accouru. C'est un
détail simple, mais l'inspecteur l'a négligé parce
qu'il est parti de l'hypothèse où ces gros bonnets
du pays n'avaient rien à voir dans l'affaire. Or,
moi, je me fais une règle de n'avoir aucun pré-
jugé et de suivre docilement la voie que m'ou-
vrent les faits. C'est pourquoi tout au début de
mon enquête je me suis un petit peu méfié du
rôle qu'avait joué M. Alec Cunningham.

« Alors j'ai étudié de près le bout de papier
que l'inspecteur nous avait montré. Tout de
suite je fus persuadé que c'était un document
fort intéressant. Le voici. N'observez-vous rien
de très suggestif?

— L'écriture est bien irrégulière, dit le colonel.

— Mon cher monsieur, s'écria Holmes, il ne peut pas y avoir le plus léger doute : il a été écrit par deux personnes, chacune traçant un mot. Quand j'aurai attiré votre attention sur la barre accentuée du « t » dans les mots « trois » et « utile », et sur la fine barre du « t » dans le mot « quarts », vous en serez convaincu. Une très brève analyse vous permettrait d'affirmer que les mots « apprendrez » et « beaucoup » sont écrits d'une main ferme tandis que le mot « quarts » est tracé d'une main moins sûre, plus débile.

— Mais c'est clair comme le jour! s'écria le colonel. Pourquoi diable se mettre à deux pour écrire une lettre?

— Voilà : c'était une vilaine affaire! L'un des deux, celui qui se méfiait de l'autre, était résolu à ce que chacun eût une part égale à ce qui arriverait. Mais des deux, celui qui écrivit « trois » et « utile » était certainement l'instigateur du coup.

— Comment êtes-vous parvenu à cette conclusion?

— Nous pourrions le déduire simplement par la comparaison du caractère des deux écritures. Mais nous possédons des motifs plus valables que ce qui ne serait en somme qu'une supposition. Examinez soigneusement ce bout de papier; vous constaterez que l'homme à la main ferme a écrit ses mots le premier en laissant des blancs pour que l'autre les remplisse. Ces blancs n'ont pas toujours été assez longs. L'homme à la main plus faible a eu du mal, par exemple, à intercaler son « heures » entre « onze » et « trois », mots qui indubitablement avaient été tracés avant. Je dis donc que l'homme qui a écrit ses mots le premier est assurément l'homme qui a machiné l'affaire.

— Excellent! s'écria M. Acton.

— Mais très superficiel! ajouta Holmes. Venons-en à présent à un élément d'importance. Vous ignorez peut-être que le calcul de l'âge d'après l'écriture est presque devenu une science exacte. Normalement on peut, presque à coup sûr, dire l'âge d'un homme à dix ans près. Je répète : normalement. Car il y a des cas de maladie ou de déficience physique où se trouvent reproduits des signes de sénilité, même lorsque le sujet est jeune. Mais dans notre affaire, en examinant l'écriture ferme et décidée de l'un et l'écriture plus hésitante de l'autre (lisible certes, mais dont les « t » ont presque perdu leur barre) nous pouvions affirmer que l'un était jeune et l'autre d'un âge avancé quoique encore vert.

— Excellent! s'écria à nouveau M. Acton.

— Un autre point, toutefois, est d'un intérêt plus subtil, et supérieur. Entre ces deux écritures il existe des analogies. Elles émanent donc de deux êtres du même sang. Cela apparaît nettement dans l' « e » grec qui leur est commun. Mais d'autres ressemblances moins affirmées indiquent la même chose. Je suis absolument sûr qu'il existe une particularité familiale dans ces deux spécimens d'écriture. Je ne vous livre, naturellement, que les principaux résultats de mon examen. J'ai fait vingt-trois autres déductions qui intéresseraient surtout des experts spécialisés. Toutes tendaient à me confirmer dans l'impression que les Cunningham, père et fils, étaient les auteurs de cette lettre.

« Etant arrivé jusque-là, il me restait, bien sûr, à examiner les détails du crime et à voir comment ils pouvaient nous aider. Je me rendis à la maison avec l'inspecteur, et je vis tout ce que j'avais à voir. La blessure sur le cadavre avait été provoquée, je l'ai déterminé avec une certitude absolue, par un coup de revolver tiré à un peu plus de quatre mètres. Il n'y avait pas sur les vêtements de traces de noircissement causé par la poudre. Alec Cunningham avait donc menti quand il avait déclaré que les deux hommes étaient aux prises quand le coup avait

été tiré. D'autre part le père et le fils étaient
d'accord sur l'endroit où l'homme se serait enfui par la route. Or, à cet endroit il y a un fossé
qui était plein de boue, mais où manquaient les
empreintes que j'aurais dû trouver s'ils avaient
dit la vérité. Jamais un inconnu n'était inter-
venu dans l'affaire.

« J'avais encore à découvrir le mobile du
crime singulier. Dans ce but je m'astreignis
d'abord à déceler la raison pour laquelle un
cambriolage avait été commis chez M. Acton.
D'après ce que le colonel nous avait dit, je compris qu'un procès vous mettait aux prises, monsieur Acton, avec les Cunningham. Tout de
suite j'eus l'idée qu'ils avaient forcé votre bibliothèque avec l'intention d'emporter un document qui aurait été d'importance pour la
suite des débats judiciaires.

— C'est exact, répondit M. Acton. Leurs intentions étaient nettes. J'ai des droits bien établis sur la moitié de leur domaine actuel; s'ils
avaient pu trouver un certain papier qui, par
chance, est dans le coffre de mon avoué, ma
position aurait été fort affaiblie.

— Nous y voilà! fit Holmes en souriant.
C'était une tentative dangereuse, trop hardie,
où je retrouve l'influence du jeune Alec.
N'ayant rien découvert, ils ont essayé d'éloigner

les soupçons en agissant comme de vulgaires
cambrioleurs; c'est pourquoi ils ont pris ce qui
leur est tombé sous la main. Tout cela est assez
clair, mais tout à l'heure était encore assez
obscur. Ce que je voulais surtout, c'était récupérer la partie manquante du billet. J'étais
persuadé qu'Alec l'avait arrachée de la main
de la victime et presque certain qu'il l'avait
fourrée dans la poche de sa robe de chambre.
Où l'aurait-il mise ailleurs? Toute la question
était de savoir si elle s'y trouvait encore. Cet
objectif méritait un effort. Voilà pourquoi nous
sommes tous allés dans la maison.

« Les Cunningham nous rejoignirent dehors,
près de la porte de la cuisine. Il ne fallait absolument pas leur rappeler l'existence de ce papier; sinon, ils le détruiraient aussitôt. L'inspecteur était sur le point d'y faire allusion en
leur expliquant l'intérêt que nous lui attachions.
Un hasard bienveillant voulut alors que je su-
bisse une sorte de syncope et que le sujet de la
conversation s'en trouvât modifié.

— Grands dieux! s'exclama le colonel en
riant. Est-ce à dire que nous avons gaspillé notre
sympathie, et que votre syncope était une co-
médie?

— Formidablement bien jouée, du strict
point de vue professionnel! m'écriai-je en con-

templant avec admiration cet homme dont
l'astuce m'étonnait toujours.

— Il y a des comédies utiles, répondit Holmes. Quand je me relevai, je tenais toute prête
une ruse dont je ne suis pas mécontent pour
amener le vieux Cunningham à écrire le mot
« quarts » : je voulais absolument le comparer
avec le mot « quarts » écrit sur le papier.

— Oh! quel âne j'ai été! soupirai-je.

— J'ai bien vu votre commisération à propos
de ma faiblesse d'esprit! fit Holmes en riant.
J'étais désolé de vous faire ce petit chagrin
inspiré par la sympathie que vous me portez...
Nous sommes montés ensemble. Je suis entré
dans la chambre. J'ai vu la robe de chambre sus-
pendue derrière la porte. J'ai renversé une table
pour détourner quelques instants leur attention,
et je me suis défilé pour inspecter les poches.
A peine avais-je déniché le papier qui se trouvait, comme je m'y attendais, dans l'une d'elles,
que les deux Cunningham se jetèrent sur moi.
Je crois véritablement qu'ils m'auraient bel et
bien tué si vous n'étiez venus à mon secours avec
autant de rapidité que d'efficacité. En ce moment encore je sens sur ma gorge les doigts du
jeune homme! Le père me tordit le poignet
pour me faire lâcher le papier. Ils avaient compris que j'avais percé leur secret. Passant du

sentiment de la plus parfaite sécurité à celui du désespoir, ils agirent en désespérés.

« J'ai eu un petit entretien avec le vieux Cunningham, ensuite, pour me faire préciser le mobile du crime. Il se montra assez raisonnable, alors que son fils, parfait démon, aurait fait sauter la cervelle de tout le monde s'il avait pu remettre la main sur le revolver. Mais quand Cunningham vit que les charges qui pesaient sur lui étaient écrasantes, il entra dans la voie des aveux. Il semble que William ait secrètement suivi ses deux maîtres pendant la nuit où ils se livrèrent à leur expédition chez M. Acton; comme il les tenait en son pouvoir, il essaya en les menaçant de les faire chanter. Mais M. Alec n'était guère homme à supporter ce jeu. De sa part ce fut un trait de génie de distinguer dans l'épouvante que les cambrioleurs avaient semée dans le pays l'occasion de se débarrasser de l'homme qu'il redoutait. William fut attiré dans un guet-apens et exécuté. S'ils avaient seulement récupéré tout le billet qui lui assignait un rendez-vous, et s'ils n'avaient pas négligé quelques petits détails, il est fort possible qu'ils n'eussent jamais été soupçonnés.

— Et ce fameux billet? » demandai-je.

Sherlock Holmes le plaça devant nous en rapprochant les deux morceaux. Voici ce que nous lûmes : « Si vous voulez vous trouver à onze heures trois quarts à la porte de service, vous apprendrez quelque chose qui vous étonnera beaucoup et qui vous sera utile à vous ainsi qu'à Annie Morrison. Mais n'en parlez à personne. »

« C'est bien ce que je supposais, dit Holmes. Bien sûr nous ne connaissons pas encore les relations qui ont pu exister entre Alec Cunningham, William Kirwan et Annie Morrison. A ne considérer que le résultat, le piège avait été adroitement tendu. Je suis sûr que vous serez ravis par les signes d'hérédité que révèlent les « p » et les « q ». L'absence des points sur les « i » dans les mots écrits par le vieux Cunningham est non moins caractéristique. Watson, je crois que nos petites vacances à la campagne m'ont admirablement réussi. Je rentrerai à Baker Street en pleine forme dès demain! »

## CHAPITRE VII

## LE TORDU

Au terme d'une soirée d'été quelques mois après mon mariage, j'étais assis dans mon salon, fumant une dernière pipe et somnolant sur un roman, car j'avais eu une journée particulièrement harassante. Ma femme était déjà montée. Le bruit du verrou de la porte d'entrée m'avertit que les domestiques se retiraient. J'attendis encore un peu pour me lever de mon siège, puis j'allai secouer les cendres de ma pipe. Juste à ce moment-là, un coup de sonnette retentit.

Je regardai la pendule : minuit moins le quart. Si tard il ne pouvait s'agir d'un visiteur. C'était un malade, sûrement, et peut-être un cas qui me ferait veiller toute la nuit. Plutôt maussade, je sortis dans le vestibule pour ouvrir la porte. A ma grande surprise, je vis Sherlock Holmes debout sur le perron.

« Ah! Watson! s'exclama-t-il. Je pensais bien

que je n'arriverais pas trop tard pour vous voir.

— Je vous en prie, cher ami! Entrez donc.

— Vous paraissez étonné. Il y a de quoi! Soulagé aussi, je présume... Hum! Vous fumez donc toujours votre vieux mélange d'Arcadie? Cette cendre floconneuse sur votre veston se reconnaîtrait entre mille. Il est facile de voir que vous avez porté l'uniforme, Watson; vous ne passerez jamais pour un civil bon teint tant que vous garderez cette habitude de mettre votre mouchoir dans votre manche. Pouvez-vous m'héberger pour la nuit?

— Avec plaisir.

— Vous m'aviez informé que vous possédiez une chambre d'ami. Je vois que vous n'avez personne ce soir. Votre portemanteau le proclame!

— Je serai ravi si vous restez chez moi.

— Merci. J'occupe donc un crochet vacant. Oh! je m'aperçois avec regret que vous avez eu des ouvriers! Ce n'est pas bon signe. J'espère qu'ils ne sont pas venus pour vos égouts?

— Non, pour le gaz.

— Ah! Ils ont laissé l'empreinte de leurs souliers à clous sur le linoléum juste à l'endroit qui est éclairé par la lampe. Non, merci, j'ai dîné à Waterloo. Mais je fumerais volontiers une pipe en votre compagnie. »

Je lui tendis ma blague à tabac, et il s'assit en face de moi. Pendant quelque temps il fuma en silence. Je savais bien que seule une affaire d'importance pouvait l'amener à une heure pareille. J'attendis donc patiemment qu'il vînt au fait.

« Je vois que votre profession vous accapare beaucoup en ce moment, me dit-il en me regardant avec des yeux perçants.

— Oui, j'ai eu une rude journée!... Je vais peut-être vous sembler stupide, ajoutai-je, mais réellement je ne vois pas comment vous l'avez déduit. »

Holmes eut un petit rire.

« Mon cher Watson, j'ai l'avantage de connaître vos habitudes. Quand votre tournée est brève, vous la faites à pied. Quand elle est longue vous prenez un cab. Comme je constate que vos souliers, bien qu'utilisés aujourd'hui, ne sont absolument pas poussiéreux, j'en déduis que votre journée a été suffisamment occupée pour justifier le cab.

— Bravo! m'écriai-je.

— C'est élémentaire, fit-il. Voilà un exemple de l'effet apparemment remarquable qu'un logicien produit sur son voisin, parce que celui-ci a négligé le petit détail qui est à la base de la déduction. On pourrait dire la même chose,

mon cher ami, de l'effet produit par quelques-
unes de vos historiettes : effet totalement artifi-
ciel, puisque vous gardez pour vous quelques
facteurs qui ne sont jamais communiqués au
lecteur. Cela dit, je me trouve aujourd'hui dans
la situation de vos lecteurs car je tiens dans
cette main un certain nombre de fils appartenant
à l'une des affaires les plus étranges qui aient
jamais embarrassé la cervelle d'un homme. Et
cependant il m'en manque un ou deux qui
me sont indispensables pour compléter ma
théorie. Mais je les aurai, Watson! Je les
aurai! »

Ses yeux étincelèrent et ses joues prirent un
peu de couleur. Le temps d'une seconde, le
voile se souleva pour montrer sa vraie nature,
ardente, pénétrante, pleine de vie. Mais ce ne
fut qu'une seconde. Instantanément il reprit
son masque d'Indien peau-rouge qui, tant de
fois, l'avait fait passer pour une machine insen-
sible et non pour un être humain.

« Mon problème présente des côtés intéres-
sants, poursuivit-il. Je pourrais même dire : des
côtés d'un intérêt tout à fait exceptionnel. Je
l'ai déjà bien étudié et sa solution est en vue.
Du moins je le crois. Si vous consentiez à m'accompagner pour ma dernière étape, vous me
rendriez un service considérable.

— J'en serais très heureux.

— Pourriez-vous aller demain jusqu'à Aldershot?

— Je suis sûr que Jackson me remplacera auprès des clients.

— Très bien. Je désire prendre le train de onze heures dix à Waterloo.

— Cela me laisse le temps de m'arranger.

— Alors, si vous n'avez pas trop sommeil, je vais vous résumer les événements et ce qui reste à faire.

— J'avais sommeil avant votre arrivée. Mais je suis parfaitement réveillé maintenant.

— Je vais serrer les faits autant que je le pourrai sans omettre rien d'essentiel. Il est possible que vous ayez lu dans les journaux quelques lignes sur l'affaire. Il s'agit de ce que l'on appelle l'assassinat du colonel Barclay, des Royal Mallows, à Aldershot.

— Non, je ne connais rien de cette affaire.

— Elle n'a pas encore fait grand bruit, sauf dans la presse locale. Les faits remontent à deux jours. En bref les voici :

« Les Royal Mallows sont, vous le savez, l'un des plus célèbres régiments irlandais de l'armée britannique. Il a fait des merveilles en Crimée et aux Indes lors de la révolte des Cipayes. Depuis il s'est distingué chaque fois qu'il en a eu l'occasion. Il était commandé jusqu'à lundi soir par James Barclay, un vieux soldat courageux qui, parti simple soldat, gagna ses galons grâce à sa bravoure pendant la révolte, et vécut assez longtemps pour commander le régiment où il avait fait ses classes.

« Le colonel Barclay s'était marié lorsqu'il n'était que sergent. Il épousa Mlle Nancy Devoy, fille d'un sergent-major de la même unité. Dans l'ambiance où se trouva brusquement transplanté le jeune couple, car ils étaient encore jeunes, quelques petits heurts sociaux étaient inévitables : ils se produisirent. Mais les Barclay s'adaptèrent rapidement à leur nouvelle situation. Il paraît établi que Mme Barclay s'entendit aussi bien avec les femmes d'officiers que son mari avec ses frères d'armes. J'ajoute qu'elle était très jolie femme et que même à présent, alors que leur mariage remonte à une trentaine d'années, son apparition fait encore sensation.

« A première vue, la vie conjugale des Barclay a joui d'un bonheur paisible. J'ai interrogé le major Murphy. C'est à lui que je dois la plupart de mes renseignements. Il m'a assuré qu'il n'avait jamais noté la moindre mésentente dans le ménage. Je l'ai poussé un peu : il pense que l'attachement de Barclay pour sa femme

était plus grand que l'attachement de Mme Barclay pour son mari. S'il la quittait une journée,
visiblement cela le chagrinait. Elle, par contre,
bien que loyale et fidèle, ne lui témoignait pas
une affection aussi ostentatoire. Mais dans le
régiment ils étaient considérés comme le modèle du couple parvenu à maturité. Rien dans
leurs rapports mutuels, apparemment, ne
pouvait faire supposer qu'une tragédie était
proche.

« Il semble que le colonel Barclay avait un
caractère sortant du commun. Dans son humeur
normale, c'était un vieux militaire jovial, im-
pétueux. Mais il donnait aussi l'impression
qu'il était capable de violence et de rancune.
Remarquez qu'on admet généralement que sa
femme n'eut jamais à souffrir de ces défauts.
Autre chose : périodiquement une sorte de dépression s'abattait sur lui. Le major et trois
officiers sur les cinq avec lesquels j'ai eu divers
entretiens l'avaient remarqué et ils en avaient
été frappés. Pour reprendre les mots du major,
le sourire disparaissait de sa physionomie comme
si une main invisible l'avait chassé. Et ce phénomène se reproduisait aussi bien dans les
réunions mondaines qu'à la table du mess. Il
lui arrivait de demeurer plusieurs jours de suite
en proie à la mélancolie la plus noire. Ajoutez-

y une légère pointe de superstition, et vous aurez le portrait du colonel Barclay tel qu'il m'a été brossé par ses frères d'armes. Par superstition j'entends par exemple son aversion pour la solitude, spécialement dans l'obscurité. Bien entendu ce trait puéril dans un tempérament par ailleurs si viril ne manquait pas d'être commenté dans son entourage.

« Le premier bataillon des Royal Mallows (qui est le vieux 117ᵉ) tenait garnison à Aldershot depuis quelques années. Les officiers mariés habitaient hors de la caserne. Le colonel avait choisi la villa Lachine, à moins de quatre cents mètres du camp nord, située à l'intérieur d'un terrain faisant partie de la propriété, mais dont la façade ouest se trouve à vingt-cinq mètres de la grand-route. Le personnel se composait du cocher et de deux bonnes. Les Barclay n'avaient pas d'enfants, recevaient rarement des invités à demeure. Cinq âmes vivaient donc à la villa Lachine.

« Voyons maintenant les événements de lundi dernier entre neuf et dix heures du soir à Lachine.

« Mme Barclay est catholique. Elle s'est beaucoup occupée de l'organisation du Cercle Saint-Georges qui s'est constitué avec la bénédiction du clergé de Watt Street et qui s'est donné pour mission de vêtir les pauvres du quartier. Ce soir-là une réunion du Cercle doit se tenir à huit heures. Mme Barclay se dépêche de dîner afin d'y assister. En quittant la maison elle adresse une remarque banale à son mari (témoignage du cocher) et l'avertit qu'elle ne sera pas longtemps absente. Elle va chercher une jeune voisine, Mlle Morrison, et toutes deux partent pour leur réunion. Celle-ci dure une quarantaine de minutes. A neuf heures et quart, Mme Barclay dépose au passage devant sa porte Mlle Morrison et rentre chez elle.

« A Lachine il y a une pièce qui sert de petit salon. Elle donne sur la route. On y accède de l'extérieur par une grande porte-fenêtre qui se rabat devant une pelouse. La pelouse a un diamètre de trente mètres. Elle est séparée de la route par un mur bas surmonté d'une grille de fer. C'est par là que rentre Mme Barclay. Les stores ne sont pas baissés car on se tient rarement le soir dans le petit salon. Mais Mme Barclay allume la lampe et sonne. Elle demande à Jane Stewart, la femme de chambre, de lui apporter une tasse de thé, ce qui est tout à fait contraire à ses habitudes. Le colonel est resté dans la salle à manger, mais il entend que sa femme est de retour, et il va la rejoindre dans le petit salon. Le cocher le voit traverser le vestibule et rentrer. On ne le reverra plus vivant.

« Mme Barclay a commandé une tasse de thé. Mais la femme de chambre, qui la lui apporte au bout de dix minutes, est toute étonnée d'entendre les voix de son maître et de sa maîtresse qui semblent aux prises dans une furieuse altercation. Elle frappe. Elle ne reçoit aucune réponse. Elle veut ouvrir la porte. Celle-ci est fermée à clef à l'intérieur. Bien sûr elle se précipite à la cuisine, alerte la cuisinière, et voici les deux femmes avec le cocher dans le vestibule, prêtant l'oreille à la dispute qui fait rage. Ils sont tous les trois d'accord pour déclarer qu'ils n'ont entendu que deux voix : celles de Barclay et de sa femme. Les phrases de Barclay étaient brusques, sur un ton assourdi, incompréhensibles pour les auditeurs. Celles de Mme Barclay, par contre, étaient beaucoup plus âpres. Quand elle élevait la voix, les domestiques comprenaient par exemple : « Tu es un lâche! » Elle le répétait sans arrêt. Et elle disait encore : « Que faire maintenant? Rends-moi ma liberté! Jamais je ne pourrai respirer le même air que toi! Lâche! Lâche! » Voilà les bribes de la discussion qui ont été surprises, et puis l'homme pousse un cri horrible : un cri de terreur. Les domestiques entendent le bruit d'une chute, un hurlement perçant de leur maîtresse. Convaincu qu'un drame vient de se produire, le cocher se rue contre la porte et essaie de la forcer. A l'intérieur du petit salon les hurlements se succèdent. Le cocher ne parvient pas à enfoncer la porte et les bonnes sont trop épouvantées pour lui être de quelque secours. Une idée lui traverse l'esprit. Il sort par la porte d'entrée, contourne la maison, passe par la pelouse sur laquelle ouvre la grande porte-fenêtre. Elle est ouverte, ce qui est normal en cette saison, et il pénètre sans difficulté dans le petit salon. Sa maîtresse a cessé de crier. Elle est étendue sans connaissance sur un divan, tandis que, les jambes par-dessus le bras d'un fauteuil et la tête par terre près des chenets, gît le malheureux colonel, raide mort, dans une mare de son sang.

« Naturellement la première idée du cocher, puisqu'il ne peut rien faire pour secourir son maître, est d'ouvrir la porte. Mais il se heurte à une difficulté imprévue et étrange. La clef n'est pas dans la serrure et il ne la trouve nulle part dans la chambre. Il ressort donc par la porte-fenêtre, va querir un agent et un médecin. et revient. Mme Barclay, sur qui pèsent bien entendu les plus fortes présomptions, est transportée dans sa chambre, toujours évanouie. Le cadavre du colonel est allongé sur un canapé. Enfin on procède à un examen attentif du théâtre de la tragédie.

« La blessure qui est relevée sur la victime se trouve être une entaille déchiquetée, longue de sept centimètres, derrière la tête. De toute évidence elle a été provoquée par le coup violent d'une arme épointée, sur la nature de laquelle il est difficile de se prononcer. Sur le plancher, près du corps, on a trouvé une sorte de gourdin en bois dur travaillé avec un manche en os. Le colonel possédait une grande collection d'armes qu'il avait rapportées des divers pays où il avait guerroyé. La police suppose que ce gourdin figurait sur ses panoplies. Les domestiques nient l'avoir vu auparavant. Mais la maison contient tellement de curiosités qu'ils ont parfaitement pu ne pas remarquer celle-là. La police n'a rien découvert d'autre dans la pièce. Un fait inexplicable demeure : ni sur la personne de Mme Barclay, ni sur la victime, ni nulle part dans le petit salon, on n'a pu trouver la clef manquante. Il a fallu faire appel à un serrurier d'Aldershot pour ouvrir la porte.

« Tels étaient les faits, Watson, quand mardi matin, à la requête du major Murphy, je suis descendu à Aldershot pour apporter mon concours aux efforts de la police. Vous conviendrez

sans doute avec moi que le problème ne manquait pas d'intérêt jusqu'ici, mais mes observations m'ont vite amené à réaliser qu'il était
vraiment beaucoup plus extraordinaire encore.

« Avant d'examiner la pièce, j'interroge con-
tradictoirement les domestiques, mais sans obtenir plus que la confirmation des faits que je
vous ai déjà exposés. Pourtant Jane Stewart, la
femme de chambre, me fournit un détail intéressant. Vous vous rappelez qu'en entendant le
bruit de la dispute elle était rentrée dans la cuisine et était remontée avec les deux autres domestiques. Mais elle affirme que quand elle
écoutait seule, les voix de ses patrons étaient si
étouffées qu'elle n'a presque rien pu comprendre et que ç'a été par leurs intonations plus que
par les mots qu'elle a compris qu'ils se querel-
laient. Je la presse de questions. Elle finit par se
rappeler qu'à deux reprises elle a entendu sa
maîtresse prononcer le nom de « David ». Ce
point est de la plus haute importance pour nous
éclairer sur les motifs de cette dispute inattendue; le colonel s'appelait en effet James Barclay.

« Une chose a produit la plus profonde impression tant sur les domestiques que sur la
police : les traits révulsés du colonel. D'après
leurs témoignages, son visage avait revêtu une
expression de terreur et d'horreur comme rare-

ment un visage humain peut s'en recouvrir. Plusieurs personnes se sont trouvées mal devant le spectacle qu'il offrait, tant il était épouvantable. Il est tout à fait certain qu'il s'est vu mourir, et que la vue de la mort l'a rempli d'horreur. Ceci, naturellement, cadre assez bien avec la théorie de la police : le colonel aurait vu sa femme s'apprêtant à l'assassiner. Et le fait que le coup lui aurait été assené par-derrière ne la contredit pas, car il a pu se détourner pour tenter de l'éviter. De Mme Barclay aucune information n'a pu être tirée : elle a une attaque de fièvre cérébrale et elle est momentanément privée de raison.

« La police m'a appris que Mlle Morrison qui, vous vous en souvenez, était sortie ce soir-là avec Mme Barclay, affirmait ne rien savoir sur ce qui avait causé l'accès de colère auquel s'était livrée sa compagne dès son retour.

« Ayant rassemblé ces données, Watson, j'ai fumé plusieurs pipes pour essayer de séparer les faits cruciaux des faits secondaires, purement accidentels. Il n'y a pas de doute : le point le plus remarquable, le plus suggestif aussi, est la disparition singulière de la clef de la porte du petit salon. Celui-ci a été fouillé avec le plus grand soin, et vainement. Par conséquent, la clef a été prise. Mais ni le colonel ni sa femme ne l'ont prise : voilà qui est formel. Donc une tierce personne a dû pénétrer dans la pièce. Et cette tierce personne n'a pu s'introduire que par la porte-fenêtre. J'ai tout de suite cru qu'un examen attentif du petit salon et de la pelouse pouvait révéler quelque trace de cet individu mystérieux. Vous connaissez mes méthodes, Watson! Je n'en ai omis aucune. Et j'ai fini par découvrir des traces, mais pas du tout celles que je m'attendais à trouver. Il y a eu un homme dans le petit salon. Et il a traversé la pelouse, venant de la route. J'ai pu déceler cinq empreintes très nettes de ses pas : une sur la route, à l'endroit où il a escaladé le mur, deux sur la pelouse, et deux assez faibles sur le plancher près de la fenêtre par où il est entré. Il a certainement traversé la pelouse en courant, car les empreintes des orteils étaient plus profondes que celles des talons. Mais ce n'est pas l'homme qui m'a confondu d'étonnement. C'est son compagnon.

— Son compagnon! »

Holmes tira de sa poche une grande feuille de papier de soie, et la déplia soigneusement sur son genou.

« Que pensez-vous de ça? » me demanda-t-il.

Le papier était couvert de dessins calqués reproduisant les empreintes d'un petit animal. Il y avait cinq orteils, une indication d'ongles longs. Chaque empreinte prise dans son ensemble, avait presque la taille d'une cuiller à dessert.

« C'est un chien, dis-je.

— Vous connaissez des chiens qui grimpent le long d'un rideau? J'ai découvert ces traces-là sur un rideau.

— Alors, un singe?

— Ce n'est pas l'empreinte d'un singe.

— Quoi, alors?

— Il ne s'agit ni d'un chien, ni d'un chat, ni d'un singe, ni d'aucune des bêtes qui nous sont familières. J'ai essayé de la reconstituer d'après ses mesures. Voici quatre empreintes à un endroit où l'animal est resté immobile. Vous le voyez : il n'y a pas plus de cinquante centimètres entre ses pattes de devant et ses pattes de derrière. Ajoutez-y la longueur du cou et de la tête, vous obtiendrez un animal qui n'a pas beaucoup plus de soixante centimètres de longueur, et qui en a sans doute moins; ou davantage s'il est pourvu d'une queue. Mais à présent observez cette autre mesure : l'animal s'est déplacé, et nous avons la longueur de sa foulée. Elle est à peu près de dix centimètres. Vous pouvez donc vous attendre à un corps long avec des pattes très courtes. Il n'a pas été assez complaisant pour nous laisser un échantillon de son poil. Mais sa forme générale doit être celle que je vous ai dite; et c'est un animal qui monte aux rideaux et qui est carnivore.

— Comment avez-vous déduit cela?

— Parce qu'il a grimpé le long des rideaux. A la fenêtre il y avait un canari dans une cage. Il semble que son but en grimpant le long des rideaux était l'oiseau.

— Alors qu'est cet animal?

— Ah! si je pouvais lui donner un nom, nous aurions fait un grand pas vers la solution du problème! En résumé, je crois qu'il s'agit d'un genre de fouine ou de belette, d'un spécimen plus gros que ceux que j'aie jamais vus.

— Mais qu'a-t-il à voir dans le crime?

— Cela aussi est obscur. Mais nous en avons appris pas mal, non! Nous savons qu'un homme se tenait sur la route et épiait la querelle entre les deux époux, puisque les stores n'étaient pas baissés et que la lampe était allumée. Nous savons aussi qu'il a traversé la pelouse en courant, qu'il est entré dans le petit salon accompagné d'un animal mystérieux, et qu'il a frappé le colonel, à moins que le colonel ne soit tombé à la renverse à sa vue et qu'il se soit entaillé la tête sur les chenets. Enfin, nous avons ce fait étrange, que l'intrus est reparti avec la clef.

— Vos découvertes m'ont tout l'air d'avoir obscurci l'affaire au lieu de l'avoir éclaircie! observai-je.

— Vous avez raison! Elles montrent indiscutablement qu'elle est beaucoup moins simple qu'on ne l'avait cru d'abord. J'ai réfléchi et j'en suis venu à la conclusion que je devais attaquer le cas d'une autre manière. Mais réellement, Watson, je vous tiens debout! J'aurais aussi bien pu tout vous raconter demain sur la route d'Aldershot.

— Merci! Mais vous êtes trop loin maintenant pour vous arrêter.

— Il est tout à fait établi que, lorsque Mme Barclay est partie de chez elle à sept heures et demie, elle n'était pas fâchée contre son mari. Comme je vous l'ai dit, elle n'a jamais été ostensiblement affectueuse, ni démonstrative. Mais le cocher l'a entendue bavarder avec le colonel sur le mode amical. D'autre part il est non moins certain qu'immédiatement après son retour elle s'est rendue dans la pièce où elle avait le moins de chances de voir son mari, elle a commandé du thé, comme le ferait n'importe quelle femme agitée, et dès que le colonel est apparu elle a éclaté. Mais Mlle Morrison ne l'ayant pas quittée pendant cet intervalle de quatre-vingt-dix minutes, il est absolument certain qu'en dépit de ses dénégations elle sait quelque chose.

« Ma première idée a été qu'il y avait peut-être une ébauche d'aventure entre cette jeune demoiselle et le vieux soldat, et que ladite demoiselle l'aurait plus ou moins confessée à l'épouse. Ce qui expliquerait aussi bien la colère du retour que les dénégations de l'intéressé. Et ce qui n'aurait pas été tellement en contradiction avec les mots entendus. Mais il y avait l'allusion à David, il y avait aussi l'affection bien connue du colonel pour sa femme, et il y avait enfin la tragique intrusion d'un autre homme. Intrusion, d'ailleurs, qui pouvait être absolument sans lien avec ce qui s'était produit auparavant. Il était bien difficile de choisir sa route! Tout de même j'ai penché pour innocenter Mlle Morrison de tout flirt avec le colonel, mais par contre pour croire dur comme fer que c'était elle qui détenait la clef de l'énigme quant au changement d'humeur chez Mme Barclay. Je me suis donc rendu chez Mlle Morrison, je lui ai expliqué que j'étais sûr qu'elle connaissait les faits véritables, et je lui ai annoncé que son amie, Mme Barclay, courait le risque de se retrouver dans le box des accusés avec l'inculpation d'avoir assassiné son mari, si l'affaire n'était pas totalement éclaircie.

« Mlle Morrison est un petit bout de fille éthérée, avec des yeux timides et des cheveux blonds, mais elle ne manque ni de perspicacité ni de bon sens. Après mon petit discours, la voilà qui demeure un moment pensive et qui brusquement se tourne vers moi avec l'air de quelqu'un qui a pris une résolution farouche : c'est pour me faire une déclaration remarquable, que je vais vous résumer.

« Elle commence par me dire qu'elle a promis à son amie de ne rien dire, et qu'une promesse est une promesse. Mais elle ajoute :

« — Cependant si je puis vraiment l'aider
« en face d'une accusation aussi grave, quand
« sa pauvre bouche est scellée par la maladie,
« alors il me semble que je peux être relevée
« de ma promesse. Je vais vous raconter exacte-
« ment ce qui s'est passé lundi soir.

« Nous revenions du Cercle de Watt Street.
« Il était à peu près neuf heures moins le quart.
« Nous avions à traverser Hudson Street, qui
« est une artère très tranquille. Sur la gauche
« il n'y a qu'un seul lampadaire; tandis que
« nous approchions de ce lampadaire, je vis un
« homme qui avançait vers nous : il était très
« voûté et il portait une sorte de boîte en ban-
« doulière. Il me parut difforme, tant il avait
« la tête basse, et il marchait en pliant les ge-

« noux. Nous passâmes près de lui, et il leva
« les yeux juste quand nous entrâmes dans le
« cercle de lumière projetée par le lampadaire.
« Sur-le-champ il s'arrêta et cria d'une voix
« terrible : « Mon Dieu, mais c'est Nancy! »
« Mme Barclay devint pâle comme une morte.
« Elle se serait effondrée si ce monstre ne l'avait
« soutenue. J'allais crier au secours, mais, à
« ma grande surprise, elle parla très douce-
« ment à l'homme qui l'avait interpellée.

« — Je vous croyais mort depuis trente ans,
« Henry! dit-elle d'une voix brisée.

« — Je l'ai été! » répondit l'autre.

« Ce fut affreux d'entendre l'intonation avec
« laquelle il avait parlé. Il avait un visage
« bronzé, inquiétant, avec un éclat dans le re-
« gard que je revois dans mes rêves. Ses che-
« veux, ses favoris étaient parsemés de fils gris.
« Des rides, des sillons creusaient sa figure :
« on aurait dit une pomme ratatinée.

« — Continuez à marcher un peu, ma chère,
« me dit Mme Barclay. Je voudrais dire quel-
« ques mots à cet homme. N'ayez pas peur. Il
« n'y a rien à craindre. »

« Elle essayait de s'exprimer avec fermeté,
« mais elle était toujours mortellement pâle.
« C'était à peine si les mots s'échappaient de
« ses lèvres tremblantes.

« — Je fis ce qu'elle m'avait demandé, et ils
« causèrent ensemble quelques minutes. Puis
« elle redescendit la rue. Ses yeux étincelaient.
« J'aperçus le misérable estropié qui était de-
« meuré près du lampadaire et qui brandissait
« le poing en l'air comme s'il était devenu fou
« de rage. Elle ne prononça pas une parole
« avant que nous fussions arrivées devant ma
« porte. Alors elle me prit par la main et me
« pria de ne rien dire à qui que ce soit de notre
« rencontre.

« — C'est une vieille connaissance à moi,
« me dit-elle, qui a reparu dans ma vie. »

« Quand je lui eus promis le silence, elle
« m'embrassa. Je ne l'ai plus revue. Vous savez
« à présent toute la vérité. Si je ne l'ai pas
« déclarée à la police, c'est parce que je ne
« mesurais pas bien le danger suspendu sur la
« tête de mon amie. Je comprends qu'il fallait
« dans son intérêt que tout ceci fût connu. »

« Voilà sa déclaration, Watson. Pour moi,
comme vous le devinez, ce fut la lumière dans la
nuit. Tout ce qui était auparavant sans lien
commença à s'insérer dans un ordre normal.
J'eus immédiatement la configuration de toute
la succession des événements. Il ne me restait
plus qu'à découvrir l'homme qui avait produit
une si forte impression sur Mme Barclay. S'il

était encore à Aldershot, la chose serait facile. Aldershot ne compte pas énormément de civils, et un individu difforme avait certainement attiré l'attention. Je passai le jour en enquête, et le soir (ce soir même, Watson) je l'avais identifié et localisé. Il s'appelle Henry Wood, et il habite en garni dans la rue même où Mme Barclay l'a rencontré. Il n'est là que depuis cinq jours. Je me suis présenté à la patronne de l'hôtel comme le nouvel agent qui venait relever les fiches policières, et elle a bavardé. Cet Henry Wood est prestidigitateur et artiste ambulant. Il fait le tour des cantines et des cafés, le soir, et exécute son numéro. Dans sa boîte il transporte un animal qui met sa patronne dans des transes épouvantables car elle n'en a jamais vu de pareil. Selon elle, il lui sert dans ses tours. Voilà ce que j'ai appris, Watson. Ah! elle m'a dit aussi que c'était un vrai miracle que cet homme fût en vie tant il était tordu et contrefait, qu'il parlait quelquefois une langue étrangère, et qu'il avait passé ses deux dernières nuits à gémir et à pleurer dans sa chambre. Pour l'argent il était régulier, mais tout de même dans les arrhes qu'il lui avait laissées il lui avait versé un faux florin. Elle me l'a montré : c'était une roupie hindoue.

« Maintenant, mon cher ami, vous en savez

autant que moi, et vous avez compris pourquoi j'ai besoin de vous. Il est parfaitement clair que lorsque les dames se sont séparées, ce tordu les a suivies de loin, qu'il a assisté par la fenêtre à la dispute entre le mari et la femme, qu'il s'est précipité dans le petit salon, et que l'animal qu'il transportait est sorti de sa boîte. Tout cela est certain! Mais il est la seule personne au monde qui puisse nous dire exactement ce qui s'est passé.

— Et vous avez l'intention de le lui demander?

— Bien sûr! Mais en présence d'un témoin.

— Et le témoin, ce sera moi?

— Si vous êtes assez bon pour y consentir. Il peut éclaircir toute l'affaire. Pour le cas où il refuserait, nous n'aurons pas le choix : nous le remettrons entre les mains de la police.

— Mais comment savez-vous qu'il sera encore là?

— J'ai pris quelques précautions, Watson! L'un de mes gamins de Baker Street monte la garde devant l'hôtel et s'il partait il se collerait à lui comme une tique. Demain nous le trouverons dans Hudson Street. Mais en attendant c'est moi qui serais un criminel si je vous retenais plus longtemps debout. »

Il était midi quand nous arrivâmes sur le théâtre de la tragédie, et nous nous dirigeâmes tout de suite vers Hudson Street. En dépit de tout son art pour dissimuler ses sentiments, Holmes était en proie à une excitation qu'il réprimait difficilement, tandis que je me laissais aller au plaisir mi-sportif mi-intellectuel que me procurait invariablement ma participation à ses enquêtes.

« Voici Hudson Street! dit-il en me montrant une rue bordée de maisons de briques à deux étages. Ah! Et voici Simpson qui vient au rapport.

— Il est toujours là, m'sieur Holmes! nous cria un gamin qui accourait.

— Bien, Simpson! fit Holmes en lui caressant la joue. Venez, Watson. Nous sommes devant la maison. »

Il fit passer sa carte avec quelques mots qui indiquaient qu'il désirait voir M. Henry Wood pour une affaire importante. Bientôt nous fûmes en face de l'homme que nous voulions voir. Malgré la chaleur de la saison, il était blotti près du feu, et sa chambre était un vrai four. Henry Wood était assis tout tordu et recroquevillé sur une chaise, d'une manière qui soulignait encore ses difformités. Mais le visage qu'il tourna vers nous, quoique ravagé et bronzé, avait dû être jadis d'une grande beauté. Il nous regarda d'un air soupçonneux, ses yeux bilieux étaient striés de jaune. Sans parler ni se lever, il nous indiqua deux chaises.

« Monsieur Henry Wood, qui était récemment aux Indes, je crois? demanda Holmes d'une voix affable. Je viens au sujet de cette petite affaire que vous savez : la mort du colonel Barclay.

— Qu'est-ce que j'ai à y voir?

— Voilà ce que je désirerais vérifier. Vous savez, je suppose, que si l'affaire n'est pas éclaircie, Mme Barclay qui est une vieille amie à vous sera selon toute probabilité inculpée de meurtre? »

L'homme sursauta.

« Je ne sais pas qui vous êtes, s'écria-t-il, ni comment vous avez appris ce que vous savez. Mais me jurez-vous que vous me dites la vérité?

— On n'attend qu'une chose pour l'arrêter : qu'elle ait recouvré sa raison.

— Mon Dieu! Vous êtes de la police?

— Non.

— Alors, de quoi vous mêlez-vous?

— Je me mêle de ce qui regarde tout le monde : je tiens à ce que la justice soit rendue.

— Vous pouvez me croire : elle est innocente.

— Alors, c'est vous qui êtes le criminel.

— Non. Je ne suis pas un criminel.

— Mais qui a tué le colonel James Barclay?

— C'est une juste Providence qui l'a tué. Mais rappelez-vous ceci : si je lui avais fait sauter la cervelle comme j'avais envie de le faire, il n'aurait reçu que le châtiment qu'il méritait. Si sa propre conscience coupable ne l'avait pas foudroyé, il est vraisemblable que j'aurais eu son sang sur mes mains. Vous voulez que je vous dise tout? Ma foi, je ne vois pas pourquoi je me tairais : il n'y a rien dont je puisse avoir à rougir.

« Voilà, monsieur! Vous me voyez aujourd'hui avec sur le dos une bosse de chameau et des côtes toutes de guingois. Mais il fut un temps où le caporal Henry Wood était le plus bel homme du 117e régiment d'infanterie. Nous étions alors aux Indes, dans un endroit qui s'appelle Bhurtee. Barclay, qui mourut avant-hier était sergent dans la même compagnie que moi. Et la belle du régiment... ça oui! et la plus jolie fille qui ait jamais vu le jour s'appelait Nancy Devoy; son père était sergent-major. Deux hommes étaient amoureux d'elle; et un seul était aimé d'elle. Vous sourirez en voyant ce pauvre infirme devant son feu, et pourtant laissez-moi vous dire que c'était pour ma prestance qu'elle m'aimait.

« Je possédais son cœur, mais le père préférait

Barclay. J'étais une tête brûlée, un téméraire, un jeune aventurier; tandis que Barclay avait reçu de l'éducation et on le voyait déjà avec un sabre d'officier. Mais Nancy tenait à moi et je crois que je l'aurais épousée. Hélas, la révolte des Cipayes éclata et tout le pays fut mis à feu et à sang!

« Nous étions bouclés dans Bhurtee, tout notre régiment, plus une demi-batterie, une compagnie de Sikhs, et quantité de civils et de femmes. Dix mille rebelles nous encerclaient, aussi acharnés que des fox-terriers autour d'une ratière. Vers la deuxième semaine l'eau commença à manquer. Il fallait communiquer avec la colonne du général Neill qui remontait le pays. C'était notre seule chance, car nous ne pouvions pas espérer nous frayer un chemin avec les femmes et les enfants. Je me proposai comme volontaire pour sortir et avertir le général Neill de notre péril. Mon offre fut acceptée. Je m'entretins avec le sergent Barclay qui, en principe, connaissait mieux le terrain que n'importe qui et qui me traça un plan pour passer entre les lignes des rebelles. A dix heures je me mis en route. Il y avait un millier de vies humaines à sauver, mais je ne pensais vraiment qu'à une seule quand je me laissai tomber cette nuit-là de l'autre côté de la muraille.

« Ma route suivait le lit d'un cours d'eau desséché; nous avions espéré qu'ainsi j'échapperais à la surveillance des sentinelles ennemies. Mais tandis que je rampais, je tombai sur six d'entre elles, tapies dans l'ombre, qui m'attendaient. En deux secondes je fus étourdi par un coup et ligoté. Ce coup-là me fit plus de mal au cœur qu'à la tête, car j'avais plus ou moins appris à comprendre les dialectes du pays, et j'en entendis assez en écoutant les Cipayes pour savoir que mon camarade, celui-là même qui m'avait fixé ma route, m'avait trahi par l'intermédiaire d'un serviteur indigène et m'avait livré à l'ennemi.

« Bon. Pas la peine d'insister là-dessus. Vous voyez maintenant de quoi James Barclay était capable. Bhurtee fut délivré le lendemain par Neill, mais les rebelles m'emmenèrent avec eux dans leur retraite, et de longues années s'écoulèrent avant que je revisse un Blanc. Je fus torturé, j'essayai de m'évader, je fus repris et retorturé. Vous pouvez constater l'état où ils me mirent. Une partie de leur bande s'enfuit au Népal; je dus la suivre. Nous allâmes plus loin que Darjeeling. Là, les montagnards tuèrent les rebelles qui me détenaient et je devins leur esclave. Je m'évadai encore. Mais au lieu de me diriger vers le sud, je remontai vers le nord, chez les Afghans. J'errai dans cette région pendant plusieurs années, puis je redescendis vers le Punjab où je vécus parmi les indigènes, en gagnant ma vie par des tours de prestidigitation que j'avais appris. A quoi bon, moi pauvre infirme, pauvre tordu, retourner en Angleterre et me faire reconnaître de mes anciens camarades? Même mon désir de vengeance n'aurait pu m'y décider. Je préférais que Nancy et mes vieux amis gardent le souvenir d'un Henry Wood mort avec un dos droit, plutôt que de me revoir vivant, mais tordu sur un gourdin et pliant les genoux comme un chimpanzé. Ils étaient persuadés que j'étais mort. C'était très bien! J'entendis dire que Barclay avait épousé Nancy et qu'il était monté en grade dans le régiment. Cela non plus ne me fit pas parler.

« Mais quand on devient vieux, on se languit de sa patrie. Pendant des années et des années j'avais soupiré après les prés verts et les haies d'Angleterre. Finalement je résolus de les revoir une dernière fois avant de mourir. J'avais assez d'argent pour la traversée. Alors je suis venu près des soldats, car je connais les soldats, je sais comment les amuser, et avec eux je gagne de quoi subsister.

— Votre histoire est passionnante, dit Sher-

lock Holmes. Je connais déjà votre rencontre
avec Mme Barclay. Je sais que vous vous êtes
mutuellement reconnus. Si j'ai bien compris,
vous l'avez suivie quand elle rentrait chez elle,
vous avez vu par la fenêtre qu'elle se disputait
avec son mari : sans aucun doute elle lui a jeté
à la tête le récit de sa conduite. Vos sentiments
personnels ont pris alors le dessus, vous avez
traversé la pelouse en courant et vous avez fait
votre entrée.

— Oui, monsieur. Et quand il m'a vu il m'a
regardé comme jamais un homme n'en a regardé
un autre. Et il est tombé la tête sur les chenets.
Mais il était mort avant de tomber. J'ai lu la
mort sur son visage, aussi clairement que je peux
lire ce livre au-dessus du feu. Le seul fait de
m'avoir vu, ç'a été comme une balle de revolver
dans son cœur coupable.

— Et ensuite?

— Nancy s'est évanouie. J'ai pris dans sa
main la clef de la porte afin d'ouvrir et de chercher de l'aide. Mais au moment où j'allais le
faire, j'ai eu l'idée que je ferais mieux de la
laisser seule et de fuir; n'est-ce pas, la chose
pouvait mal tourner pour moi? Et puis mon
secret serait dévoilé. Alors j'ai mis la clef dans
ma poche et j'ai laissé tomber mon gourdin pendant que je pourchassais Teddy qui avait grimpé

dans le rideau. Quand je l'eus réintégré dans sa boîte d'où il s'était échappé, j'ai filé le plus vite que j'ai pu.

— Qui est Teddy? » interrogea Holmes.

L'homme se pencha et leva le couvercle d'une sorte de clapier qui était rangé dans un coin. Aussitôt il en sortit un joli petit animal rougeâtre, mince et souple, avec des pattes de fouine, un long nez rose et d'adorables yeux rouges.

« Une mangouste! m'écriai-je.

— Oui. On l'appelle comme ça, ou encore ichneumon. Moi je l'appelle un attrapeur de serpents, car Teddy est extraordinairement vif sur les cobras. J'en ai un ici, privé de ses crocs, et Teddy l'attrape chaque soir pour la distraction des gens du pays. Y a-t-il autre chose que vous voudriez savoir, monsieur?

— Il se pourrait que nous fissions appel à vous si Mme Barclay se trouve en difficulté.

— Dans ce cas, comptez absolument sur moi!

— Sinon, je crois qu'il est inutile de provoquer un scandale à propos d'un homme qui est mort. Vous avez au moins la satisfaction de savoir que pendant trente ans sa conscience lui a amèrement reproché sa félonie. Ah! voici le major Murphy de l'autre côté de la rue. Bonsoir,

Wood! Je voudrais savoir s'il y a eu du nouveau depuis hier. »

Nous rattrapâmes le major.

« Ah! Holmes! s'exclama-t-il. Je suppose que vous avez appris qu'on avait fait beaucoup de bruit pour rien?

— Que se passe-t-il?

— L'enquête vient d'être close. Le médecin a témoigné que la mort était due à une apoplexie. Vous voyez : c'était en somme une affaire toute banale.

— Oh! d'une banalité extrême! répondit Holmes en souriant. Venez donc, Watson. Je crois qu'on n'a plus besoin de nous à Aldershot. »

Pendant que nous nous acheminions vers la gare, je dis à Holmes :

« Il y a une chose qui n'a pas été éclaircie. Puisque le mari s'appelait James, et l'autre Henry, pourquoi avoir parlé de David?

— Ce nom à lui seul, mon cher Watson, aurait dû me donner la clef du problème si j'avais été le logicien idéal que vous vous plaisez tant à dépeindre. C'était évidemment un terme de reproche.

— De reproche?

— Mais oui! David se dévoyait de temps à autre, vous savez : en une occasion il agit exactement comme le sergent Barclay. Vous rappelez-vous l'histoire d'Uriah et de Bethsabée? Mes souvenirs bibliques sont un peu rouillés, hélas, mais vous trouverez toute l'histoire dans le premier ou le deuxième livre de Samuel. »

## CHAPITRE VIII

# LE PENSIONNAIRE EN TRAITEMENT

En parcourant la série assez incohérente de ces Mémoires où je m'efforce de démontrer les extraordinaires qualités mentales de mon ami M. Sherlock Holmes, je me rappelle les difficultés auxquelles je me suis heurté pour le choix des exemples répondant parfaitement à mon dessein. Dans certains cas en effet, Holmes accomplissait un tour de force dans le raisonnement analytique et il établissait péremptoirement la valeur de ses méthodes personnelles d'enquête, mais les faits étaient alors si minces ou si banals que j'hésitais à les soumettre à la curiosité du public. Par contre dans d'autres cas, les faits revêtaient un caractère remarquable, dramatique, mais la part qu'il prenait à la détermination de leurs causes était moins nette que moi, son biographe, je l'eusse souhaitée. La petite affaire dont j'ai rendu compte sous le

titre de « Etude en Rouge [1] », et plus tard celle
ayant trait à la perte du *Gloria Scott* sont là
pour illustrer la chute de Charybde en Scylla
qui menace constamment son historien. Peut-
être le récit que je vais commencer n'insiste-t-il
pas suffisamment sur le rôle joué par mon ami.
Mais la succession des événements est si remarquable dans sa vérité que je ne crois pas pouvoir
la passer sous silence dans ce livre.

Nous étions en octobre : une journée lourde,
pluvieuse. Nos stores étaient à moitié baissés.
Holmes était roulé en boule sur le canapé pour
mieux lire et relire une lettre qui lui était parvenue par le courrier du matin. Quant à moi,
mon temps passé aux Indes m'avait entraîné à
mieux supporter la chaleur que le froid, et une
température de 32° ne m'affectait pas. Mais le
journal était sans intérêt. La session parlemen-
taire était close. Tout le monde avait déserté la
capitale et j'avais une folle envie des sous-bois
de New Forest ou des galets d'une plage de la
Manche. Hélas, mon compte en banque m'obli-
geait à renvoyer mes vacances à plus tard!
Holmes, lui, déniait tout intérêt à la mer ou à
la campagne. Ce qu'il affectionnait, c'était de
se sentir au centre même d'une humanité de
cinq millions d'âmes, d'étirer ses fibres sensibles

1. Cf. Etude en Rouge (*Le Livre de Poche*).

à travers elle et de réagir à n'importe quel bruit
se rapportant à un crime mystérieux. Il avait
des dons multiples, mais pas celui d'apprécier
la nature. Sa seule distraction consistait à abandonner la chasse au malfaiteur citadin pour se
tourner contre le criminel de la campagne.

Comme il me paraissait trop absorbé pour
une conversation, je rejetai le journal et, bien
calé dans mon fauteuil, je me laissai envahir par
une rêverie. Tout à coup la voix de mon compagnon s'immisça dans mes pensées.

« Vous avez raison, Watson! me dit-il. C'est
une manière absurde de régler un différend.

— N'est-ce pas? Tout à fait absurde! »
m'écriai-je.

Et brusquement je réalisai qu'il avait répondu à une question que je me posais à moi-
même, dans le plus profond de mon âme. Je
sursautai, me redressai, et le dévisageai avec
stupéfaction.

« Qu'est-ce à dire, Holmes? m'exclamai-je.
Voici qui dépasse tout ce que j'aurais pu imaginer! »

Il se mit à rire.

« Rappelez-vous! fit-il. Il y a quelque temps
je vous ai lu un passage d'Edgar Poe : un logicien subtil suivait les pensées inexprimées de son
compagnon. Vous incliniez alors à considérer

qu'il s'agissait là d'un simple tour de force de
l'auteur. Quand je vous ai déclaré que j'étais
constamment en état de faire la même chose,
vous m'avez opposé une incrédulité...

— Oh! non!

— Peut-être pas avec votre langue, mon cher
Watson. Mais certainement avec vos sourcils!
Aussi quand je vous ai vu jeter votre journal
pour vous plonger dans vos pensées, j'ai été bien
aise d'avoir l'occasion de les déchiffrer et au
besoin d'y faire irruption, ne fût-ce que pour
vous prouver que je vous suivais. »

Mais il s'en fallait de beaucoup que ceci me
satisfît.

« Dans l'exemple que vous m'avez lu, dis-je,
le logicien tirait ses conclusions des actes de
l'homme qu'il observait. Si j'ai bonne mémoire,
son sujet trébuchait sur un tas de pierres, levait
le nez vers les étoiles, etc. Mais là j'étais assis
paisiblement dans mon fauteuil : quelles indications vous aurais-je fournies?

— Vous ne vous rendez pas justice. La physionomie a été donnée à l'homme pour qu'il
puisse exprimer ses sentiments, et la vôtre est
un miroir fidèle.

— Entendez-vous par là que vous avez lu mes
pensées sur ma physionomie?

— Votre physionomie, oui. Et particulière-

ment sur vos yeux. Peut-être ne vous rappelez-
vous pas très bien par quoi a débuté votre
rêverie?

— Ma foi non.

— Alors je vais vous le dire. Après avoir
écarté le journal, ce qui fut l'acte qui détourna
vers vous mon attention, vous êtes resté assis
une demi-minute avec une expression vide.
Puis votre regard s'est fixé sur le portrait nou-
vellement encadré du général Gordon, et j'ai
vu à l'altération de votre figure que vos pensées
avaient démarré. Mais elles ne vous ont pas
mené bien loin. Vos yeux se sont ensuite portés
vers le portrait non encadré de Henry Ward
Beecher au-dessus de vos livres. Vous avez levé
les yeux vers le mur, et, bien sûr, le sens de vos
pensées était clair : vous vous êtes dit que si le
portrait était dans un cadre il recouvrirait
l'espace nu sur le mur et ferait un bon vis-à-vis
à celui du général Gordon.

— Vous      m'avez      suivi      admirablement!
m'écriai-je.

— Jusque-là j'aurais eu du mal à me tromper! Mais vos pensées sont revenues vers Beecher,
et vous l'avez regardé en fronçant les sourcils
comme pour étudier son caractère d'après les
détails de sa physionomie. Puis vous vous êtes
déridé, mais vous avez continué à regarder de

ce côté avec une figure méditative. Vous étiez
en train de vous remémorer les événements qui
ont marqué la carrière de Beecher. Je savais
bien que vous ne pourriez pas faire autrement
que songer à la mission qu'il entreprit pour le
compte du Nord dans la guerre de Sécession,
car je me rappelle votre indignation passionnée
à propos de la manière dont il fut reçu par les
éléments turbulents de notre peuple. Vous sen-
tez cela si profondément que je savais que vous
ne pouviez pas penser à Beecher sans avoir cet
épisode à l'esprit. Quand j'ai vu vos yeux, un
instant plus tard, s'éloigner du portrait, j'ai
compris que vous vous étiez orienté vers la
guerre de Sécession. Mais quand j'ai observé
vos dents serrées, votre regard étincelant, vos
mains crispées, j'étais sûr que vous évoquiez la
somme de bravoure qui fut dépensée par les
deux camps dans cette lutte désespérée. Mais
votre physionomie s'est encore assombrie. Vous
avez hoché la tête. Vous méditiez alors sur la
tristesse, l'horreur et le gaspillage inutile de
tant d'existences. Votre main s'est déplacée vers
votre vieille blessure. Un sourire a effleuré vos
lèvres. Tout cela m'a montré que le ridicule de
cette méthode pour le règlement des problèmes
internationaux ne vous avait pas échappé. A ce
moment je me suis déclaré d'accord avec vous :

une telle méthode est absurde! Et je me suis réjoui de vérifier l'exactitude de mes déductions.

— Rigoureusement exactes! répondis-je. Et maintenant que vous m'avez tout expliqué, je suis aussi abasourdi qu'auparavant.

— C'est très superficiel, mon cher Watson, je vous assure! Je ne me serais pas permis de m'immiscer dans vos pensées si l'autre jour vous n'aviez manifesté une légère incrédulité. Mais voici que la soirée apporte un peu de fraîcheur. Que diriez-vous d'une promenade dans Londres? »

J'étais fatigué de notre petit salon, et j'acquiesçai avec joie. Pendant trois heures nous déambulâmes ensemble, attentifs à ce kaléidoscope éternellement mouvant de la vie qui circule dans Fleet Street et le Strand. La conversation de Holmes, toujours pleine de détails observés et pimentés de son subtil pouvoir déductif, m'amusait et me charmait.

Dix heures sonnaient quand nous rentrâmes à Baker Street. Un coupé de ville stationnait devant notre porte.

« Hum! Un médecin... Un médecin de médecine générale, je constate! fit Holmes. Il n'y a pas longtemps qu'il exerce, mais il est très occupé. Il est venu nous consulter, je parie.

Une chance que nous soyons de retour! »

J'étais suffisamment au courant des méthodes de Holmes pour avoir pu suivre son raisonnement : c'était la nature et l'état des divers instruments médicaux qui étaient rassemblés dans le panier d'osier placé sous la lampe de la voiture qui l'avaient renseigné. La lumière qui brillait derrière notre fenêtre nous prouvait que ce visiteur tardif nous attendait. Curieux de savoir ce qui pouvait amener un confrère à pareille heure, je suivis Holmes dans notre sanctuaire.

Un homme pâle au visage allongé et orné de favoris blond roux se leva à notre entrée. Il ne devait pas avoir plus de trente-trois ou trente-quatre ans, mais un air hagard et un teint malsain disaient assez que la vigueur de sa jeunesse s'en était allée. Son attitude était celle d'un timide et d'un nerveux : la main blanche qu'il posa sur la cheminée quand il se leva de sa chaise aurait mieux convenu à un artiste qu'à un médecin. Il était correctement vêtu de sombre : une redingote noire, des pantalons foncés, une cravate sobre.

« Bonsoir, docteur! fit Holmes avec entrain. Je suis heureux de voir que vous ne nous attendez pas depuis longtemps.

— Vous avez donc parlé à mon cocher?

— Non. C'est la bougie sur la table qui me l'indique. Je vous en prie, veuillez vous rasseoir et me dire ce que je puis faire pour vous obliger.

— Je suis le docteur Percy Trevelyan, déclara notre visiteur, et j'habite au 403, Brook Street.

— Ne seriez-vous pas l'auteur d'une monographie sur les lésions nerveuses? » demandai-je.

Le plaisir colora ses joues pâles; il était heureux d'apprendre que son ouvrage ne m'était pas inconnu.

« J'entends si rarement parler de ce livre que je le croyais complètement tombé dans l'oubli, répondit-il. Mes éditeurs m'ont envoyé un relevé des ventes très décourageant. Vous êtes vous-même médecin?

— Médecin militaire en congé.

— Mon dada a toujours été les maladies nerveuses. J'aurais souhaité m'y spécialiser, mais on est bien obligé de prendre ce qui vous tombe sous la main. Ceci toutefois est en dehors de la question. Je n'ignore pas, monsieur Sherlock Holmes, combien votre temps est précieux. Le fait est qu'une succession d'événements très bizarres s'est déroulée récemment chez moi à Brook Street, et ce soir il m'a semblé tout à fait impossible d'attendre une heure de plus avant de vous demander conseil et assistance »

Sherlock Holmes s'assit et alluma sa pipe.

« Soyez le bienvenu, lui dit-il. Mais je vous demanderai de me faire un récit détaillé des circonstances et des motifs de votre émoi.

— Certains incidents, dit le docteur Trevelyan, sont d'une banalité telle que j'ai presque honte de vous les rapporter. Mais l'ensemble est si inexplicable, et la récente tournure de l'affaire si complexe que je vous dirai tout, afin que vous puissiez juger de ce qui est essentiel et de ce qui ne l'est pas.

« Il faut que je commence par vous dire quelques mots de mes débuts. J'ai fait mes études à l'Université de Londres et j'espère que vous ne me taxerez pas d'une vanité puérile si je précise que mes professeurs me considéraient comme un sujet prometteur. Après avoir obenu mes diplômes j'ai continué à me consacrer à la recherche. J'avais un poste modeste au King's College Hospital et j'ai eu la chance de soulever un intérêt très vif par mes travaux de recherche sur la pathologie de la catalepsie. J'ai finalement reçu le prix Bruce Pinkerton et une médaille pour ma monographie sur les lésions nerveuses dont votre ami a parlé tout à l'heure. Je n'exagère nullement en traduisant ainsi l'opinion générale : une carrière fort brillante s'ouvrait devant moi.

« Mais le grand obstacle sur ma voie était mon manque de capitaux. Vous ne l'ignorez pas : un spécialiste qui a de l'ambition est obligé pour se lancer de s'établir dans une des douze ou treize rues du quartier de Cavendish Square, ce qui implique un loyer très élevé et un mobilier de valeur. En plus de cette mise de fonds, il lui faut soutenir un train de maison, faire les frais d'un cheval et d'une voiture présentables. Tout cela était au-dessus de mes moyens. Mon seul espoir était qu'en économisant férocement pendant dix ans je pourrais avoir enfin une plaque à ma porte. Mais voilà que brusquement de nouvelles perspectives se présentèrent.

« Un matin entra chez moi un visiteur du nom de Blessington, que je n'avais jamais vu. A peine l'avais-je fait asseoir qu'il m'attaqua de front :

« — Vous êtes bien le Percy Trevelyan qui « a fait de si brillants débuts et qui a récem- « ment gagné un prix important?... »

« Je m'inclinai.

« — Répondez-moi avec franchise, poursui- « vit-il. Vous n'aurez pas à vous en repentir. « Vous possédez toute l'intelligence qui per- « met à un homme de réussir. Avez-vous du « tact? »

« Je ne pus m'empêcher de sourire à la brutalité de la question.

« — Je crois que j'ai ma part, répondis-je.

« — Et pas de mauvaises habitudes? Pas de
« penchants... vers la boisson par exemple?

« — Enfin, monsieur!... m'écriai-je.

« — Très bien! Tout à fait bien! Mais
« j'étais obligé de vous poser ces questions.
« Puisque vous surabondez en qualités, pour-
« quoi ne vous êtes-vous pas établi à votre
« compte? »

« Je haussai les épaules.

« — Allons, allons! fit-il avec ses manières
« pressantes. C'est toujours la même chose. Il
« y en a plus dans votre crâne que dans votre
« portefeuille, eh? Que diriez-vous si je vous
« lançais en vous installant dans Brook Street? »

« Je le regardai avec la stupéfaction que
vous devinez.

« — Oh! si je le fais, c'est dans mon intérêt,
« pas pour vos beaux yeux! s'écria-t-il. Je serai
« tout à fait sincère avec vous. Si cela vous
« convient, cela me convient à merveille. J'ai
« quelques milliers de livres disponibles que
« je désire investir, et je crois que je vais les
« placer sur votre tête.

« — Comment cela?

« — C'est une spéculation qui en vaut une

« autre, et qui est même beaucoup plus sûre
« que d'autres!

« — Mais que dois-je faire?

« — Voilà. Je loue la maison. Je la meuble.
« Je paie les domestiques. Je me charge de
« toutes les dépenses. Tout ce que vous aurez
« à faire consistera à être assis sur un fauteuil
« dans votre cabinet de consultation. Vous aurez
« de l'argent de poche et tout ce dont vous au-
« rez besoin. Puis vous me versez les trois quarts
« de vos honoraires et vous gardez le quatrième
« quart pour vous. »

« Telle fut l'étrange proposition, monsieur
Holmes, qui inaugura mes rapports avec
M. Blessington. Je ne vous ennuierai pas du
récit de nos négociations préalables et du marché qui les conclut. Je m'installai dans Brook
Street le jour de la fête de l'Annonciation, et
je me mis à exercer à peu près dans les conditions qu'il m'avait suggérées. Il vint habiter
chez moi, comme un pensionnaire en traitement. Je m'aperçus qu'il avait le cœur faible,
et que son état nécessitait des soins constants. Il
transforma les deux plus belles pièces du premier étage en un salon et une chambre à coucher pour son usage personnel. C'était un original : il fuyait la société et sortait rarement. Il
n'avait pas une existence très réglée, mais sur

un point il était l'exactitude personnifiée : tous les soirs à la même heure il entrait dans mon cabinet, regardait mes livres, me remettait cinq shillings et trois pence pour chaque guinée que j'avais gagnée, et il allait serrer le reste dans le coffre-fort qu'il avait dans sa chambre.

« Je peux bien le dire : il n'a jamais eu à regretter sa spéculation. Tout de suite elle s'avéra un succès. Quelques réussites dans des cas difficiles et la réputation que j'avais acquise à l'hôpital me poussèrent rapidement au premier rang. En deux années j'ai fait de lui un homme riche.

« Voilà donc, monsieur Holmes, le récit du passé et de mes rapports avec M. Blessington. J'en viens maintenant à ce qui m'a amené à vous rendre visite ce soir.

« Il y a de cela quelques semaines, M. Blessington vint me voir dans un état d'agitation extrême. Il me parla d'un cambriolage qui, me dit-il, venait d'être commis dans West End et je me souviens de son excitation qui me parut véritablement bien inutile. Il m'annonça que dans les vingt-quatre heures des verrous de sûreté seraient posés aux fenêtres et aux portes. Son énervement dura environ une semaine. Constamment il épiait à la fenêtre et il ne sortait plus pour accomplir la petite promenade qu'il faisait régulièrement avant dîner. D'après son comportement je déduisis qu'il avait une peur épouvantable de quelqu'un ou de quelque chose. Je lui posai quelques questions, mais il les prit si mal que je dus renoncer à en apprendre davantage. Au fur et à mesure que le temps passait ses frayeurs semblèrent se dissiper. Il avait même renoué avec ses habitudes précédentes, quand un nouvel incident le replongea dans le pitoyable état de prostration où il se débat actuellement.

« Voici les faits. Il y a deux jours j'ai reçu la lettre dont je vais vous donner lecture. Elle n'était pas datée et elle ne portait pas l'adresse de l'expéditeur : « *Un membre de la noblesse* « *russe serait heureux de recevoir les soins du* « *docteur Percy Trevelyan. Depuis plusieurs* « *années il est sujet à des crises de catalepsie et* « *il sait que le docteur Trevelyan fait autorité* « *en la matière. Il désire donc le consulter de-* « *main soir à six heures et quart, si le docteur* « *Trevelyan peut le recevoir.* »

« Cette lettre m'intéressa vivement, car la principale difficulté dans l'étude de la catalepsie réside dans la rareté des cas. Je me trouvai donc à mon cabinet à l'heure dite. Et mon client fut introduit dès son arrivée.

« C'était un personnage âgé, maigre, posé,

assez banal d'aspect : pas du tout semblable à
l'idée que l'on a d'un noble russe. Mais je fus
beaucoup plus frappé par son compagnon, qui
était un grand jeune homme étonnamment
beau, au visage sombre et farouche, et qui avait
un corps et des membres herculéens. Quand ils
entrèrent, le plus jeune avait passé la main
sous le bras du vieillard, et il l'aida à s'asseoir
avec une gentillesse et une douceur que son
physique ne laissait guère supposer.

« — Vous m'excuserez, docteur, me dit-il en
« anglais avec un léger zézaiement, si je prends
« la liberté d'accompagner mon père, mais sa
« santé me préoccupe beaucoup. »

« Cette affection filiale m'émut.

« — Vous voudriez peut-être, demandai-je,
« demeurer avec lui pendant la consultation?

« — Oh! non! Pour rien au monde, s'écria-
« t-il en esquissant un geste d'effroi. Cela me
« serait plus pénible que je ne puis l'exprimer.
« S'il m'arrivait de voir mon père dans l'une
« de ces attaques terribles, je crois que je n'y
« survivrais pas. Mon système nerveux est excep-
« tionnellement impressionnable. Si vous m'y
« autorisez je resterai dans le salon d'attente
« pendant que vous examinerez mon père. »

« Bien entendu j'acquiesçai, et le jeune
homme se retira. J'entamai avec le malade une

discussion sur son cas, et je pris force notes. Il n'avait pas une intelligence remarquable et ses réponses étaient fréquemment obscures, ce que j'attribuai à sa connaissance limitée de l'anglais. Tout à coup, pourtant, tandis que j'étais en train d'écrire, il cessa de répondre à mes questions. Je levai la tête : il était assis tout droit dans le fauteuil et me regardait; son visage était livide, rigide; il venait de retomber sous le coup de son mal mystérieux.

« Mon premier mouvement fut un sentiment où l'horreur se mêlait à la pitié. Je crains que le deuxième n'ait été une certaine satisfaction d'ordre professionnel. Je pris note du pouls et de la température du malade, j'éprouvai la rigidité de ses muscles et je vérifiai ses réflexes. Je ne découvris rien de spécialement anormal. Son état concordait avec ce que m'avaient appris des observations antérieures. Ayant déjà obtenu de bons résultats par une inhalation de nitrate d'amyl, je me dis que j'avais là une excellente occasion d'en éprouver l'efficacité. Comme le flacon était en bas dans mon laboratoire, je laissai mon client sur son fauteuil et je courus le chercher. Il me fallut quelque temps pour le trouver : disons, cinq minutes. Quand je rentrai dans mon cabinet, je fus stupéfait : la pièce était vide, et mon malade parti!

« Naturellement la première chose que je fis fut de me précipiter dans le salon d'attente. Le fils était également parti. La porte d'entrée avait été tirée mais non fermée. Le jeune domestique qui introduit mes clients est nouveau et plutôt lourdaud. Il se tient en bas et ne monte que pour montrer le chemin aux malades ou quand je le sonne. Il n'avait rien entendu en tout cas et nous nagions en plein mystère. M. Blessington rentra peu après de sa promenade quotidienne, mais je ne lui soufflai pas mot de l'incident, car, pour être franc, j'avais résolu d'avoir le moins de relations possibles avec lui.

« Ma foi, je croyais bien que je n'entendrais plus jamais parler du Russe et de son fils! Aussi imaginez ma surprise quand, exactement à la même heure, ils se représentèrent ce soir à mon cabinet.

« — Je pense que je vous dois de grandes
« excuses pour mon brusque départ hier, doc-
« teur! me dit mon client.

« — J'avoue qu'il m'a un peu étonné...

« — Eh bien, le fait est que lorsque je sors
« de ses crises, j'ai l'esprit toujours embrumé,
« et je ne me souviens plus de ce qui s'est passé
« auparavant. Je me suis réveillé dans une
« pièce que je ne connaissais pas, alors je suis

« sorti et ai gagné la rue dans une sorte de
« brouillard, pendant que vous étiez absent.

« — Et moi, ajouta le fils, quand j'ai vu mon
« père passer dans le salon d'attente, j'ai cru
« que la consultation était achevée. Je n'ai
« compris la vérité qu'une fois de retour à la
« maison.

« — Eh bien, dis-je en riant, il n'y a aucun
« mal, sinon que je me suis creusé la tête! C'est
« pourquoi, monsieur, si vous vouliez bien
« vous retirer dans le salon, je serais heureux
« de pouvoir reprendre notre consultation qui
« a été fâcheusement interrompue. »

« Pendant une demi-heure à peu près j'ai
discuté avec le vieux monsieur sur ses symp-
tômes. Je lui ai ordonné un certain nombre de
prescriptions. Et je l'ai vu partir au bras de son
fils.

« Je vous ai dit que M. Blessington choisissait
généralement cette heure-là pour sa promenade.
Il rentra peu après et monta chez lui. Presque
aussitôt je l'entendis dégringoler l'escalier, et il
pénétra dans mon cabinet comme un boulet de
canon. Ou plutôt comme un homme pris de
panique.

« — Qui est entré chez moi? hurla-t-il.
« — Personne!
« — Vous mentez! Montez et regardez! »

« Je passe sur la grossièreté de son langage. Il était tellement bouleversé que je n'eus pas le cœur de la lui reprocher. Quand je fus chez lui, il me désigna plusieurs traces de pas sur le tapis clair.

« — Vous n'allez pas me dire que ce sont « les miennes? » cria-t-il.

« Certainement elles étaient beaucoup plus grandes que celles qu'il aurait pu imprimer, et elles paraissaient toutes fraîches. Dans l'après-midi il avait beaucoup plu, vous vous en souvenez, et je n'avais eu comme visiteurs que des malades. Donc, le jeune homme pour une raison inconnue avait dû quitter le salon d'attente pendant que j'étais occupé avec son père et monter dans l'appartement de mon pensionnaire en traitement. Rien n'avait été touché ou pris, mais les traces de pas prouvaient indubitablement l'intrusion.

« M. Blessington s'excita davantage sur l'affaire que je ne m'y attendais. Evidemment, il y avait de quoi troubler la tranquillité d'esprit de n'importe qui. Il s'effondra sur un fauteuil et se mit à pleurer. Il me fallut du temps pour que je parvienne à lui tirer des propos cohérents. C'est à sa suggestion que je suis venu vous trouver. Immédiatement d'ailleurs j'en ai reconnu le bien-fondé car il s'agit d'un incident en vérité bizarre bien qu'à mon avis il en surestime l'importance. Si vous vouliez bien m'accompagner, au moins pourriez-vous l'apaiser. »

Sherlock Holmes avait écouté ce long récit avec une attention si intense que je compris que son intérêt avait été passionnément éveillé. Bien sûr, il arborait toujours le même visage impénétrable, mais ses paupières étaient lourdement retombées devant ses yeux, et les ronds de sa fumée de pipe s'étaient épaissis. Quand notre visiteur eut terminé, Holmes se leva sans mot dire, me présenta mon chapeau, se coiffa du sien et suivit le docteur Trevelyan. Moins d'un quart d'heure plus tard nous nous arrêtions devant la résidence du docteur à Brook Street, l'une de ces sombres maisons plates qui sont si fort à la mode chez les praticiens de West End. Un jeune domestique nous ouvrit la porte, et nous nous engageâmes immédiatement dans l'escalier qui était large et bien tapissé.

Une soudaine interjection nous immobilisa. La lampe du palier fut brusquement soufflée. De l'obscurité nous parvint une voix menue, tremblotante.

« Je suis armé! Je vous jure que je tire si vous approchez.

— En vérité vous exagérez, monsieur Blessington! cria le docteur Trevelyan.

— Oh! c'est vous, docteur? fit la voix
qu'accompagna un grand soupir de soulagement. Mais ces autres personnes, pouvez-vous
répondre d'elles? »

Nous sentîmes que nous étions l'objet d'un
examen minutieux de la part de M. Blessington
qui restait tapi dans le noir.

« Bon. D'accord! fit-il enfin. Vous pouvez
monter. Je m'excuse si ces précautions vous
ont été désagréables. »

Il ralluma le gaz de l'escalier, et nous aperçûmes devant nous un individu étrange dont le
physique autant que la voix révélait le désé-
quilibre nerveux. Il était très gras, mais il avait
dû l'être encore plus jadis, car la peau de sa
figure retombait en plis comme les joues d'un
limier. Il avait le teint maladif. On aurait juré
que ses fins cheveux roux s'étaient hérissés sous
l'effet de l'émotion. Il avait un pistolet à la
main, mais il l'enfouit dans sa poche quand
nous avançâmes.

« Bonsoir, monsieur Holmes. Je vous suis
très obligé d'être venu. Personne n'a plus que
moi besoin de vos conseils. Je présume que le docteur Trevelyan vous a mis au courant de cette
intrusion abominable dans mon appartement?

— Oui, répondit Holmes. Qui sont ces deux hommes, monsieur Blessington, et pourquoi vous veulent-ils du mal?

— Eh bien, c'est... répondit en bafouillant le pensionnaire en traitement. C'est difficile à dire. Je ne saurais guère quoi vous répondre, monsieur Holmes.

— Autrement dit, vous ne les connaissez pas?

— Entrez donc, s'il vous plaît. Ayez l'obligeance de passer par ici. »

Il nous conduisit dans sa chambre, qui était une belle pièce fort convenablement meublée.

« Vous voyez cela? dit-il en désignant une grosse boîte noire au pied de son lit. Je n'ai jamais été un homme très riche, monsieur Holmes, je n'ai jamais fait qu'un placement dans ma vie, comme vous le dira le docteur Trevelyan. Mais je ne crois pas dans les banquiers. Je ne me fierais jamais à un banquier, monsieur Holmes. Entre nous, le peu que je possède se trouve dans ce coffre. Alors vous comprenez ce que je ressens quand les inconnus pénètrent chez moi. »

Holmes considéra Blessington avec un œil interrogatif et branla la tête.

« Je suis dans l'impossibilité de vous conseiller si vous essayez de me mentir, dit-il.

— Mais je vous ai tout dit! »

Holmes vira sur ses talons avec un geste de dégoût.

« Bonne nuit, docteur Trevelyan! fit-il.

— Et vous partez sans rien me dire? s'écria Blessington d'une voix brisée.

— Je n'ai qu'un conseil à vous donner, monsieur : dites la vérité. »

Une minute plus tard nous étions dans la rue et nous reprenions le chemin de Baker Street. Nous avions traversé Oxford Street, et nous avions descendu la moitié de Harley Street avant que j'eusse pu tirer une parole de mon compagnon.

« Désolé de vous avoir fait sortir pour une promenade de fous, Watson! me dit-il enfin. Au fond, c'est une histoire intéressante.

— Je n'y comprends rien! avouai-je ingénument.

— Ma foi, il est évident qu'il y a deux hommes... Plus, peut-être, que deux... qui pour une raison quelconque en veulent à ce type. Je n'hésite pas à affirmer que ce jeune homme a pénétré deux fois dans l'appartement de Blessington pendant que son complice, grâce à une astucieuse supercherie, empêchait le docteur d'intervenir.

— Et la catalepsie?

— Une fausse catalepsie, Watson! Mais j'oserais à peine l'assurer à cet éminent spécialiste. C'est un mal très facile à imiter. Je l'ai imité, moi qui vous parle!

— Et alors?

— Par le plus grand des hasards, Blessington était sorti les deux fois. S'ils ont choisi une heure si tardive pour la consultation, c'était évidemment pour qu'il n'y eût pas d'autre client dans le salon d'attente. Il s'est trouvé, toutefois, que cette heure coïncidait avec une manie de Blessington, ce qui semble indiquer qu'ils n'étaient pas très au courant de ses habitudes quotidiennes. Naturellement, s'ils avaient été simplement en quête d'un petit butin, ils auraient bien laissé trace de leur passage. Par ailleurs je suis capable de lire dans les yeux d'un homme si c'est pour sa peau qu'il a peur. Il est inconcevable que ce bonhomme se soit fait deux ennemis aussi vindicatifs sans qu'il les connaisse! Je tiens donc pour certain qu'il les connaît et que, pour des motifs qui lui sont personnels, il le nie. Peut-être demain le trouverons-nous dans une disposition d'esprit plus communicative!

— N'existe-t-il pas une autre hypothèse? dis-je. Une hypothèse grotesque, hautement improbable, tout ce que vous voudrez, mais pourtant possible? Est-ce que toute cette histoire du Russe

cataleptique et de son fils ne serait pas un produit de l'imagination du docteur Trevelyan
qui se serait introduit, dans un but déterminé,
dans la chambre de Blessington? »

A la lueur d'un bec de gaz, je vis Holmes
sourire avec amusement.

« Mon cher ami, dit-il, ce fut l'une des premières solutions que j'envisageai. Le malheur
est que j'ai pu très vite vérifier le récit du docteur. Ce jeune homme a laissé sur le tapis de
l'escalier des traces de pas telles que je n'ai pas
eu besoin de demander à voir celles qu'il avait
faites dans la chambre. Quand je vous aurai dit
que ses chaussures étaient à bout carré et non
pointues comme celles de Blessington, et qu'elles
ont bien cinq centimètres de plus que celles
du docteur, vous comprendrez qu'elles ne peuvent appartenir ni à l'un ni à l'autre. Mais le
mieux serait de dormir sans tarder, car nous
pourrions fort bien avoir des nouvelles de Brook
Street de bonne heure demain matin. »

La prophétie de Sherlock Holmes se réalisa
d'une façon dramatique. Le lendemain matin,
à sept heures et demie, aux premières lueurs
confuses du jour, je le découvris en robe de
chambre à la tête de mon lit.

« Une voiture nous attend, Watson! me dit-il.

— Pour quoi faire?

— Pour l'affaire de Brook Street.

— Vous avez des nouvelles?

— Sérieuses, mais imprécises. »

Il alla lever le store, puis revint vers moi.

« Regardez ceci. C'est un feuillet arraché d'un carnet, avec ces simples mots : « *Pour l'amour de Dieu, venez tout de suite! P. T.* ». Griffonnage au crayon. Notre ami le médecin n'avait pas de temps à perdre quand il a écrit! Allons, mon ami! C'est un appel urgent. »

Un quart d'heure plus tard nous étions de retour à la maison du docteur Trevelyan. Il accourut vers nous. Son visage reflétait l'horreur.

« Oh! une pareille affaire! s'écria-t-il en portant les mains à son front.

— Que se passe-t-il?

— Blessington s'est suicidé. »

Holmes sifflota.

« Oui, il s'est pendu pendant la nuit. »

Nous entrâmes. Le docteur nous précéda dans ce qui était son salon d'attente.

« Je ne sais plus quoi faire, nous dit-il. La police est déjà en haut. Je suis mortellement brisé!

— Quand l'avez-vous découvert?

— Tous les matins on lui apporte une tasse de thé. Quand vers sept heures la bonne est entrée chez lui, le malheureux était pendu en plein milieu de sa chambre. Il avait attaché la corde au crochet de la suspension, et il a sauté dans le nœud coulant en prenant appui sur le coffre qu'il nous a montré hier. »

Holmes demeura un moment plongé dans une profonde méditation.

« Avec votre permission, dit-il, je voudrais monter et voir cela d'un peu près. »

Nous nous rendîmes tous les trois dans l'appartement de Blessington.

Quand nous entrâmes dans la chambre, le spectacle n'était pas beau! J'ai déjà évoqué l'impression de flasque que m'avait produite Blessington. Suspendu et se balançant au crochet, il n'avait presque plus rien d'humain, toute cette flaccidité s'était aggravée et intensifiée. Son cou était distendu comme celui d'un poulet plumé, ce qui augmentait encore l'obésité du reste du corps. Il n'avait sur lui qu'une longue chemise de nuit. Ses chevilles enflées et ses pieds nus s'en détachaient par en dessous. A côté de lui se tenait un inspecteur de police qui prenait des notes sur un calepin.

« Ah! monsieur Holmes! fit-il quand il aperçut mon ami. Je suis ravi de vous voir.

— Bonjour, Lanner! répondit Holmes. Vous ne me trouvez pas importun, n'est-ce pas? Etes-

vous au courant des circonstances qui ont pré-
cédé cette affaire?

— Oui, on m'en a parlé.

— Avez-vous une opinion?

— Pour autant que je puisse voir, Blessington
s'est suicidé dans un accès de peur. Il a bien
dormi dans son lit, regardez : l'empreinte du
corps est assez profonde. C'est vers cinq heures
du matin, vous savez, que les suicides sont le
plus fréquents. Or, il s'est pendu à peu près
à cette heure-là. Il semble qu'il s'agisse d'un
acte tout à fait voulu.

— A mon avis, et à en juger par la rigidité
des muscles, la mort remonte à trois heures,
dis-je.

— Rien remarqué de spécial dans la chambre? interrogea Holmes.

— Sur la tablette du lavabo, j'ai trouvé un
tournevis et quelques vis. Il a dû beaucoup
fumer pendant la nuit, aussi. Voici quatre mégots de cigare que j'ai retirés de la cheminée.

— Hum! fit Holmes. Avez-vous regardé sa
boîte à cigares?

— Non. Je n'en ai pas vu.

— Son étui à cigares, alors?

— Oui. Il était dans la poche de son veston. »
Holmes l'ouvrit, et huma l'odeur de l'unique
cigare qu'il contenait.

« Oh! celui-ci est un Havane! Et les autres sont de cette sorte de cigares qui sont importés par les Hollandais de leurs colonies des Indes orientales. D'habitude ils sont enveloppés dans de la paille, et ils sont plus minces pour leur longueur que toutes les autres marques. »

Il s'empara des quatre mégots et il les examina avec sa loupe de poche.

« Deux de ces cigares ont été fumés dans un fume-cigare, et deux directement dans la bouche. Deux ont été coupés par un canif pas très tranchant, et deux ont été mordus par une excellente dentition. Il ne s'agit pas d'un suicide, monsieur Lanner. Il s'agit d'un assassinat conçu de longue date et exécuté de sang-froid.

— Impossible! s'écria l'inspecteur.

— Et pourquoi donc?

— Pourquoi assassiner un homme par pendaison?

— C'est ce que nous avons à établir.

— Comment a-t-on pu entrer?

— Par la porte.

— Au matin, les barres étaient mises.

— Elles ont été remises après leur départ.

— Comment le savez-vous?

— J'ai vu leurs traces. Excusez-moi quelques instants : je vais être bientôt en mesure de vous fournir des informations plus précises. »

Il se dirigea vers la porte, fit jouer la serrure et l'examina avec sa méthode habituelle.
Puis il retira la clef qui était à l'intérieur et
la regarda attentivement. Il inspecta successi-
vement le tapis, les sièges, la cheminée, le cadavre et la corde. S'étant déclaré satisfait il nous
pria, l'inspecteur et moi, de l'aider à détacher
le malheureux pendu qui fut déposé avec égards
sur un drap.

« D'où vient cette corde? demanda Holmes.

— Elle a été coupée dans ce rouleau, répondit le docteur Trevelyan en tirant de dessous
le lit un long rouleau de corde. Il avait une
peur maladive du feu, et il avait toujours ceci
auprès de lui, afin que pour le cas où un incendie embraserait l'escalier il pût s'échapper
par la fenêtre.

— Voilà qui a dû leur épargner du mal, murmura Holmes qui réfléchissait. Oui, les faits
sont d'une grande simplicité. Je serais bien
étonné si cet après-midi je ne pouvais pas tout
vous expliquer. Je vais emporter cette photographie de Blessington qui est sur la cheminée :
elle peut m'aider dans mes recherches.

— Mais vous ne nous avez rien dit! s'écria
le docteur.

— Oh! l'enchaînement des événements ne
fait aucun doute. Ils étaient trois : le jeune

homme, le vieillard et un troisième individu sur l'identité duquel je ne possède pas d'indication. Les deux premiers, j'ai à peine besoin de l'indiquer, sont les mêmes qui s'étaient déguisés en nobles russes; nous pouvons donc en donner une description fort complète. Ils ont été introduits par un complice dans la maison. Si je me permettais de vous donner un conseil, inspecteur, ce serait d'arrêter le jeune domestique qui, d'après ce que j'ai compris, est entré récemment à votre service, docteur.

— Impossible de trouver ce diable! répondit le docteur Trevelyan. La femme de chambre et la cuisinière l'ont cherché vainement ce matin. »

Holmes haussa les épaules.

« Il n'a pas joué un rôle bien important dans le drame, tant pis! Les trois hommes ont gravi l'escalier sur la pointe des pieds, le vieillard en tête, le jeune homme derrière lui et l'inconnu en queue du cortège...

— Cher Holmes! m'exclamai-je.

— Oh! le moindre doute est interdit; il n'y a qu'à regarder la superposition des empreintes. Ils sont donc montés vers la chambre de M. Blessington, mais ils ont trouvé sa porte fermée à clef. Avec l'aide d'un fil de fer, cependant, ils ont fait tourner la clef. Même sans loupe on aperçoit, par les éraflures sur cette garde, l'endroit où la pression a été effectuée.

« En entrant dans la chambre, leur premier soin a dû être de bâillonner M. Blessington. Peut-être dormait-il. Peut-être était-il paralysé par la terreur. Toujours est-il qu'il n'a pas crié. Mais ces murs sont épais. Il n'est d'ailleurs pas impossible qu'il ait appelé au secours; en admettant qu'il en ait eu le temps, son cri n'a pas été entendu.

« Après l'avoir maîtrisé, ils ont tenu de toute évidence une sorte de délibération. Probablement sous la forme d'un tribunal. Délibération qui a dû se prolonger quelque temps, car c'est alors que les cigares ont été fumés. Le plus âgé était assis sur cette chaise en vannerie. Le plus jeune, là : il a secoué sa cendre contre la commode. Quant au troisième il marchait de long en large. Blessington, je pense, était assis sur son séant dans le lit, mais de cela je ne suis pas absolument certain.

« La conclusion fut qu'ils ont pris Blessington et l'ont pendu. L'affaire avait été si bien préméditée que selon moi ils avaient apporté une sorte de poulie qui aurait pu servir de potence. Ce tournevis et ces vis étaient prévus pour la fixer. Quand ils ont vu le crochet de la suspension, naturellement ils se sont évité cette peine. Une fois leur travail fini, ils sont repartis, et les barres ont été remises à la porte derrière eux par leur complice. »

Nous avions tous écouté avec une attention passionnée ce résumé des événements de la nuit. Les déductions de Holmes partaient de prémisses si subtiles et si menues que même lorsqu'il nous les indiquait, nous avions du mal à suivre le fil de ses raisonnements. L'inspecteur sortit en hâte pour activer les recherches concernant le jeune domestique. Holmes et moi nous retournâmes à Baker Street pour prendre notre petit déjeuner.

« Je reviendrai à trois heures, me dit-il quand il eut achevé de se restaurer. L'inspecteur et le docteur me retrouveront ici à cette heure-là. J'espère bien pouvoir leur présenter le problème complètement débrouillé. »

Nos visiteurs étaient là à l'heure dite, mais mon ami n'arriva pas avant quatre heures moins le quart. Sur son visage je lus immédiatement que tout allait bien.

« Rien de neuf, inspecteur?

— Nous avons rattrapé le jeune domestique, monsieur.

— Excellent! Moi, j'ai rattrapé les trois autres.

— Vous les avez rattrapés? nous écriâmes-nous ensemble.

— Du moins, je les ai rattrapés de nom. Le soi-disant Blessington est, comme je le supposais, bien connu de la police et ses agresseurs également. Ils s'appellent Biddle, Haywart et Moffat.

— Le gang de la banque Worthingdon? s'exclama l'inspecteur.

— Exactement.

— Alors Blessington, ce doit être Sutton?

— Mais oui! fit Holmes.

— Eh bien, tout est clair comme du cristal! » conclut l'inspecteur.

Trevelyan et moi, nous nous regardâmes : tout cela ne nous disait rien.

« Vous vous rappelez bien la grosse affaire de la banque Worthingdon. Il y avait cinq hommes dedans : ces quatre-là et un cinquième qui s'appelait Cartwright. Tobin, le gardien, fut assassiné; les voleurs s'enfuirent avec sept mille livres. Cela se passait en 1875. Tous les cinq furent arrêtés, mais la preuve manquait. Ce Blessington, ou Sutton, le pire de la bande, vendit ses camarades. Cartwright fut pendu sur son témoignage, les trois autres furent condamnés à quinze ans chacun. Quand ils sortirent du bagne l'autre jour, quelques années avant l'expiration de leur peine, ils se mirent immédiatement en quête du traître afin de venger leur camarade. Deux fois ils ont essayé d'arriver jusqu'à lui, deux fois ils ont échoué. Mais la troisième fois a réussi. Voyez-vous une autre explication à me demander, docteur Trevelyan?

— Je pense que vous avez admirablement éclairci toute l'affaire, répondit le docteur. Sans aucun doute, le jour où il était si perturbé, il venait d'apprendre par les journaux la nouvelle de leur libération.

— Certainement. Son histoire de cambriolage était une invention pure et simple.

— Mais pourquoi n'a-t-il pas voulu vous le dire?

— Parce que, cher monsieur, il connaissait le tempérament vindicatif de ses anciens compagnons. Il essayait de dissimuler sa véritable identité le plus longtemps possible. Son secret n'avait rien de glorieux, et il en était trop honteux pour le divulguer. Cependant, tout aussi misérable qu'il fût, il vivait sous la protection de la loi anglaise. Lorsque ce bouclier lui a fait défaut, alors le sabre de la justice a repris ses droits et a frappé. »

Tels furent les événements en rapport avec le pensionnaire en traitement et le médecin de Brook Street. La police ne put jamais mettre la main sur les trois meurtriers. A Scotland Yard on croit qu'ils s'embarquèrent à bord du *Norah*

*Creina* qui se perdit corps et biens il y a quelques années au large du Portugal, au nord d'Oporto. Faute de preuves, le jeune domestique fut relâché, et le « Mystère de Brook Street », comme on l'appela, demeura entier pour les lecteurs des journaux.

## CHAPITRE IX

## L'INTERPRÈTE GREC

Tout au long de mon intime amitié avec
M. Sherlock Holmes je ne l'avais jamais entendu
faire la moindre allusion à sa famille, et il était
rare qu'il évoquât le temps de son enfance.
Cette réserve avait accentué l'impression d' « in-
humanité » qu'il produisait sur moi. Parfois
je le considérais comme un phénomène à part,
un pur cerveau, un être aussi déficient sous le
rapport de la sympathie humaine que comblé
des dons de l'intelligence. Son aversion pour les
femmes, sa répugnance à se faire de nouveaux
amis étaient caractéristiques, ainsi que son obstination à ne jamais parler des siens. J'en étais
arrivé à croire qu'il était orphelin et sans famille, mais un jour, je fus tout étonné qu'il se
mît à me parler de son frère.

Cela eut lieu par une soirée d'été, après le
thé. La conversation avait pris un tour décousu,

plutôt incohérent. Des clubs de golf elle était passée aux causes du changement d'obliquité de l'écliptique, puis nous en étions venus à discuter de l'atavisme et des aptitudes héréditaires. La controverse portait sur les parts respectives qu'il convenait d'attribuer dans une faculté personnelle à l'hérédité et à l'éducation première.

« Dans votre propre cas, lui dis-je, il me semble évident d'après tout ce que vous m'avez dit que votre faculté d'observation et votre capacité déductive résultent de l'éducation systématique à laquelle vous vous êtes astreint.

— Jusqu'à un certain point, répondit-il en réfléchissant. Mes ancêtres étaient des petits propriétaires de la campagne qui ont mené une existence conforme à leur classe sociale. Toutefois j'ai choisi un genre de vie bien différent, peut-être parce que ma grand-mère était la sœur de Vernet, le peintre français. L'art dans le sang peut s'épanouir des façons les plus diverses.

— Mais comment savez-vous que ces qualités sont héréditaires?

— Parce que mon frère Mycroft les possède à un degré bien supérieur au mien. »

Quelle révélation! Mais s'il existait en Angleterre un deuxième homme comblé de dons aussi extraordinaires, par quel miracle ni la police ni le public n'en avaient-ils jamais entendu parler? Je posai la question en insinuant que c'était par modestie que mon compagnon reconnaissait à son frère une supériorité. Holmes rit de bon cœur.

« Mon cher Watson, me dit-il, je ne me range pas parmi les gens qui placent la modestie au nombre des vertus. Pour le logicien les choses sont ce qu'elles sont, et se sous-estimer est, tout autant que se surestimer, une altération de la réalité. Quand je dis donc que mon frère Mycroft est doué d'un pouvoir d'observation supérieur au mien, vous pouvez considérer que je vous dis la vérité vraie.

— Est-il plus jeune que vous?

— Il a sept ans de plus que moi.

— Comment se fait-il qu'il ne soit pas connu?

— Oh! dans son propre cercle il est très connu!

— Où cela, alors?

— Eh bien, par exemple, au club Diogène. »

J'ignorais tout de cette institution, et mon ignorance dut se lire sur mon visage, car Sherlock Holmes tira sa montre.

« Le club Diogène est le club le plus curieux de Londres, et Mycroft est l'un de ses membres les moins ordinaires. Il s'y rend toujours entre cinq heures moins le quart et huit heures moins vingt. Comme il est six heures, si un petit tour par cette magnifique soirée ne vous déplaît pas, je serai ravi de vous faire connaître deux curiosités. »

Cinq minutes plus tard nous étions dehors, marchant dans la direction de Regent Circus.

« Vous vous étonnez, me dit Holmes, que Mycroft n'utilise pas ses facultés dans l'art du détective? Je vais vous répondre : il en est incapable.

— Mais je croyais que vous m'aviez dit...

— Je vous ai dit qu'il m'était supérieur dans l'observation et la déduction. Si l'art du détective consistait en tout et pour tout à raisonner en restant assis dans un fauteuil, mon frère serait le plus grand policier qui ait jamais vécu. Mais il est dénué d'ambition et d'énergie. Il ne prendrait même pas la peine de vérifier ses découvertes, et il préférerait être taxé de mensonge plutôt que de se donner le mal de prouver qu'il a raison. Bien des fois je lui ai apporté un problème, et il m'en a indiqué une solution qui par la suite devait se révéler exacte. Il n'en reste pas moins qu'il est totalement incapable d'exhumer dans une affaire les détails pratiques indispensables pour convaincre un juge ou un jury.

— Ce n'est donc pas sa profession?

— Nullement. Disons : une distraction de dilettante, sans plus. Comme il a des dispositions extraordinaires pour les chiffres, il travaille dans des ministères dont il vérifie les comptes. Mycroft habite Pall Mall; chaque matin il sort de chez lui pour tourner dans Whitehall et chaque soir il sort de Whitehall pour rentrer chez lui. D'un bout de l'année à l'autre, il ne se livre à aucun autre exercice, et il ne se montre nulle part sauf au club Diogène qui est situé juste en face de son appartement.

— Le nom de ce club ne me rappelle rien du tout!

— Bien sûr! Dans Londres il y a beaucoup d'hommes qui, soit par timidité soit par misanthropie, ne recherchent pas la société. Mais ils n'en sont pas pour autant adversaires des bons fauteuils et des derniers périodiques. C'est pour leur convenance que le club Diogène a été lancé et il compte aujourd'hui les hommes les plus insociables et les moins mondains de la capitale. Aucun membre du club Diogène n'est autorisé à s'intéresser à l'un quelconque de ses collègues. Sauf dans le salon des étrangers, personne n'a le droit de parler sous aucun prétexte; à la troisième infraction le bavard peut être frappé d'expulsion. Mon frère est l'un des fondateurs du club dont je trouve l'ambiance très reposante. »

Tout en parlant nous avions atteint Pall Mall. Sherlock Holmes s'arrêta devant une porte non loin du Carlton et, m'ayant recommandé le silence, me précéda dans le hall. A travers un panneau vitré j'aperçus une salle immense et luxueusement meublée dans laquelle beaucoup d'hommes étaient assis, chacun dans son coin, et lisaient des journaux ou des revues. Holmes me conduisit dans un salon plus petit, m'y laissa une minute et revint accompagné d'un homme qui, je le savais, ne pouvait être que son frère.

Mycroft Holmes était bien plus large, bien plus fort que Sherlock. Sa corpulence ne pouvait guère passer inaperçue. Mais sa figure, quoique massive, avait gardé quelque chose de l'acuité d'expression qui caractérisait celle de son frère. Ses yeux avaient la pâle couleur grise de l'eau, et pourtant le regard était pénétrant, profond, plein d'une vivacité d'introspection que je n'avais vue que chez Sherlock quand il exerçait à fond ses talents.

« Je suis heureux de vous rencontrer, monsieur! me dit-il en me tendant une main large et plate comme la nageoire d'un phoque. J'entends partout et constamment parler de Sherlock depuis que vous vous êtes fait son chroni-

queur. A propos, Sherlock, je m'attendais à te
voir la semaine dernière pour l'affaire de Manor
House. Je pensais que tu pouvais être un peu
noyé, non?

— Non, répondit mon ami en souriant. J'ai
résolu le problème.

— C'était Adams, naturellement?

— Oui, c'était Adams.

— J'en étais sûr depuis le début... »

Ils s'assirent l'un près de l'autre dans l'em-
brasure d'une fenêtre en saillie. Mycroft reprit :

« ... Voilà un endroit idéal pour celui qui
cherche à étudier l'humanité. Regardez ces
spécimens magnifiques! Regarde, Sherlock, ces
deux types qui marchent dans notre direction,
par exemple.

— Le marqueur de billard et l'autre?

— Oui. Qu'est-ce que tu penses de l'autre? »

Les deux hommes s'étaient arrêtés juste en
face de la fenêtre. Sur l'un d'eux, je relevai
quelques traces de craie à la poche du gilet;
c'était tout ce qui pouvait suggérer le jeu de
billard. L'autre était très petit, brun; il avait
le chapeau rejeté en arrière et il portait des
paquets sous son bras.

« Un ancien militaire, je crois! fit Sherlock.

— Et qui a été démobilisé très récemment,
observa Mycroft.

— Il a servi aux Indes.

— Comme sous-officier.

— Dans l'artillerie.

— Et il est veuf.

— Mais il a un enfant.

— Des enfants, mon cher! Plusieurs enfants.

— Allons! intervins-je en riant. Voilà qui est un peu trop fort!

— Evidemment, répondit Holmes, il n'est pas difficile de dire qu'un homme qui a ce maintien, cette expression d'autorité, et cette peau cuite par le soleil est un militaire, un gradé, et qu'il revient des Indes.

— Le fait qu'il a été récemment démobilisé se déduit de cet autre fait qu'il porte encore ses chaussures d'ordonnance, expliqua Mycroft.

— Il n'a pas une démarche de cavalier, mais pourtant il portait le chapeau sur le côté, puisque son front est plus brun d'un côté que de l'autre. Son poids l'empêche d'être un sapeur. Il était donc dans l'artillerie.

— Et puis il est en grand deuil; on peut déduire qu'il a perdu quelqu'un qui lui était très proche. Le fait qu'il fait ses courses tend à prouver que c'est sa femme qu'il a perdue. Il est allé acheter diverses choses pour ses enfants. Il y a un hochet, donc l'un des enfants est très petit. Sa femme a dû mourir en couches. Le fait que sous son bras il porte un livre d'images démontre qu'il a un autre enfant. »

Je commençai à comprendre le sens des paroles de mon ami, lorsqu'il m'avait dit que son frère possédait des dons encore plus aigus que les siens. Il me jeta un coup d'œil et sourit. Mycroft tira une prise de sa tabatière en écaille et s'épousseta avec un grand mouchoir de soie rouge.

« A propos, Sherlock! fit-il. On m'a soumis un problème tout à fait selon ton cœur. Un problème très bizarre. Je n'ai pas eu le courage de l'étudier à fond, mais j'en ai tiré une base pour des spéculations plaisantes. Si tu voulais bien m'écouter...

« Mon cher Mycroft, j'en serais ravi! »

Le frère griffonna quelques lignes sur une feuille de son agenda, sonna et la tendit à un domestique.

« J'ai demandé à M. Melas de venir un instant, dit-il. Il habite à l'étage au-dessus du mien, je le connais vaguement, et c'est en raison de ce voisinage qu'il est venu me consulter dans son embarras. M. Melas est d'origine grecque, et c'est un linguiste très distingué. Il gagne sa vie en servant d'interprète devant les tribunaux et de guide aux riches Orientaux qui descendent dans les hôtels de Northumberland Avenue. Ce sera aussi bien s'il vous raconte lui-même sa curieuse aventure. »

Nous fûmes bientôt rejoints par un homme court et trapu, dont le teint olivâtre et les cheveux noirs proclamaient une origine méridionale. Il s'exprimait cependant comme un Anglais cultivé. Il serra chaleureusement la main de Sherlock Holmes, et ses yeux sombres étincelèrent de joie quand il comprit que le célèbre détective attendait son récit.

« Je crois que la police n'a pas ajouté foi à mes déclarations, commença-t-il sur un ton goguenard. Sous prétexte que mon histoire sort de leur routine et ne ressemble à rien de ce qu'ils connaissent, les policiers pensent que j'exagère ou que j'invente. Mais moi je ne connaîtrai pas de repos avant que j'apprenne ce qu'est devenu ce pauvre diable au visage couvert de taffetas gommé.

— Je suis tout oreilles! dit Sherlock Holmes.

— Nous sommes aujourd'hui mercredi soir, reprit M. Melas. Eh bien, cela s'est passé lundi soir. Oui, avant-hier. Je suis interprète, comme peut-être mon voisin vous l'a déjà dit. Interprète en toutes langues ou presque. Mais comme je suis Grec de naissance, avec un nom grec, c'est surtout pour le grec que je suis demandé. Depuis plusieurs années je suis le principal inter-

prête grec à Londres, et mon nom est bien
connu dans les hôtels.

« Il m'arrive assez souvent d'être appelé à
des heures indues par des étrangers en difficulté
ou par des voyageurs qui arrivent tard et qui
ont besoin de mes services. Je ne fus donc pas
surpris lundi soir quand un M. Latimer, un
jeune homme fort élégant, sonna chez moi et
me demanda de l'accompagner dans un fiacre
qui attendait à la porte. Un ami grec était venu
le voir pour affaires, me dit-il, et comme il ne
parlait que sa propre langue, un interprète était
tout à fait indispensable. Il me donna à entendre
qu'il habitait dans Kensington. Il avait l'air
fort pressé, car c'est tout juste s'il ne me poussa
pas dans le fiacre quand nous fûmes descendus
dans la rue.

« Je dis : le fiacre, mais je ne tardai pas à
me demander si je ne me trouvais pas dans une
voiture particulière. Elle était en tout cas plus
spacieuse que nos épouvantables fiacres à quatre
roues de Londres, et les coussins, bien qu'usa-
gés, étaient d'excellente qualité. M. Latimer
s'assit en face de moi, et nous partîmes via
Charing Cross et Shaftesbury Avenue. Nous
étions arrivés vers Oxford Street et je hasardai
une remarque touchant le plus court chemin
pour aller vers Kensington, mais je m'interrom-

pis devant le comportement anormal de mon compagnon.

« Il commença par sortir de sa poche une formidable matraque plombée et il la balança plusieurs fois d'arrière en avant et d'avant en arrière, comme s'il voulait en éprouver le poids et la force. Puis il la posa, sans dire un mot, à côté de lui sur le siège. Ensuite il leva les vitres de chaque côté et je m'aperçus non sans stupéfaction qu'elles étaient recouvertes de papier collé si bien que je ne pouvais rien voir de l'extérieur.

« — Désolé de boucher votre vue, monsieur « Melas! fit-il. Mais je ne tiens nullement à ce « que vous remarquiez l'endroit où je vous con- « duis. Cela pourrait me gêner si vous retrou- « viez ultérieurement notre route. »

« Vous le devinez : un tel préambule m'avait complètement abasourdi. Mon compagnon était jeune, bien bâti, avec de larges épaules. Même s'il n'avait pas été armé, je n'aurais guère pesé lourd devant lui.

« — Voilà une attitude bien extraordinaire! « balbutiai-je. Vous n'ignorez pas que ce pro- « cédé est tout à fait illégal?

« — Je prends sans aucun doute quelques li- « bertés avec vous, me répondit-il. Mais nous « vous en dédommagerons. Toutefois je dois

« vous avertir, monsieur Melas, que si vous es-
« sayez de donner l'alarme ou de faire n'im-
« porte quoi contre mes intérêts, vous aurez
« à vous en repentir... gravement! Je vous
« prie de vous rappeler que personne ne sait
« où vous êtes, et que dans ma voiture ou chez
« moi vous vous trouvez toujours à ma merci. »

« Il avait parlé d'une voix calme, mais il
avait scandé ses mots d'une manière que je
trouvai fort menaçante. Je demeurai silencieux,
non sans me demander pour quelle raison il
m'avait, en somme, kidnappé. Quelle qu'elle
fût, il était clair comme le jour qu'il ne me
servirait à rien de résister, et que je n'avais qu'à
attendre ce qui m'arriverait.

« Nous roulions depuis près de deux heures
et je n'avais pas la moindre idée de notre direction. De temps à autre le fracas des roues m'indiquait des pavés; à d'autres moments notre
course sans cahots, silencieuse, évoquait l'asphalte; mais en dehors de ces variations sonores
rien ne pouvait me fournir un renseignement
utile. Sur les vitres le papier était imperméable
à la lumière, et un rideau bleu était tiré devant
la glace de devant. Il était sept heures et quart
quand nous avions quitté Pall Mall, et ma montre m'informa qu'il était neuf heures moins dix
quand nous nous immobilisâmes. Mon compa-

gnon baissa la vitre et je distinguai une basse
porte voûtée surmontée d'une lanterne allumée.
Quand je descendis de voiture elle s'ouvrit. En
entrant dans la maison, j'eus l'impression con-
fuse d'une pelouse et d'arbres autour de moi.
S'agissait-il d'une propriété privée ou tout simplement de la campagne? Je serais incapable de
le préciser.

« A l'intérieur de la maison il y avait une
lampe dont la flamme était si basse que je pus
tout juste distinguer un vestibule de grande
taille et décoré de tableaux. J'observai aussi
que la personne qui nous avait ouvert la porte
était un homme d'une cinquantaine d'années,
petit, maigre, avec des épaules voûtées. Quand il
se tourna vers moi un reflet de la lumière me
montra qu'il portait des lunettes.

« — Est-ce M. Melas, Harold? demanda-t-il.

« — Oui.

« — Bien joué! Bien joué! Ne nous en veuil-
« lez pas, je vous en prie, mais nous avions
« absolument besoin de vous. Si vous vous com-
« portez loyalement avec nous, vous n'aurez
« pas à le regretter. Mais si vous essayez de
« nous jouer des tours, alors que Dieu vous
« aide! »

« Il parlait d'une façon saccadée, nerveuse,
et des petits rires coupaient chacune de ses

phrases. J'avoue qu'il m'effraya plus que le jeune homme.

« — Que me voulez-vous? questionnai-je.

« — Seulement que vous posiez quelques « questions à un Grec qui séjourne chez nous, « et que vous nous traduisiez ses réponses. Mais « n'en dites pas plus que ce que nous vous de- « manderons de dire, sans ça... »

« Il émit de nouveau son petit rire nerveux, avant d'ajouter :

« — ... Il vaudrait mieux que vous ne fus- « siez jamais venu au monde! »

« Il ouvrit une porte et m'introduisit dans une pièce très luxueuse, mais dont la seule lampe allumée était orientée vers le plancher. La chambre était spacieuse. L'épaisseur des tapis où enfonçaient mes pieds en disait long sur leur qualité. J'aperçus des fauteuils recouverts de velours, une haute cheminée blanche, et ce qui me parut être une armure japonaise sur un côté. Sous la lampe il y avait une chaise; l'homme âgé m'invita à m'y asseoir. Le plus jeune nous avait quittés, mais il revint par une autre porte. Il conduisait un personnage vêtu d'une sorte de large robe de chambre et qui se déplaçait avec lenteur. Quand il parvint dans le cercle de lumière, je le vis plus clairement : son aspect m'épouvanta. Il était mortellement pâle, il avait le visage émacié, avec des yeux saillants, luisants comme en ont ceux dont l'esprit est plus grand que la force physique. Mais plus encore que tous ces signes de faiblesse, sa figure me frappa de stupeur : elle était décorée d'un enchevêtrement de taffetas gommé : la bouche même en était recouverte d'une large bande qui l'obstruait complètement.

« — Avez-vous l'ardoise, Harold? cria « l'homme âgé tandis que notre visiteur tomba « plus qu'il ne s'assit sur une chaise. A-t-il les « mains déliées? Bon. Maintenant, donnez-lui « le crayon. Nous allons poser des questions, « monsieur Melas, et il écrira les réponses. Pre- « mièrement, demandez-lui s'il est prêt à signer « le papier. »

« Les yeux de l'inconnu lancèrent des flammes.

« — Jamais! écrivit-il en grec sur l'ardoise.

« — A n'importe quelles conditions? deman- « dai-je en traduisant une question de notre « tyran.

« — Seulement si je la vois mariée en ma « présence par un prêtre grec que je connais. »

« L'homme poussa son petit rire venimeux.

« — Vous savez ce qui vous attend, alors?

« — Je n'ai peur de rien pour moi-même. »

« Ceci est un exemple des questions et ré-

ponses qui firent l'objet de notre étrange conversation, mi-parlée, mi-écrite. Régulièrement
je devais lui demander s'il céderait et signerait
le document. Non moins régulièrement j'obtins
la même réponse indignée. Mais bientôt une
heureuse idée me vint. Je pris sur moi d'ajouter
de petites phrases de mon cru à chaque question : innocentes au début, afin de vérifier si
l'un ou l'autre de nos compagnons connaissait,
fût-ce imparfaitement, le grec. Puis voyant qu'ils
ne réagissaient pas, je jouai un jeu plus dangereux. Notre dialogue ressembla alors à ceci :

« — Vous n'obtiendrez rien de bon par cette
« obstination. *Qui êtes-vous?*

« — Je m'en moque. *Je suis un étranger*
« *dans Londres.*

« — Vous jouez votre vie. *Depuis combien*
« *de temps êtes-vous ici?*

« — Tant pis. *Trois semaines.*

« — Ces biens-là ne vous appartiendront ja-
« mais. *De quoi souffrez-vous?*

« — Ils n'iront pas à des gredins. *Ils me font*
« *mourir de faim.*

« — Vous sortirez libre si vous signez. *Quelle*
« *est cette maison?*

« — Je ne signerai jamais. *Je ne sais pas.*

« — A elle, vous ne rendez guère service.
« *Comment vous appelez-vous?*

« — Qu'elle vienne me le dire! *Kratidès*.

« — Vous la verrez si vous signez. *D'où êtes-*
« *vous?*

« — Alors je ne la verrai jamais. *D'Athènes.* »

« Cinq minutes de plus, monsieur Holmes,
et j'aurais tiré le fil de l'histoire à leur nez et
à leur barbe. La question que j'allais poser
aurait éclairci toute l'affaire, mais au même
instant la porte s'ouvrit et une femme pénétra
dans la pièce. Je ne la vis pas assez nettement
pour dire d'elle autre chose que ceci : elle était
grande, mince, brune, et elle était vêtue d'une
ample robe blanche.

« — Harold! appela-t-elle avec un mauvais
« accent. Je ne pouvais plus rester là-bas. Je me
« sens si seule là-haut avec seulement... Oh!
« mon Dieu, c'est Paul! »

« Elle avait prononcé cette dernière phrase
en grec. Au même instant l'homme, dans un
effort convulsif, arracha le taffetas gommé de
ses lèvres et hurla :

« — Sophie! Sophie! »

« Il se précipita dans les bras de la femme.
Leur étreinte ne dura qu'un instant, car le plus
jeune de nos hôtes s'empara de la femme et la
poussa hors de la pièce, tandis que l'autre, sans
effort, se saisissait de l'homme et le faisait sortir par l'autre porte. Je demeurai seul. Je me

levai, mû par l'idée que je pourrais essayer de trouver une indication relative à l'endroit où était située cette maison. Mais heureusement je ne bougeai pas. Levant les yeux, j'aperçus en effet l'homme âgé qui se tenait sur le seuil et qui m'observait.

« — Cela suffira, monsieur Melas! dit-il.
« Vous comprenez que nous vous avons mis au
« courant d'une affaire très privée. Nous ne
« vous aurions pas dérangé si un ami à nous,
« qui parle grec et qui avait commencé ces né-
« gociations, n'avait été obligé de retourner en
« Orient. Nous étions dans la nécessité de trou-
« ver quelqu'un qui pût le remplacer pour nous
« servir d'interprète, et nous avons eu la chance
« d'apprécier vos qualités... »

« Je saluai.

« — ... Voici cinq souverains, ajouta-t-il en
« se dirigeant vers moi. Je pense qu'ils consti-
« tuent des honoraires convenables. Mais sou-
« venez-vous, ajouta-t-il, en me tapant légère-
« ment sur le buste et en poussant son petit
« rire, que si vous parlez de ceci à qui que ce
« soit... à qui que ce soit, entendez-vous?... alors
« que Dieu ait pitié de votre âme! »

« Je ne saurais vous dire l'horreur, le dégoût que m'inspirait cet homme à première vue insi-gnifiant. Je pus mieux l'observer sous la lumière de la lampe. Il avait des traits anguleux et le teint plombé. Sa petite barbe pointue ressemblait à de la filasse. Il avançait la tête en parlant. Ses lèvres et ses paupières étaient atteintes d'un tremblement constant comme s'il avait la danse de Saint-Guy. Je ne pus pas m'empêcher de faire le rapprochement : son petit rire était aussi un symptôme de maladie nerveuse. Ce qui rendait son visage terrible c'était ses yeux, gris comme de l'acier, qui avaient un éclat froid, et qui recelaient une cruauté indicible dans leur eau profonde.

« — Nous saurons si vous bavardez, dit-il. « Nous sommes bien renseignés. La voiture « vous attend. Mon ami va vous montrer le « chemin. »

« Je fus presque jeté dans le vestibule, puis dans la voiture. De nouveau je vis des arbres et un jardin. M. Latimer me suivait de près. Sans un mot il s'assit en face de moi. Après un voyage interminable toutes vitres camouflées, nous fîmes halte.

« — Descendez ici, monsieur Melas. Je suis « au regret de vous laisser si loin de chez vous, « mais je n'ai pas le choix. La moindre tenta- « tive que vous feriez pour suivre cette voiture « se terminerait mal pour vous. »

« Il ouvrit la portière et j'eus à peine le

temps de sauter car le cocher fouetta son cheval
et la voiture repartit au galop. Je regardai autour de moi. Je me trouvais dans une sorte de
pré communal, parsemé de sombres bouquets
d'ajoncs. Au loin s'étendait une rangée de maisons, avec ici et là de la lumière aux fenêtres
des étages. De l'autre côté je vis les signaux
rouges d'une voie ferrée.

« La voiture était déjà hors de vue. Je me
demandais où diable je pouvais bien être, lorsque je vis quelqu'un qui avançait dans l'obscurité. C'était un porteur de gare.

« — Pouvez-vous me dire où je suis? deman-
« dai-je.

« — Sur les terrains communaux de Wands-
« worth.

« — Où puis-je trouver un train pour
« Londres?

« — Marchez pendant deux kilomètres, et
« vous arriverez à l'embranchement de Clap-
« ham. Si vous ne traînez pas en route, vous
« attraperez juste le dernier train pour Victo-
« ria. »

« Ainsi se termina mon aventure, monsieur
Holmes. J'ignore tout de l'endroit où je suis
allé, des gens avec qui j'ai parlé. Je ne sais que
ce que je vous ai dit. Mais je suis sûr qu'il se
joue en ce moment une partie déloyale, et je

voudrais aider ce malheureux. J'ai raconté mon histoire à M. Mycroft Holmes hier matin, puis à la police. »

Nous demeurâmes silencieux quelques instants après avoir écouté ce récit extraordinaire. Puis Sherlock Holmes lança un regard de biais vers son frère.

« Tu vois une piste quelconque? » demanda-t-il.

Mycroft prit le *Daily News* sur une table.

« *Une récompense est offerte à toute personne pouvant donner des indications sur l'endroit où se trouve un sujet grec nommé Paul Kratidès, d'Athènes, qui ne parle pas l'anglais. Une autre récompense sera attribuée en échange de n'importe quel renseignement concernant une dame grecque prénommée Sophie. Répondre X 2473.* » Tous les quotidiens ont publié la même annonce. Pas de réponse jusqu'ici.

— Et la légation de Grèce?

— Je me suis informé. On ne sait rien.

— Un câble à la police d'Athènes, alors?

— Sherlock possède toute l'énergie de la famille, me dit Mycroft en se tournant vers moi. Eh bien, prends l'affaire en main, et tu me préviendras si tu aboutis.

— Certainement, répondit mon ami en se levant. Je te préviendrai, et je préviendrai aussi

M. Melas. En attendant, si j'étais vous, monsieur Melas, je prendrais quelques précautions car ces annonces les alerteront et ils sauront que vous les avez trahis. »

En route, Holmes s'arrêta au bureau de poste et expédia plusieurs télégrammes.

« Vous voyez, Watson, observa-t-il, nous n'avons pas perdu notre soirée. Quelques-unes de mes affaires les plus intéressantes me sont venues par l'intermédiaire de Mycroft. Le problème dont nous avons écouté l'exposé, bien qu'il ne souffre qu'une explication, comporte pourtant quelques données assez peu banales.

— Vous avez l'espoir de le résoudre?

— Ma foi, ce serait vraiment bien malheureux si ayant appris autant nous ne parvenions pas à découvrir le reste. Je suis certain que vous vous êtes déjà forgé une explication.

— Une vague théorie, oui.

— Laquelle?

— Il m'a semblé évident que cette Grecque a été enlevée par le jeune Anglais qui s'appelle Harold Latimer.

— Enlevée d'où?

— D'Athènes, peut-être. »

Serlock Holmes secoua la tête.

« Ce jeune homme ne parle pas un mot de

grec. La dame parle à peu près l'anglais. J'en
déduis qu'elle a passé quelque temps en Angleterre, mais que lui n'est pas allé en Grèce.

— Bon. Alors nous supposerons qu'elle est
venue faire un séjour en Angleterre, et que ce
Harold l'a persuadée de venir avec lui.

— Cela est plus probable.

— Puis le frère, car ils sont, je pense, frère
et sœur, est venu en Angleterre pour intervenir.
Imprudemment il est tombé au pouvoir du
jeune homme et de son complice plus âgé. Ils
l'ont séquestré, ont usé de violences pour lui
faire signer un papier destiné à leur transférer
la fortune de la jeune fille dont il doit être le
curateur. Il refuse de signer. Afin de l'amener
à composition ils ont eu besoin d'un interprète,
et ils ont choisi M. Melas, après en avoir pris
un autre auparavant. La jeune fille ne savait
pas que son frère était arrivé, et elle l'a appris
par hasard.

— Bravo, Watson! s'écria Holmes. Je crois
réellement que vous brûlez. Vous voyez bien
que nous tenons toutes les cartes. Nous n'avons
qu'à redouter un acte de violence de leur part.
S'ils nous laissent un peu de temps, nous les
aurons.

— Mais comment trouver leur repaire?

— Si notre supposition est correcte, et si le

nom de la Grecque est, ou était, Sophie Kratidès,
nous devrions retrouver facilement sa trace!
C'est notre plus grand espoir, car son frère
est certainement inconnu à Londres. Ce Harold
est entré en rapport avec la jeune fille depuis
au moins quelques semaines, puisque son frère
qui était en Grèce a eu le temps de l'apprendre
et de traverser l'Europe. S'ils ont habité au
même endroit, il est probable que nous aurons
une réponse à l'annonce de Mycroft. »

Nous étions arrivés à Baker Street. Holmes
monta le premier l'escalier, et quand il ouvrit
sa porte, il ne put réprimer un sursaut de surprise. Regardant par-dessus son épaule, je fus
tout autant étonné. Son frère Mycroft était assis
dans le fauteuil et fumait paisiblement.

« Entre, Sherlock! Entrez, monsieur! nous
dit-il en souriant devant notre stupéfaction. Tu
ne t'attendais pas à une telle énergie de ma part,
n'est-ce pas, Sherlock? Mais cette affaire me
plaît.

— Comment es-tu venu ici?

— En fiacre. Je vous ai dépassés.

— Il y a du nouveau?

— J'ai reçu une réponse à mon annonce.

— Ah!

— Oui, elle m'est parvenue quelques minutes
après votre départ.

— Et que dit-elle? »

Mycroft prit une feuille de papier.

« La voici. Elle a été rédigée avec une plume sergent-major sur du papier royal couleur crème par un homme d'âge moyen et de constitution délicate. Je la lis : « *Monsieur, en réponse à* « *votre annonce datée d'aujourd'hui, je me* « *permets de vous informer que je connais* « *très bien la jeune dame en question. Si vous* « *vouliez venir me voir, je vous donnerais quel-* « *ques détails relatifs à sa pénible histoire. Elle* « *habite à présent* Les Myrtes, *à Beckenham.* « *Votre dévoué J. Davenport.* » Il m'écrit de Lower Brixton; ne crois-tu pas, Sherlock, que nous pourrions nous y rendre pour connaître ces détails?

— Mon cher Mycroft, la vie du frère a beaucoup plus d'importance que l'histoire de la sœur. Je pense que nous devrions aller chercher à Scotland Yard l'inspecteur Gregson, et filer à Beckenham sans perdre un instant. Nous savons qu'un homme est arrivé au dernier degré de la consumption, et chaque heure compte!

— Nous aurions peut-être intérêt à prendre au passage M. Melas, suggérai-je. Pour le cas où nous aurions besoin d'un interprète.

— Excellente idée! dit Sherlock Holmes.

Envoyons le groom nous chercher un fiacre et partons... »

Il ouvrit le tiroir de la table et glissa un revolver dans sa poche.

« ... Oui, fit-il pour répondre à mon regard. D'après tout ce que nous avons appris, j'ai l'impression que nous avons affaire à une bande particulièrement redoutable. »

Il faisait presque nuit quand nous arrivâmes à Pall Mall. Nous sonnâmes à l'appartement de M. Melas. Mais quelqu'un était venu le chercher, et il venait de sortir.

« Pouvez-vous me dire où il est allé? demanda Mycroft Holmes.

— Je n'en sais rien, monsieur! répondit la femme qui nous avait ouvert. Je sais seulement qu'il est parti avec un monsieur dans une voiture.

— Est-ce que ce monsieur avait dit son nom?

— Non, monsieur.

— N'était-ce pas un jeune homme brun, bien bâti?

— Oh! non, monsieur! C'était un homme petit, avec lunettes, maigre, mais très amusant : il riait tout le temps en parlant.

— Venez! nous cria Sherlock Holmes. Cela devient grave! »

Tandis que nous roulions vers Scotland Yard, il nous dit :

« Nos bandits ont remis la main sur Melas. Il est totalement dépourvu de courage physique, ainsi qu'il l'a prouvé l'autre soir. Aussi s'est-il laissé terroriser dès qu'il s'est retrouvé en leur présence. Sans doute ont-ils besoin encore de ses services professionnels. Mais après s'être servis de lui, ils pourraient bien avoir envie de le punir de ce qu'ils considéreront comme une trahison à leur endroit. »

Nous avions l'espoir d'arriver par le train aussi vite, et même plus tôt, à Beckenham que la voiture. Toutefois quand nous nous présentâmes à Scotland Yard il s'écoula une heure avant que nous pussions entrer en contact avec l'inspecteur Gregson et remplir toutes les formalités donnant accès aux bureaux. Il était donc dix heures moins le quart quand nous atteignîmes London Bridge et dix heures et demie quand nous débarquâmes sur le quai de Beckenham. Une course de huit cents mètres nous amena aux Myrtes : grande maison obscure, sise sur un terrain écarté de la route. Nous renvoyâmes notre fiacre, et nous nous engageâmes dans l'avenue.

« Les fenêtres ne sont pas éclairées, remarqua l'inspecteur. La maison paraît abandonnée.

— Nos oiseaux se sont envolés et le nid est vide, dit Holmes.

— Pourquoi dites-vous cela?

— Une voiture lourdement chargée de bagages est passée par là il y a moins d'une heure; elle venait de la maison. »

L'inspecteur se mit à rire.

« La lampe de la grille m'a bien montré les traces des roues mais les bagages...

— Vous avez pu observer la trace des mêmes roues allant en sens inverse. Mais celles qui se dirigeaient vers la campagne étaient beaucoup mieux imprimées dans le sol. Nous pouvons donc en déduire qu'elles supportaient une charge beaucoup plus lourde.

— Là, vous allez un peu trop loin pour moi! répondit l'inspecteur en haussant les épaules. Cette porte-là ne sera pas facile à forcer. Mais essayons d'abord d'appeler. »

Il fit résonner lourdement le heurtoir, tira la sonnette, mais sans résultat. Holmes s'était éclipsé. Il revint au bout de quelques minutes.

« Une fenêtre est ouverte, annonça-t-il.

— C'est une chance que vous soyez du côté de la force publique et non contre elle! observa l'inspecteur en admirant la manière dont notre ami avait forcé l'espagnolette. Je pense que, étant donné les circonstances, nous pouvons entrer sans attendre une invitation. »

L'un derrière l'autre nous pénétrâmes dans une grande pièce qui était évidemment celle où M. Melas avait été introduit. L'inspecteur avait allumé sa lanterne. Nous distinguâmes deux portes, le rideau, la lampe et l'armure japonaise qu'il nous avait dépeints. Sur la table il y avait deux verres, une bouteille vide de cognac, et les restes d'un repas.

« Qu'est cela? » demanda brusquement Holmes.

Nous prêtâmes l'oreille, figés dans l'immobilité la plus complète. De quelque part au-dessus de nos têtes provenait un gémissement bas, étouffé. Holmes se rua par la porte dans le vestibule. Le bruit lugubre venait d'en haut. Il se précipita, l'inspecteur et moi sur ses talons, tandis que son frère Mycroft nous suivait aussi vite que le lui permettait sa grosse masse.

Le deuxième palier nous offrait trois portes. C'était de derrière la porte du milieu que provenaient les sons déchirants que nous avions entendus : ils allaient du sourd murmure à la plainte aiguë. La porte était fermée, mais la clef était à l'extérieur. Holmes ouvrit et fonça, mais il repassa le seuil aussitôt en se tenant la gorge.

« C'est du charbon de bois! cria-t-il. Attendons. Cela va se dissiper. »

En jetant un coup d'œil à l'intérieur, nous pûmes voir que la seule lumière dans la chambre provenait d'une flamme bleue, terne, qui s'échappait d'un trépied en cuivre placé au milieu. Elle dessinait sur le plancher un petit cercle blafard; dans l'ombre derrière elle nous aperçûmes deux silhouettes recroquevillées contre le mur. Par la porte ouverte s'échappait une odeur infecte, asphyxiante qui nous fit tousser et hoqueter. Holmes grimpa jusqu'en haut des marches pour aspirer de l'air pur, puis il rentra dans la chambre, ouvrit une fenêtre et jeta dans le jardin le trépied incandescent.

« Nous pourrons entrer dans une minute, haleta-t-il en ressortant. Où y a-t-il une bougie? Je crains que dans une pareille atmosphère nous ne puissions enflammer une allumette. Mycroft, tiens la lanterne à la porte : tu nous éclaireras pour que nous puissions les transporter dehors. Allons-y! »

Nous prîmes notre élan et nous empoignâmes les malheureux asphyxiés pour les traîner sur le palier. Tous deux inanimés avaient les lèvres bleuies, des visages congestionnés et boursouflés, des yeux exorbités. Leurs traits étaient si

déformés que ce fut à sa barbe noire et à son
corps trapu que nous reconnûmes en l'un d'eux
l'interprète grec que nous avions quitté quelques heures plus tôt au club Diogène. Il était
ligoté aux chevilles et aux poignets et il avait
un œil tuméfié. L'autre, pareillement ligoté,
était grand et d'une maigreur squelettique; sa
figure était grotesquement rayée de taffetas
gommé. Quand nous le posâmes par terre il
avait cessé de gémir; un regard me suffit pour
comprendre que, au moins pour lui, nous étions
arrivés trop tard. M. Melas vivait encore; en
moins d'une heure, à l'aide d'ammoniaque et
de cognac alternés, j'eus la satisfaction de le
voir ouvrir les yeux : mes soins l'avaient ramené
de cette vallée obscure où aboutissent tous les
chemins de la vie.

Son histoire était bien simple : elle ne fit que
confirmer nos déductions. Son visiteur avait tiré
une matraque de sa manche et l'avait si bien
terrorisé que pour ne pas être tué sur l'heure
l'interprète grec s'était laissé kidnapper une
deuxième fois. En vérité ce bandit au petit rire
l'avait quasi hypnotisé, car le malheureux linguiste ne pouvait parler de lui qu'en claquant
des dents. Il avait été conduit à toute vitesse à
Beckenham et il avait encore servi d'interprète
pour une conversation encore plus dramatique

que la première : les deux Anglais avaient en effet menacé leur prisonnier d'une exécution immédiate s'il ne se conformait pas à leurs exigences. Finalement, le trouvant inflexible, ils le ramenèrent dans sa prison. Puis ils dirent à Melas qu'ils avaient lu l'annonce dans les journaux; ils l'étourdirent d'un coup de matraque, et il ne se souvenait plus de rien jusqu'au moment où il nous avait vus penchés sur lui.

Telles furent les péripéties de l'affaire singulière de l'interprète grec, dont l'explication demeurait encore un tant soit peu mystérieuse. Nous découvrîmes, grâce à notre correspondant de Lower Brixton, que l'infortunée jeune femme appartenait à une riche famille grecque et qu'elle était venue en Angleterre séjourner chez des amis. Elle avait rencontré un jeune homme qui s'appelait Harold Latimer, qui avait acquis beaucoup d'ascendant sur elle et qui l'avait persuadée de s'enfuir en sa compagnie. Ses amis, navrés de cette fugue, s'étaient bornés à informer son frère à Athènes; après quoi ils ne s'étaient plus occupés de rien. Dès son arrivée en Angleterre le frère de la jeune fille s'était imprudemment placé sous la coupe de Latimer et de son complice, qui s'appelait Wilson Kemp et dont les antécédents étaient détestables. Ces deux bandits s'aperçurent que son ignorance de la langue anglaise le laissait désarmé entre leurs mains; ils le séquestrèrent et s'efforcèrent, en le soumettant au plus cruel des régimes, d'obtenir qu'il signât une renonciation à ses biens et à ceux de sa sœur. Ils l'avaient emprisonné sans que la jeune fille le sût, et ils l'avaient maquillé de taffetas gommé afin qu'elle ne pût le reconnaître dans le cas où elle l'apercevrait. Son intuition féminine cependant ne l'avait pas trompée lors de la première visite de l'interprète. Mais la pauvre Grecque était elle aussi prisonnière : il n'y avait dans la maison personne d'autre que le cocher et sa femme qui étaient les instruments passifs des deux complices. Quand ceux-ci avaient compris que leur secret était percé et que leur prisonnier se refuserait à signer, ils s'étaient enfuis avec la jeune fille de la maison qu'ils avaient louée; mais avant de partir ils avaient voulu se venger de l'homme qui les avait défiés et de celui qui les avait trahis.

Quelques mois plus tard une curieuse dépêche de Budapest parut dans la presse. Elle annonçait que deux Anglais, voyageant avec une jeune femme, avaient eu une fin tragique. Ils avaient été poignardés. La police hongroise émettait l'opinion qu'ils s'étaient disputés et qu'ils s'étaient infligés à chacun des blessures mortelles... Holmes est d'un avis différent. Il soutient que si la jeune Grecque pouvait être retrouvée, on apprendrait sans doute que ses malheurs et ceux de son frère ont été bien vengés.

## CHAPITRE X

# LE TRAITÉ NAVAL

Le mois de juillet qui suivit mon mariage a été rendu mémorable par trois affaires du plus grand intérêt et à l'occasion desquelles j'ai eu le privilège d'être associé à Sherlock Holmes et d'étudier sa manière. Je les retrouve dans mes notes sous les titres que voici : « L'aventure de la deuxième tache », « L'aventure du traité naval » et « L'aventure du capitaine fatigué ». La première toutefois touche à des questions d'une telle importance et met en cause tant de familles célèbres dans le royaume qu'elle ne pourra pas être rendue publique avant de nombreuses années. C'est dommage, car jamais Holmes n'a mieux illustré la valeur de sa méthode analytique, et jamais non plus il n'a si profondément impressionné ceux qui dans cette affaire ont travaillé avec lui. Je détiens encore un résumé de la conversation au cours de laquelle il démontra la vérité des faits à M. Dubuque, de la police parisienne, et à Fritz von Waldbaum, le fameux spécialiste de Dantzig, qui s'étaient tous deux fourvoyés sur de fausses pistes. Mais il faudra bien qu'un siècle s'écoule avant que tout ceci puisse être conté. En attendant, je passe au second titre de ma liste. Le problème qu'il évoque faillit prendre, à un moment donné, une importance nationale. Plusieurs incidents lui confèrent un caractère très particulier.

Pendant mes études j'avais été intimement lié avec un garçon du nom de Percy Phelps, qui avait presque mon âge mais qui était en avance de deux classes sur moi. Très brillant élève, il remportait tous les premiers prix de l'école, et il couronna ses exploits en obtenant une bourse pour Cambridge. Il appartenait, je m'en souviens, à une famille très distinguée : même au temps où nous étions petits garçon, nous savions que le frère de sa mère était Lord Holdhurst, l'espoir n° 1 du parti conservateur. Cette éclatante parenté, à l'école, ne lui rapporta guère. Au contraire nous trouvions piquant de l'entraîner sur le terrain de jeux et de lui administrer sur les tibias quelques coups bien appliqués. Mais quand il fit son entrée dans le monde

ce fut différent. J'entendis dire que ses capacités et l'influence à l'abri de laquelle il les
exerçait lui avaient valu une bonne situation
au Foreign Office. Et puis je l'oubliai tout à
fait jusqu'à ce que la lettre suivante me rappe-
lât son existence :

*Briarbrae, Woking.*

*Mon cher Watson,*

*J'espère que tu n'as pas oublié un certain
Phelps, qui était en cinquième année quand tu
étais en troisième. Il est même possible que tu
aies appris que, grâce à l'influence de mon
oncle, j'ai occupé une place intéressante au
Foreign Office, et acquis une situation toute de
confiance et d'honneurs. Un horrible malheur
est venu ruiner ma carrière.*

*Il est inutile que je t'écrive les détails de cet
événement terrible. Dans le cas où tu accéde-
rais à ma requête, j'aurai à te les relater. Je
relève d'une fièvre cérébrale qui m'a tenu neuf
semaines alité, et je suis encore excessivement
faible. Crois-tu que tu pourrais conduire chez
moi ton ami M. Holmes? Je désire avoir son
opinion sur l'affaire, bien que les autorités offi-
cielles m'aient affirmé qu'il n'y avait plus rien*

à tenter. Je te demande de me l'amener le plus
tôt possible. Chaque minute me paraît durer
une heure depuis que je vis dans cette incerti-
tude mortelle. Dis-lui bien que si je n'ai pas
requis plus tôt ses conseils, ce n'était pas parce
que je doutais de ses talents, mais parce que
j'avais perdu la raison. Maintenant je l'ai retrouvée, mais je n'ose pas encore penser trop
car je redoute une rechute. Comme tu le vois,
je suis dans un tel état de faiblesse que j'ai dicté
cette lettre. Je t'en prie, fais ton possible pour
venir avec ton ami.

   *Ton vieux camarade,*

                          *Percy Phelps.*

Dans cette lettre il y avait quelque chose de
touchant : c'étaient ses appels réitérés, pitoyables,
pour que je lui présentasse Holmes. J'en fus
si ému que, même si j'avais dû pour cela me
heurter à des difficultés majeures, j'aurais néanmoins essayé. Mais je savais que Holmes aimait
tellement son art qu'il était aussi disposé à
accorder son aide que son client à la solliciter.
Ma femme convint avec moi qu'il n'y avait pas
un moment à perdre, si bien qu'une heure après
avoir pris mon petit déjeuner je me retrouvai
une fois de plus dans mon ancien logement de
Baker Street.

Holmes, vêtu d'une robe de chambre, était assis devant sa table et absorbé par une analyse chimique. Une grosse cornue bouillait furieusement sur la flamme bleue d'un bec de Bunsen, et les gouttes distillées se condensaient dans un récipient gradué de deux litres. Ce fut à peine si mon ami me lança un coup d'œil quand j'entrai, et moi, comprenant que son analyse devait être d'importance, je pris place sur un fauteuil et attendis. Il s'affaira avec divers flacons, aspira quelques gouttes de chaque au moyen d'une pipette, et finalement posa sur la table une éprouvette qui contenait une solution. Dans sa main droite il tenait une bande de tournesol.

« Vous me trouvez en pleine crise, Watson! Si ce papier reste bleu, tout va bien. S'il vire au rouge, un homme sera pendu! »

Il plongea le tournesol dans l'éprouvette; aussitôt le papier prit une teinte cramoisie foncée et peu appétissante.

« Hum! Voilà bien ce que je pensais! s'écriat-il. Dans une minute je suis à votre disposition, Watson. Vous trouverez du tabac dans mes babouches. »

Il alla à son bureau, griffonna plusieurs télégrammes qu'il confia au groom. Puis il se jeta sur un fauteuil en face de moi et releva les genoux jusqu'à ce que ses doigts pussent se croiser par-dessus ses longues jambes maigres.

« Un petit meurtre banal! fit-il. Vous venez m'apporter quelque chose de mieux, j'espère? Pour le crime vous êtes l'oiseau des tempêtes, Watson. De quoi s'agit-il? »

Je lui tendis la lettre qu'il lut avec attention.

« Elle ne nous apprend pas grand-chose! fit-il en me la rendant.

— A peu près rien.

— Et cependant l'écriture est intéressante.

— Mais ce n'est pas lui qui l'a écrite!

— Justement. C'est une écriture de femme.

— L'écriture d'un homme, voyons! protestai-je.

— Non. Cette lettre a été écrite par une femme. Et par une femme d'un caractère peu commun. Voyez-vous, tout au début d'une enquête, c'est quelque chose de savoir que son client est en contact étroit avec quelqu'un qui, soit pour le bien soit pour le mal, possède une nature exceptionnelle. Déjà cette affaire m'intéresse. Si vous êtes prêt, partons tout de suite pour Woking. Nous y rencontrerons ce diplomate en piteux état avec la dame à qui il dicte son courrier. »

Nous eûmes la chance de trouver tout de suite un train à Waterloo, et trois quarts d'heure plus tard nous étions parmi les bois de pins et les bruyères de Woking. Briarbrae était une grande maison isolée dans une vaste propriété, à quelques minutes de marche de la gare. Ayant fait passer nos cartes, nous fûmes introduits dans un salon élégant où un homme assez corpulent nous reçut avec l'hospitalité la plus généreuse. Il était sans doute plus près de quarante ans que de trente, mais ses joues étaient si roses et ses yeux si gais qu'il avait conservé des expressions d'enfant grassouillet et malicieux.

« Je suis si content que vous soyez venus! nous dit-il en nous serrant chaleureusement les mains. Tout ce matin Percy s'inquiétait à votre sujet. Ah! le pauvre vieux! Il se raccroche à toutes les branches! Son père et sa mère m'ont demandé de vous voir, car la seule mention de l'affaire est un sujet trop douloureux pour eux.

— Nous n'avons encore eu aucun détail, fit remarquer Holmes. D'après ce que je vois, vous n'êtes pas un membre de la famille? »

Notre interlocuteur parut surpris, puis, ayant promené son regard sur son costume, se mit à rire.

« Naturellement vous avez vu le mono-
gramme « J.H. » sur ma breloque! dit-il. Pendant un moment j'ai cru que vous aviez fait
une action d'éclat. Je m'appelle Joseph Harrison, et comme Percy va épouser ma sœur Annie,
je serai au moins son parent par alliance. Vous
verrez ma sœur dans la chambre de Percy, car
depuis deux mois elle n'a pas quitté son chevet.
Nous ferions aussi bien d'y aller tout de suite,
car je connais son impatience. »

La pièce où il nous conduisit était de plain-
pied avec le salon. Elle était meublée moitié
comme un boudoir et moitié comme une
chambre à coucher. Des fleurs disposées avec
beaucoup de goût étaient disséminées dans tous
tous les coins et recoins. Sur un canapé près de
la fenêtre ouverte qui laissait pénétrer les
riches senteurs du jardin et l'air embaumé de
l'été, un jeune homme très pâle, physiquement
très touché, était allongé. Une femme assise près
de lui se leva quand nous entrâmes.

« Je vais vous laisser, Percy, n'est-ce pas? »
demanda-t-elle.

Par une main il la retint.

« Comment vas-tu, Watson? fit-il cordiale-
ment. Je ne t'aurais jamais reconnu avec cette
moustache et je présume que tu ne t'attendais
guère à me voir dans cet état. Voici sans

doute ton illustre ami, M. Sherlock Holmes? »

Les présentations furent rapidement faites, et nous prîmes place sur des sièges. Le frère de la fiancée de Phelps s'éclipsa, mais celle-ci demeura, sa main dans celle du malade. Elle était très remarquable : un peu courte et épaisse, mais elle avait une merveilleuse peau mate, de grands yeux sombres d'Italienne, et un trésor de cheveux noirs comme du jais. Sa santé exubérante accentuait encore la pâleur de son compagnon, rendait plus creux, plus hagards les yeux qu'il tourna vers nous pour conter son histoire.

« Je ne veux pas vous faire perdre votre temps, commença-t-il en se redressant sur son séant, et je saute tout de suite dans l'affaire sans préambule. J'étais heureux, je réussissais bien, monsieur Holmes, et à la veille de me marier un malheur soudain s'est abattu sur moi et a anéanti tous mes espoirs.

« Watson a dû vous le dire : j'appartenais au Foreign Office et, grâce à l'entremise de mon oncle Lord Holdhurst, j'ai accédé rapidement à une situation de responsabilité. Quand mon oncle est devenu ministre des Affaires étrangères de ce gouvernement, il m'a chargé de plusieurs missions délicates dont je me suis acquitté avec succès. Il en était arrivé à se

fier absolument à mes capacités et à ma discrétion.

« Il y a près de dix semaines, exactement le
23 mai, il m'a convoqué à son bureau et, après
m'avoir complimenté sur le bon travail que
j'avais accompli, il m'a informé que j'allais
avoir à exécuter une nouvelle mission de
confiance.

« — Voici, m'a-t-il dit en prenant sur son
« bureau un rouleau de papier gris, l'original
« de ce traité secret entre l'Angleterre et l'Italie
« à propos duquel malheureusement diverses
« indiscrétions ont filtré dans la presse. Il est
« d'une immense importance qu'il n'y ait plus
« la moindre fuite. Les ambassades de France
« et de Russie paieraient fort cher pour
« connaître le contenu de ce document. Il ne
« devrait pas quitter mon bureau; mais je me
« trouve dans l'absolue nécessité d'en faire
« prendre une copie. Dans votre bureau, vous
« avez un tiroir fermant à clef?

« — Oui, monsieur.

« — Alors, prenez le traité et enfermez-le
« dedans. Je donnerai des instructions pour que
« vous puissiez demeurer ce soir après le départ
« de vos collègues, vous ferez donc votre copie
« tranquillement sans avoir à craindre d'être
« surpris. Quand vous aurez terminé, replacez

« l'original et la copie dans votre tiroir; vous
« me les apporterez et me les remettrez person-
« nellement demain matin. »

« J'ai pris les documents et...

— Un instant! interrompit Holmes. Etiez-
vous seuls pendant cette conversation?

— Seuls tous les deux.

— Dans une grande pièce?

— Dix mètres de côté, environ.

— Vous étiez au milieu?

— Oui, à peu près.

— Et vous parliez à voix basse?

— Mon oncle s'exprime toujours à voix très
basse. Quant à moi je n'ai pratiquement rien
dit.

— Merci, fit Holmes en fermant les yeux.
Poursuivez, je vous en prie!

— J'ai fait exactement ce qu'il m'avait demandé, j'ai agi selon ses indications. J'ai
attendu que les autres secrétaires fussent partis.
L'un d'entre eux, qui travaille dans mon bureau, Charles Gorot, avait à achever quelque
chose. Je l'ai laissé et suis sorti pour dîner.
Quand je suis rentré il était parti. Je voulais me
dépêcher pour copier le traité, car je savais
que Joseph, le Monsieur Harrison qui vous a
accueillis tout à l'heure, était à Londres et

qu'il prendrait le train de onze heures pour Woking : je voulais si possible le prendre aussi.

« Quand j'ai lu le traité, j'ai vu tout de suite qu'il était d'une telle importance que mon oncle n'avait nullement exagéré les commentaires qu'il m'en avait faits. Sans entrer dans les détails, je puis bien dire qu'il précisait la position de la Grande-Bretagne envers la Triple-Alliance, et qu'il laissait prévoir la politique qui serait suivie pour le cas où la flotte française s'assurerait la suprématie sur la flotte italienne en Méditerranée. Les problèmes évoqués dans ce document étaient exclusivement des problèmes navals. Au bas figuraient les signatures de hauts personnages. Je l'ai d'abord parcouru, puis je me suis attelé à ma tâche de copiste.

« C'était un long document, écrit en français, et comportant vingt-six articles distincts. J'ai travaillé avec le maximum de célérité, mais à neuf heures je n'avais copié que neuf articles; j'ai alors réalisé que je ne pourrais jamais prendre le train de onze heures. Je me sentais vaguement abruti, en partie à cause de mon dîner que je digérais mal, en partie parce que j'avais eu une rude journée de travail. Je me suis dit qu'une tasse de café m'éclaircirait les idées. Un huis-

sier est toujours de garde la nuit dans une
petite loge au bas de l'escalier, et il a l'habitude de faire chauffer du café sur une petite
lampe à alcool pour les fonctionnaires qui
assurent une permanence quelconque. J'ai donc
sonné pour le faire monter.

« J'ai été surpris d'apercevoir une femme
entrer dans mon bureau. Une grosse femme âgée
avec une tête revêche, en tablier. Elle m'a expliqué qu'elle était l'épouse de l'huissier et qu'elle
faisait le ménage des bureaux. Je lui ai dit de
m'apporter du café.

« J'ai écrit encore deux articles. Puis me sentant de plus en plus somnolent, je me suis levé
et j'ai arpenté mon bureau pour me dégourdir
les jambes. Mon café n'arrivait pas, et je me
demandais à quoi était dû ce retard. J'ai ouvert
la porte et je me suis avancé dans le couloir.
C'était un corridor en ligne droite, faiblement
éclairé, qui relie la pièce où je travaille et dont
il est la seule issue à un escalier tournant au
bas duquel se trouve la loge de l'huissier. A
mi-hauteur de l'escalier il y a un palier, avec
un autre couloir qui débouche là à angle droit.
Ce deuxième couloir aboutit, par un autre petit
escalier, à une porte utilisée par le personnel
domestique ou par les employés qui viennent
de Charles Street.

« Voici un croquis sommaire des lieux.

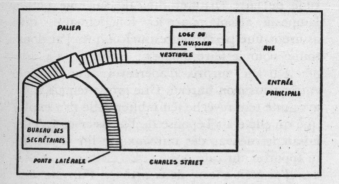

PALIER

LOGE DE
L'HUISSIER

VESTIBULE

RUE

ENTRÉE
PRINCIPALE

BUREAU DES
SECRÉTAIRES

PORTE LATÉRALE          CHARLES STREET

— Merci. Je vous suis très bien, dit Sherlock
Holmes.

— Il est très important que vous compreniez
clairement ces détails. J'ai donc descendu l'escalier et j'ai trouvé l'huissier profondément
endormi dans sa loge; la bouilloire était sur la
lampe à alcool; l'eau bouillait depuis longtemps,
car elle avait éclaboussé le plancher. J'avais
déjà allongé mon bras pour le secouer, quand
un timbre a sonné au-dessus de ma tête, et il
s'est réveillé en sursaut.

« — Monsieur Phelps, monsieur!... m'a-t-il
« dit avec ahurissement.

« — Je suis descendu pour voir si mon café
« était prêt.

« — J'avais mis l'eau à bouillir et je me suis
« endormi, monsieur! »

« Il m'a regardé, puis a levé les yeux vers le
timbre que grelottait encore, enfin il m'a dit
tout étonné :

« — Puisque vous êtes là, monsieur, qui a
« sonné?

« — Sonné? ai-je répété. De quelle sonnette
« parlez-vous?

« — De la sonnette de votre bureau, mon-
« sieur! »

« J'eus l'impression qu'une main glacée se
refermait sur mon cœur. Qui se trouvait donc
dans cette pièce où était étalé mon précieux
traité? J'ai regrimpé quatre à quatre l'escalier,
j'ai couru dans le couloir. Il n'y avait personne
dans mon bureau. Tout se trouvait exactement
dans l'état où je l'avais laissé. Mais les papiers
confiés à ma garde n'étaient plus sur la table.
Ou plutôt ma copie était là, mais plus l'original. »

Holmes se redressa sur son siège et se frotta
les mains. Je compris que ce problème le pas-
sionnait.

« Je vous en prie, qu'avez-vous fait alors?
murmura-t-il.

— Immédiatement j'ai deviné que le voleur avait dû s'introduire par la petite porte et le deuxième escalier. S'il était venu par un autre chemin, je l'aurais infailliblement rencontré.

— Vous étiez certain qu'il n'avait pas pu demeurer caché tout le temps dans votre bureau, ou dans le couloir dont vous m'avez dit qu'il était faiblement éclairé?

— C'est impossible! un rat ne pourrait même pas se dissimuler soit dans mon bureau soit dans le couloir. Il n'y a aucune cachette.

— Merci. Continuez.

— L'huissier qui avait compris à ma pâleur qu'il se passait quelque chose de grave, m'avait suivi. Tous deux nous nous sommes précipités dans le deuxième couloir et nous avons descendu l'escalier étroit qui donne sur Charles Street. En bas la porte était poussée, mais pas fermée à clef. Nous l'avons ouverte et nous avons foncé dehors. Je me rappelle clairement qu'à ce moment précis une cloche d'une église voisine a sonné trois coups. Il était dix heures moins le quart.

— Cela est d'une importance capitale, fit Holmes qui prit une note sur sa manchette.

— La nuit était très sombre il tombait une pluie fine, tiède. Il n'y avait personne en vue dans Charles Street, mais à son extrémité, dans

Whitehall, la circulation était intense comme d'habitude. Nous avons couru sur la chaussée, nu-têtes, et à l'angle nous avons trouvé un policeman en faction.

« — Un vol vient d'être commis! lui ai-je
« crié. Un document d'une importance consi-
« dérable vient d'être dérobé au Foreign Office.
« Avez-vous vu passer quelqu'un?

« — Je suis de faction ici depuis un quart
« d'heure, monsieur, m'a-t-il répondu. Je n'ai
« vu passer qu'une seule personne : une dame,
« forte et âgée, avec un châle.

« — C'est ma femme! a dit l'huissier. Per-
« sonne d'autre n'est passé par là?

« — Personne!

« — Alors le voleur a dû s'enfuir par l'autre
« extrémité! » m'a crié l'huissier en me tirant
par la manche.

« Mais cela ne me satisfaisait pas, et l'insis-
tance qu'il déployait pour me faire partir éveil-
lait mes soupçons.

« — Quel chemin a pris cette dame? ai-je
« demandé.

« — Je n'en sais rien, monsieur. Je l'ai vue
« qui passait, mais je n'avais aucun motif spé-
« cial pour la surveiller. Elle marchait vite.

« — Il y a combien de temps?

« — Oh! pas longtemps!

« — Cinq minutes, à peu près?

« — Pas plus de cinq minutes, je crois.

« — Vous ne faites que perdre votre temps, « s'est écrié l'huissier. Et chaque minute « compte! Je vous dis que ma femme n'a rien « à voir dans cette histoire! Allons plutôt à « l'autre extrémité de la rue. D'ailleurs si vous « ne venez pas, moi j'y vais! »

« Et sur ces mots il a couru dans la direction opposée. Mais j'ai eu tôt fait de le rattraper et je l'ai empoigné.

« — Où habitez-vous?

« — Au 16 de Ivy Lane, à Brixton. Mais « ne vous laissez pas entraîner sur une fausse « piste, monsieur Phelps. Venez à l'autre bout « de la rue, et voyons si nous ne pouvons rien « apprendre. »

« A suivre cet avis je ne risquais rien. Avec le policeman nous avons couru à l'autre bout. Mais nous n'avons trouvé que la rue où grouillait une circulation intense. Des passants se hâtaient pour se mettre à l'abri de la pluie. Il n'y avait pas de flâneurs à qui nous aurions pu demander un renseignement.

« Alors nous sommes revenus au ministère. Nous avons fouillé l'escalier et le couloir sans résultat. Le couloir qui aboutit à mon bureau est recouvert d'un linoléum sur lequel les em-

preintes se voient facilement. Nous l'avons examiné avec soin, mais nous n'avons trouvé aucune
trace de pas.

— Avait-il plu toute la soirée?

— Depuis sept heures environ.

— Comment se fait-il, alors, que la femme
qui est venue dans votre bureau vers neuf
heures n'ait pas laissé de marques de souliers
crottés?

— Je suis heureux que vous insistiez sur ce
point. Il m'avait frappé sur le moment. Mais
les femmes de ménage ont l'habitude de retirer
leurs souliers dans la loge de l'huissier en arrivant et de mettre des chaussons de lisière.

— Voilà qui est clair. Il n'y avait donc pas de
traces, alors qu'il pleuvait dehors! Cet enchaînement de circonstances est d'un intérêt extraordinaire. Qu'avez-vous fait ensuite?

— Nous avons examiné le bureau. Il n'existe
aucune possibilité de porte secrète, et les fenêtres sont situées à dix mètres au-dessus du
sol. D'ailleurs les deux étaient fermées de l'intérieur. Le tapis détruit l'hypothèse d'une
trappe. Le plafond est d'un plâtre très banal.
Je parierais ma vie que celui qui a dérobé mes
papiers n'a pu pénétrer que par la porte.

— La cheminée?

— Inutilisée. Il y a un poêle. Le cordon de

la sonnette pend juste à la droite de mon bureau. Celui qui l'a tiré a dû se placer tout à côté de mon bureau pour l'atteindre. Mais pourquoi un criminel a-t-il voulu sonner? Je me heurte à un mystère insoluble.

— Certainement il s'agit là d'un événement peu banal! Qu'avez-vous fait ensuite? Vous avez examiné la pièce, je suppose, pour voir si l'intrus n'avait pas laissé trace de son passage : pas de mégots, ou un gant qu'il aurait laissé tomber, ou une épingle à cheveux, ou je ne sais quoi?

— Rien.

— Pas d'odeur?

— Ma foi, nous n'y avons pas pensé.

— Ah! une odeur de tabac aurait pu nous être d'une grande utilité dans une telle enquête!

— Je ne fume pas. Je crois donc que s'il y avait eu une odeur de tabac je l'aurais sentie. Non, il n'y avait absolument aucun indice. Le seul fait tangible était que la femme de l'huissier, qui s'appelle Mme Tangey, avait quitté les lieux en hâte. L'huissier n'a pu fournir aucune explication de cette précipitation, sinon que c'était l'heure à laquelle habituellement les femmes rentraient chez elles. Le policeman et moi nous sommes tombés d'accord sur le

meilleur plan possible étant donné les circonstances : qu'il fallait mettre la main sur la
femme avant qu'elle pût se débarrasser du document, en admettant qu'elle l'eût emporté.

« Pendant ce temps, Scotland Yard avait été
alerté. M. Forbes, le détective, est arrivé aussitôt et a pris l'affaire en main avec la plus grande
énergie. Nous avons loué un fiacre. Une demi-
heure plus tard nous arrivions à l'adresse qui
nous avait été indiquée. Une jeune personne à
ouvert la porte : c'était la fille aînée de M. Tangey. Sa mère n'était pas encore rentrée. Elle
nous a introduits dans la pièce du devant pour
l'attendre.

« Dix minutes plus tard, on a frappé à la
porte. Et là nous avons commis la seule faute
grave pour laquelle je mérite d'être blâmé. Au
lieu d'ouvrir nous-mêmes, nous avons laissé ce
soin à la fille. Nous l'avons entendue dire :
« Maman, il y a deux hommes qui t'attendent. »
Et nous avons aussitôt entendu des pas qui se
précipitaient dans le couloir. Forbes a ouvert
notre porte, et tous deux nous nous sommes
précipités dans la pièce du fond, la cuisine, où
la femme nous avait précédés. Elle nous a fixés
avec des yeux méfiants, puis soudain elle m'a
reconnu, et l'expression d'une profonde surprise est passée sur son visage.

« — Mais... Mais c'est M. Phelps, du minis-
« tère!

« — Allons! Qui croyez-vous donc que nous
« étions quand vous avez couru pour nous
« échapper? a demandé mon compagnon.

« — Je croyais que vous étiez des huissiers.
« Nous sommes en difficulté avec un commer-
« çant.

« — Piètre excuse! a répondu Forbes. Nous
« avons quelques raisons de croire que vous
« avez pris un document important au Foreign
« Office et que vous vous êtes précipitée ici pour
« le cacher. Il vous faut venir avec nous à Scot-
« land Yard pour être fouillée. »

« Ça été en vain qu'elle a protesté et qu'elle
a résisté: Un grand fiacre a été commandé et
nous y avons pris place tous les trois. Auparavant nous avions examiné la cuisine, particuliè-
ment la cheminée, afin de voir si elle ne s'était
pas débarrassée du document pendant les courts
instants où elle s'était trouvée seule. Mais il n'y
avait trace ni de cendres ni de bouts de papier.
Dès son arrivée à Scotland Yard elle a été confiée
tout de suite à une policière qui l'a fouillée.
Cette attente m'a semblé interminable : j'avais
le cœur à l'agonie. Enfin la policière nous a fait
son rapport : Mme Tangey n'avait rien sur
elle.

« Pour la première fois m'est alors apparue l'horreur de ma situation. Jusque-là j'avais agi, et l'action avait engourdi ma faculté de réfléchir. J'avais été tellement sûr que j'allais récupérer le traité que je n'avais pas osé penser aux conséquences d'un échec. Mais maintenant il n'y avait plus rien à faire, et j'avais tout le loisir de méditer sur ma situation. Elle était épouvantable! Watson vous dira qu'à l'école j'étais déjà un enfant sensible, nerveux. C'est ma nature. J'ai pensé à mon oncle, à ses collègues du cabinet, à la honte dont j'allais l'accabler, dont j'allais être accablé, et dont seraient accablés tout ceux qui me touchaient de près. Certes, j'étais la victime d'un accident extraordinaire. Mais les accidents ne sont pas autorisés quand des intérêts diplomatiques sont en jeu. J'étais déshonoré. Déshonoré sans espoir. Je ne sais pas ce qui m'est arrivé. Je crois que j'ai eu une crise de nerfs. Je me rappelle confusément un groupe d'employés qui essayaient de me calmer. L'un d'entre eux m'a conduit à Waterloo et m'a mis dans le train pour Woking. Il m'aurait accompagné jusqu'à mon domicile si le docteur Ferrier, un voisin, ne s'était trouvé dans le même train. Le docteur s'est fort aimablement occupé de moi. Il a d'ailleurs bien fait car à la gare, j'ai eu une nouvelle crise et quand je suis

arrivé chez moi je n'étais plus qu'un fou déli-
rant.

« Vous imaginez la situation quand tous ici
ont été tirés de leurs lits par le coup de sonnette du docteur et quand on m'a trouvé dans
cet état. La pauvre Annie et ma mère étaient
brisées de chagrin. Le docteur Ferrier en avait
suffisamment appris par le commissaire de police
de la gare pour donner une brève idée de ce
qui m'était arrivé, et son récit n'a rien arrangé.
Tout le monde a cru que j'allais être malade
très longtemps. Notre pauvre Joseph a été
expulsé de cette jolie chambre qui a été trans-
formée en infirmerie. Pendant neuf semaines,
monsieur Holmes, je suis resté là dans le délire,
en proie à une fièvre cérébrale. Si je n'avais pas
eu Mlle Harrison et si le docteur ne m'avait
pas témoigné la vigilance la plus attentive, je ne
serais pas en train de vous parler en ce moment!
Elle a été mon infirmière pendant le jour. Pendant la nuit une garde professionnelle me veil-
lait, car dans mes accès j'étais capable de n'importe quoi. Lentement la raison m'est revenue,
mais c'est seulement depuis trois jours que j'ai
retrouvé la mémoire. Parfois je voudrais ne
l'avoir jamais retrouvée! La première chose que
j'ai faite a été de télégraphier à M. Forbes qui
avait été chargé de l'enquête. Il est venu, il

m'a déclaré qu'en dépit de tous ses efforts aucun indice n'avait été découvert. L'huissier et sa femme ont été interrogés à fond, sans que cet interrogatoire eût apporté la moindre lueur. Les soupçons de la police se sont alors reportés sur Gorot qui, vous vous en souvenez, avait veillé ce soir-là au bureau. Le fait qu'il soit resté au ministère et son nom d'origine française n'étaient que les deux seuls points qui pouvaient le rendre suspect. Mais d'autre part je n'avais pas commencé mon travail de copiste avant son départ. Par ailleurs sa famille est d'origine huguenote; toutefois il est Anglais par sympathie et par tradition autant que vous et moi. On n'a rien trouvé pour le confondre et l'affaire en est restée là. Je me tourne donc vers vous, monsieur Holmes. Vous êtes mon suprême espoir. Si vous ne réussissez pas, mon honneur et ma carrière sont pour toujours ruinés. »

Epuisé par son long récit, le malade retomba parmi les coussins. Son infirmière lui fit boire un stimulant quelconque. Holmes demeura assis, la tête rejetée en arrière et les yeux clos. Cette attitude pouvait paraître désinvolte à un étranger, mais je la connaissais et je savais qu'elle facilitait chez lui une intense concentration.

« Votre exposé a été si clair, dit-il enfin, que je ne vois que bien peu de points imprécis. Il y en a un toutefois auquel j'attache une très grande importance. Aviez-vous dit à qui que ce fût que vous étiez chargé de ce travail particulier?

— A personne.

— Même pas à Mlle Harrison, par exemple?

— Non. Je ne suis pas revenu à Woking entre le moment où j'ai reçu l'ordre et celui où j'en ai commencé l'exécution.

— Et personne de votre famille ne vous a par hasard rencontré?

— Personne.

— Est-ce que certains membres de votre famille connaissaient le chemin de votre bureau?

— Oh oui! Tous le connaissaient.

— D'ailleurs, si vous n'avez parlé du traité à personne, ces questions sont superflues.

— Je n'ai rien dit, à personne!

— Que savez-vous sur l'huissier?

— Simplement que c'est un ancien soldat.

— Quel régiment?

— Oh! on m'a dit... Coldstream Guards!

— Merci. Je suis à peu près sûr que j'aurai des détails par Forbes. Les autorités sont excellentes pour collecter les faits, mais elles ne les utilisent pas toujours au mieux. Comme c'est joli, une rose! »

Il alla du lit vers la fenêtre ouverte et soutint

la fleur penchée d'une rose moussue; en admirant la délicate harmonie du rouge et du vert.
Je découvris là un nouvel aspect de son caractère, car je ne l'avais jamais vu auparavant
s'intéresser aux créations de la nature.

« Nulle part la déduction n'est plus nécessaire que dans la religion, dit-il en s'adossant
contre les volets. Le logicien peut en faire une
science exacte. Il me semble que notre plus
forte raison de croire en la bonté de la Providence repose dans les fleurs. Toutes les autres
choses, nos qualités, nos désirs, notre nourriture,
sont réellement indispensables à notre existence.
Mais cette rose est un luxe. Son parfum et sa
couleur sont un embellissement de la vie, mais
pas une condition de la vie. C'est la bonté de la
Providence qui procure à l'homme ces superflus,
et voilà pourquoi je répète que nous devons
beaucoup espérer des fleurs. »

Percy Phelps et son infirmière regardaient
Holmes pendant cette démonstration avec un
visage qui exprimait autant de surprise que de
déception. Il s'était laissé aller à rêver tout en
gardant la rose moussue entre ses doigts. Après
quelques minutes de silence, la jeune fille intervint.

« Voyez-vous un moyen quelconque de résoudre cette énigme, monsieur Holmes? deman-

da-t-elle avec un soupçon d'âpreté dans le ton.

— Oh! l'énigme? répéta-t-il en revenant brusquement aux réalités de la terre. Eh bien, il serait absurde de nier qu'il s'agit d'une affaire très compliquée, mais je vous promets que je vais m'en occuper. Je vous tiendrai au courant.

— Voyez-vous un indice?

— Vous m'en avez fourni sept. Mais naturellement je dois les vérifier avant de pouvoir me prononcer sur leur valeur.

— Vous soupçonnez quelqu'un?

— Je soupçonne...

— Qui?

— ... Que j'ai tiré trop rapidement mes conclusions.

— Alors retournez à Londres et vérifiez-les.

— Votre conseil est très judicieux, mademoiselle Harrison! dit Holmes en se levant. Je crois, Watson, que nous ne pouvons rien faire de mieux. Ne vous laissez pas bercer par de faux espoirs, monsieur Phelps. L'affaire est très embrouillée.

— Je vivrai dans la fièvre jusqu'à ce que je vous revoie! s'écria le diplomate.

— Alors, je reviendrai demain par le même train. Mais il est plus que vraisemblable que mon rapport sera négatif.

— Que Dieu vous bénisse pour cette promesse! murmura notre client. Cela me redonne du nerf de savoir que quelqu'un va tenter quelque chose. A propos, j'ai reçu une lettre de Lord Holdhurst.

— Tiens! Que vous dit-il?

— Une lettre froide, mais pas rude. Je pense que ma maladie l'a empêché d'être sévère. Il répète que l'affaire était d'une importance capitale, et il ajoute qu'aucune décision ne sera prise quant à mon avenir, c'est-à-dire quant à mon licenciement, avant que ma santé ne soit rétablie et que j'aie la possibilité de réparer mon malheur.

— Eh bien, voilà qui est raisonnable et qui ne manque pas de gentillesse! dit Holmes. Venez, Watson, car nous avons une bonne journée de travail devant nous. »

M. Harrison nous reconduisit à la gare et nous nous trouvâmes bientôt dans le train de Portsmouth. Holmes était plongé dans de profondes méditations. Il n'ouvrit la bouche qu'aux abords de Londres.

« C'est très amusant d'arriver à Londres par ces voies surélevées qui vous permettent de voir ce qui se passe dans des maisons comme celle-ci! »

Je crus qu'il plaisantait, car le spectacle était sordide. Mais il m'expliqua :

« Regardez ces gros bâtiment isolés qui s'élèvent en bouquets au-dessus des toits d'ardoises, comme des îles en briques sur un océan couleur de plomb.

— Des écoles communales.

— Des phares, mon ami! Des phares pour l'avenir! Des capsules avec des centaines de brillants petits germes à l'intérieur de chacune, d'où sortira la meilleure, la plus sage Angleterre de demain! Je suppose que ce Phelps ne boit pas?

— Je ne crois pas.

— Moi non plus. Mais il faut bien tenir compte de toutes les éventualités. Le pauvre diable s'est certainement fourré dans des eaux très profondes, et toute la question est de savoir si nous pourrons le ramener sur la berge. Que pensez-vous de Mlle Harrison?

— Elle a du caractère.

— Oui, mais un caractère tourné vers le bien, ou je me trompe fort. Elle et son frère sont les deux seuls enfants d'un maître de forges du côté du Northumberland. Phelps s'est fiancé avec elle au cours d'un voyage l'hiver dernier, et elle était venue ici, sous la tutelle de son frère, pour être présentée à la famille de son fiancé. Puis éclata la catastrophe, et elle resta pour soigner l'homme qu'elle aimait, tandis que le frère Joseph, se trouvant confortablement choyé, restait lui aussi. Vous voyez, il m'arrive de faire quelques enquêtes tout à fait indépendantes. Mais aujourd'hui nous nous mettons en campagne.

— Ma clientèle... commençai-je.

— Oh! si vous trouvez vos propres affaires plus intéressantes que les miennes... fit Holmes sur un ton de reproche.

— J'allais vous dire que ma clientèle pouvait se passer de moi pendant un ou deux jours, puisque c'est la morte-saison.

— Parfait! s'écria-t-il en retrouvant sa bonne humeur. Alors nous nous occupons ensemble de l'affaire. Je crois que pour commencer il faut que nous voyons Forbes. Il nous donnera probablement tous les détails dont nous avons besoin. Nous finirons bien par savoir sous quel angle attaquer le problème.

— Vous avez dit que vous aviez un indice?

— Ma foi, nous en avons plusieurs. Mais c'est la suite de l'enquête qui me permettra d'en vérifier la valeur. Le crime le plus difficile à expliquer est celui qui est exécuté sans but. Or ici il y a un but. A qui le crime profite-t-il? Il y a l'ambassadeur de France, il y a le Russe, il y a tous ceux qui pourraient le monnayer auprès du plus offrant des deux, et il y a Lord Holdhurst.

— Lord Holdhurst!

— Ecoutez : il est à peine concevable qu'un homme d'Etat se trouve dans une position pareille et qu'il n'ait pas l'air de regretter la disparition d'un document si important!

— Pas un homme d'Etat qui possède le passé honorable de Lord Holdhurst!

— C'est une possibilité. Nous ne pouvons pas l'écarter à priori. Nous verrons le noble lord aujourd'hui. Nous verrons surtout s'il peut nous dire quelque chose. En attendant j'ai déjà mis mon enquête en route.

— Déjà?

— Oui. J'ai câblé de la gare de Woking aux journaux du soir de Londres. Cette annonce paraîtra dans toute la presse... »

Il me montra une feuille de son carnet. Il y était écrit au crayon : « *Récompense de dix livres à qui fournira le numéro du fiacre qui a déposé un client à la porte ou près de la porte du Foreign Office dans Charles Street, à dix heures moins le quart du soir le 23 mai. Répondre 221 B, Baker Street.* »

« Vous croyez que le voleur est venu en fiacre?

— S'il n'est pas venu en fiacre, le mal ne sera pas grand. Mais si M. Phelps ne se trompe pas quand il déclare qu'il n'y a aucune cachette

ni dans son bureau ni dans les couloirs, alors
le visiteur est venu de l'extérieur. S'il est venu
de l'extérieur par une nuit si humide, et s'il n'a
cependant laissé aucune trace de ses pas sur le
linoléum qui a été examiné quelques minutes
après son passage, il est donc extrêmement probable qu'il est venu en fiacre. Oui, je crois que
nous pouvons déduire un fiacre en toute sécurité.

— Cela paraît plausible.

— Voilà l'un des indices dont j'ai parlé. Peut-
être nous conduira-t-il quelque part. Et puis
naturellement il y a le coup de sonnette, détail
le plus extravagant de l'affaire. Pourquoi a-t-il
sonné? Est-ce le voleur qui l'a fait par bravade?
Ou est-ce quelqu'un qui se trouvait avec le
voleur et qui a sonné pour empêcher le vol? Ou
est-ce par accident? Ou est-ce?... »

Il retomba dans cet état de réflexion silencieuse d'où il avait émergé. Mais il me sembla,
à moi qui étais accoutumé à toutes ses humeurs,
qu'une nouvelle hypothèse prenait soudain
corps dans sa tête.

Nous arrivâmes à notre terminus à trois
heures vingt. Après avoir avalé hâtivement un
morceau au buffet de la gare, nous poussâmes
directement sur Scotland Yard. Holmes avait
déjà télégraphié à Forbes, qui nous attendait.
C'était un homme de petite taille, avec un visage

de renard, et des traits énergiques peu aimables. Son premier contact fut glacial, et ses manières se refroidirent encore davantage quand il apprit le but de notre visite.

« Il y a longtemps que je connais vos méthodes, monsieur Holmes! dit-il d'une voix mordante. Vous êtes toujours disposé à vous servir de tous les renseignements que la police vous offre, et puis vous essayez de conclure l'affaire vous-même en discréditant les services officiels.

— Au contraire! répondit Holmes. Sur cinquante-trois cas mon nom n'est apparu que quatre fois, et la police a tiré à elle tout le bénéfice des quarante-neuf autres. Je ne vous reproche pas de l'ignorer, car vous êtes jeune et vous manquez d'expérience. Mais si vous voulez vous débrouiller dans cette nouvelle affaire, il vous faudra travailler avec moi, et non contre moi.

— Je ne demanderais pas mieux que d'avoir un ou deux tuyaux, fit l'inspecteur en changeant de ton. Jusqu'ici je n'ai vraiment rien obtenu!

— Quelles mesures avez-vous prises?

— Tangey, l'huissier, a été filé. Il a laissé aux Gardes le souvenir d'un brave type, et nous n'avons rien trouvé contre lui. Pour sa femme, c'est autre chose. Elle ne vaut pas cher. J'ai l'impression qu'elle en sait plus long qu'elle ne veut bien le dire.

— Vous l'avez prise en filature elle aussi?

— Nous avons mis sur elle l'une de nos agentes. Mme Tangey boit, et notre agente s'est trouvée deux fois en sa compagnie quand elle avait un verre de trop, mais elle n'a rien pu en tirer.

— Ils ont eu l'huissier chez eux?

— Oui, mais ils ont payé le commerçant à qui ils devaient quelque chose.

— D'où venait l'argent?

— Nous avons vérifié. La pension du mari. Ils n'ont guère l'air d'être en fonds.

— Comment explique-t-elle qu'elle ait répondu au coup de sonnette de M. Phelps qui demandait du café?

— Elle dit que son mari était très fatigué et qu'elle voulait le soulager.

— Evidemment cela concorde avec le fait qu'on l'ait trouvé un peu plus tard endormi dans sa loge. Il n'y a donc rien contre eux, sauf le caractère de la femme. Lui avez-vous demandé pourquoi elle se dépêchait tant cette nuit-là? Sa hâte a été remarquée par le policeman.

— Elle était partie plus tard que d'habitude et elle voulait rentrer chez elle.

— Lui avez-vous fait observer que vous et M. Phelps qui étiez partis au moins vingt minutes après elle étiez arrivés avant elle?

— Elle explique ce décalage par la différence de vitesse entre un autobus et un fiacre.

— A-t-elle expliqué clairement la raison pour laquelle en rentrant elle s'est précipitée dans la cuisine?

— Parce que l'argent destiné à payer sa dette se trouvait là.

— Au moins elle a réponse à tout. Lui avez-vous demandé si en quittant le ministère elle n'avait fait aucune rencontre, ni aperçu personne flânant du côté de Charles Street?

— Elle n'a vu que le policeman.

— Eh bien, vous me semblez l'avoir interrogée tout à fait à fond! Qu'avez-vous fait d'autre?

— L'employé Gorot a été pris en filature tout au long de ces neuf semaines, mais sans résultat. Rien contre lui.

— Et quoi encore?

— Ma foi, nous n'avons rien pour marcher. Pas de preuve d'aucune sorte.

— Avez-vous une théorie à propos de ce timbre qui a sonné quand M. Phelps était dans la loge de l'huissier?

— J'avoue que je n'en reviens pas. Il faut

avoir un drôle de sang-froid pour voler et donner l'alarme ensuite!

— Oui, c'est bizarre! Je vous remercie pour
tous ces renseignements. Si je mets la main sur
l'homme, vous aurez de mes nouvelles. Venez,
Watson!

— Où allons-nous maintenant? demandai-je
une fois dehors.

— Nous allons interviewer Lord Holdhurst,
ministre du cabinet en exercice et futur premier
ministre d'Angleterre. »

Nous eûmes de la chance : Lord Holdhurst
était encore dans son bureau à Downing Street.
Holmes fit passer sa carte, et nous fûmes aussitôt introduits. L'homme d'Etat nous reçut avec
la courtoisie d'autrefois qu'il pratiquait d'une
façon remarquable. Il nous fit asseoir sur deux
fauteuils luxueux de chaque côté de la cheminée. Debout sur le tapis entre nous deux, il
avait belle allure avec sa haute taille mince,
son visage aigu et méditatif, et ses cheveux pré-
maturément bordés de gris. Il représentait ainsi
un type peu commun : un aristocrate réellement noble.

« Votre nom m'est très familier, monsieur
Holmes! dit-il en souriant. Et naturellement je
ne feindrai pas d'ignorer le motif de votre visite. Dans ces bureaux je ne vois qu'une chose

digne de retenir votre attention. Quels intérêts servez-vous, si je puis me permettre de vous poser cette question?

— Ceux de M. Percy Phelps.

— Ah! de mon infortuné neveu! Vous comprenez, n'est-ce pas, que notre lien de parenté m'interdit formellement de le couvrir si peu que ce soit? Je crains que cet incident n'entraîne pour sa carrière des conséquences fâcheuses.

— Mais si le document est retrouvé?

— Ah! ce serait différent!

— J'aurais une ou deux questions que je désirerais vous poser, Lord Holdhurst.

— Je serai heureux de vous communiquer ce qu'il est en mon pouvoir de vous dire.

— Etait-ce dans cette pièce que vous avez donné vos instructions pour la copie du document?

— Oui.

— Alors personne n'a pu vous entendre?

— C'est hors de question.

— Avez-vous mentionné devant quelqu'un qu'il était dans vos intentions de faire copier le traité?

— Jamais.

— Vous en êtes absolument certain?

— Absolument.

— Alors, puisque vous n'en avez jamais parlé,

puisque M. Phelps n'en a jamais parlé, puisque personne d'autre en dehors de vous deux n'était au courant de l'affaire, la présence du voleur dans le bureau a été purement accidentelle. Il a vu sa chance. Il l'a saisie. »

L'homme d'Etat sourit.

« Vous me faites sortir de mon département! » dit-il.

Holmes réfléchit un instant.

« Il y a encore un autre point très important que je voudrais discuter avec vous, dit-il. Vous redoutiez, à ce que j'ai compris, que la divulgation de ce traité n'entraînât de très graves conséquences? »

Une ombre passa sur le visage expressif du ministre.

« De très graves conséquences, c'est vrai.

— Et elles ne se sont pas produites?

— Pas encore.

— Si le traité était parvenu, disons à Paris ou à Berlin, vous en auriez eu l'écho?

— Je l'aurais eu, dit Lord Holdhurst en faisant la grimace.

— Près de dix semaines se sont écoulées depuis lors et vous n'avez pas eu d'écho. Serait-il anormal de supposer que pour une raison quelconque le traité n'est pas parvenu là-bas? »

Lord Holdhurst haussa les épaules.

« Nous pouvons à peine supposer, monsieur Holmes, que le voleur se soit emparé du traité pour l'encadrer et l'afficher sur son mur.

— Peut-être attend-il une enchère.

— S'il attend trop longtemps, il n'aura rien du tout. Dans quelques mois le traité ne sera plus un secret.

— Voilà qui est exceptionnellement important! dit Holmes. Bien sûr une supposition reste toujours possible : que le voleur soit tombé subitement malade.

— Un accès de fièvre cérébrale, par exemple? interrogea l'homme d'Etat en dardant sur lui un regard vif.

— Je n'ai pas dit cela! répondit Holmes imperturbable. Maintenant, Lord Holdhurst, nous avons déjà pris beaucoup trop de votre temps, et nous vous présentons nos respects.

— Je vous souhaite tout le succès possible, quel que soit le criminel! déclara le ministre en nous reconduisant à sa porte.

— Un noble caractère! me dit Holmes quand nous nous retrouvâmes dans Whitehall. Mais il doit lutter pour défendre sa position. Il est loin d'être riche, et il a beaucoup de besoins. Vous avez sans doute remarqué que ses souliers ont été ressemelés? Maintenant, Watson, je ne vous retiens plus. Retournez à votre légitime travail.

Aujourd'hui je ne ferai rien de plus, à moins que ne me parvienne une réponse à l'annonce concernant le fiacre. Mais je vous serais infiniment obligé si vous consentiez à revenir à Woking demain par le même train que ce matin. »

Je refis donc avec lui le voyage de Woking. Il m'informa qu'il n'avait pas reçu de réponse à son annonce et qu'il n'avait rien de neuf à m'offrir. Il arborait l'impassibilité d'un Indien peau-rouge; aussi ne pus-je tirer de son expression aucune indication sur la marche de l'affaire. Sa conversation porta, je me le rappelle, sur le système Bertillon des mensurations, et il manifesta un vif enthousiasme pour le savant français.

Nous trouvâmes notre client encore sous la garde de son infirmière dévouée, mais il semblait aller beaucoup mieux que la veille. Il se leva du canapé sans difficulté pour nous accueillir.

« Avez-vous des nouvelles? demanda-t-il tout de suite.

— Mon rapport est, comme je l'avais prévu, négatif, répondit Holmes. J'ai vu Forbes, j'ai vu votre oncle, et j'ai mis en train quelques enquêtes qui aboutiront peut-être à quelque chose.

— Vous n'êtes pas découragé?

— Pas du tout!

— Que Dieu vous bénisse pour cette parole! s'écria Mlle Harrison. Si nous persévérons dans le courage et la patience, la vérité triomphera.

— Nous avons ici plus à vous dire que ce que vous nous avez dit, dit Phelps en se rasseyant sur le canapé.

— J'espérais que vous auriez peut-être du neuf.

— Oui, pendant la nuit nous avons eu une aventure. Et une aventure qui aurait pu devenir grave... »

Son visage devint très sérieux et, à l'arrière-plan de son regard, je crus discerner comme de la peur.

« ... Savez-vous, dit-il, que je commence à croire que je suis la cible inconsciente d'une conspiration monstrueuse, et que ma vie est visée autant que mon honneur?

— Ah! s'écria Holmes.

— Cela paraît incroyable, car je ne me connais pas d'ennemis sur cette terre. Pourtant, à la suite de mon expérience de la nuit dernière, j'en suis venu à une conclusion différente.

— Je vous en prie, parlez!

— Apprenez d'abord que c'était ma première nuit sans garde dans ma chambre. Je me sentais tellement mieux que j'ai cru pouvoir me

passer d'infirmière. J'avais cependant une veil-
leuse allumée. Eh bien, je m'étais assoupi
quand, vers deux heures du matin, je fus brusquement réveillé par un bruit léger. Un bruit
qui ressemblait à celui que fait une souris
quand elle grignote une planche. Je demeurai
quelques instants à écouter, avec l'impression
que c'était effectivement une souris. Puis le
bruit s'accentua et de la fenêtre résonna un
son sec métallique. Du coup je me mis sur mon
séant. Il ne pouvait pas y avoir de doute : les
bruits faibles avaient été causés par quelqu'un
qui forçait un instrument dans la fente entre
les chassis, et le bruit plus fort par l'espagnolette
qu'on poussait.

« Pendant dix minutes je n'entendis plus
rien : comme si on voulait vérifier que le bruit
ne m'avait pas réveillé. Puis je surpris un léger
grincement et la fenêtre s'ouvrit lentement. Je
ne sus pas me maîtriser plus longtemps car mes
nerfs ne sont plus aussi solides. Je sautai à bas
de mon lit et ouvrit tout grands les volets inté-
rieurs. Un homme était accroupi près de la
fenêtre. Je ne pus pas voir grand-chose de lui,
car il fila comme un éclair. Il était enveloppé
dans une sorte de cape, qui recouvrait la partie
inférieure de son visage. Une chose dont je suis
sûr, c'est qu'il avait une arme dans la main. Je

crus reconnaître un long couteau. Je le vis briller quand l'inconnu se tourna pour fuir.

— Cela est très intéressant, dit Holmes. Et qu'avez-vous fait ensuite?

— Si j'avais été plus fort, je l'aurais poursuivi par la fenêtre ouverte. Je sonnai et réveillai la maison. Cela me prit du temps car la sonnette aboutit à la cuisine et les domestiques dorment tous en haut. Je criai, cependant, ce qui fit descendre Joseph qui alerta le reste de la maisonnée. Joseph et le groom découvrirent des traces de pas dans la plate-bande sous la fenêtre, mais la sécheresse de la saison est telle qu'ils n'ont pas pu suivre la piste sur l'herbe. Il y a un endroit, cependant, sur la haie en bois qui longe la route où se trouvent des traces, m'ont-ils dit, laissant supposer que quelqu'un a sauté par-dessus et l'a abîmée. Je n'ai pas encore averti la police locale, car je préférais avoir au préalable votre avis. »

Le récit de notre client sembla avoir produit un effet extraordinaire sur Holmes. Il se leva de sa chaise et arpenta la chambre dans une excitation incontrôlable.

« Un malheur n'arrive jamais seul! » conclut Phelps en souriant.

Mais il était évident que cette nouvelle aventure l'avait secoué.

« Vous avez eu votre part! dit Holmes. Croyez-vous que vous pourriez faire le tour de la maison avec moi?

— Oh oui! J'aimerais bien un peu de soleil. Joseph viendra aussi.

— Et moi également, dit Mlle Harrison.

— Je crains que non, répondit Holmes en secouant la tête. Je pense que je dois vous prier de demeurer assise exactement là où vous êtes assise. »

La jeune fille se rassit, visiblement mécontente. Son frère, par contre, nous rejoignit et nous partîmes tous les quatre. Nous longeâmes la pelouse pour nous diriger vers la fenêtre du jeune diplomate. Comme il nous l'avait dit, il y avait des empreintes sur la plate-bande, mais elles étaient brouillées et imprécises. Holmes se pencha quelques instants puis se releva en haussant les épaules.

« Personne ne pourrait en tirer quoi que ce fût! dit-il. Faisons le tour de la maison et voyons pourquoi cette pièce en particulier a été choisie par le cambrioleur. J'aurais cru que les fenêtres plus larges du salon ou de la salle à manger lui auraient mieux convenu.

— Elles sont plus visibles de la route, suggéra M. Joseph Harrison.

— Ah! oui, bien sûr! Il y a ici une porte

qu'il aurait dû essayer de forcer. A quoi sert-elle?

— C'est l'entrée des fournisseurs. Naturellement elle est fermée à clef pendant la nuit.

— Aviez-vous déjà eu une alerte semblable auparavant?

— Jamais, répondit notre client.

— Détenez-vous dans la maison de la vaisselle ou de l'argenterie qui pourrait tenter les cambrioleurs?

— Aucun objet de valeur. »

Holmes se promenait, mains aux poches, et l'air insouciant, ce qui était tout à fait contraire à ses habitudes.

« A propos, dit-il à Joseph Harrison, vous avez trouvé un endroit, paraît-il, par où le voleur ou présumé tel aurait escaladé la clôture. Allons voir! »

Le jeune homme nous conduisit à un endroit où le barreau supérieur de la clôture avait été fendu. Un petit morceau de bois y était encore accroché. Holmes le retira et l'examina attentivement.

« Vous croyez que cela date de la nuit dernière? J'ai l'impression que c'est plus ancien, non?

— Ma foi, c'est bien possible!

— Je ne vois nulle part que quelqu'un aurait

sauté de l'autre côté. Non, je crois que nous n'obtiendrons aucun renseignement par ici. Rentrons dans la chambre pour parler un peu. »

Percy Phelps marchait très lentement, et s'appuyait sur le bras de son futur beau-frère. Holmes traversa rapidement la pelouse et nous arrivâmes devant la fenêtre ouverte de la chambre bien avant eux.

« Mademoiselle Harrison, dit Holmes en parlant avec une intensité farouche, il faut que vous restiez toute la journée là où vous êtes. Que rien ne vous empêche de rester là toute la journée! C'est d'une importance vitale!

— Certainement, puisque vous le désirez, monsieur Holmes! répondit la jeune fille avec étonnement.

— Quand vous irez vous coucher, fermez à clef la porte de cette chambre à l'extérieur, et gardez la clef. Vous me promettez de le faire?

— Mais Percy?...

— Il va venir à Londres avec nous.

— Et il faut que je reste ici?

— C'est pour lui. Vous pouvez lui rendre service! Vite! Promettez! »

Elle fit un signe de tête affirmatif juste au moment où les deux autres arrivaient à notre hauteur.

« Pourquoi broies-tu du noir dans cette

chambre, Annie? s'écria son frère. Va faire un tour au soleil.

— Non, merci, Joseph. J'ai un peu mal à la tête. Cette chambre est délicieusement fraîche et reposante.

— Que proposez-vous maintenant, monsieur Holmes? interrogea notre client.

— Voilà : en enquêtant sur cette affaire mineure, nous ne devons pas perdre de vue notre enquête principale. Cela me serait très utile si vous pouviez venir à Londres avec nous.

— Tout de suite?

— Eh bien, aussitôt que vous le pourrez. Disons dans une heure.

— Je me sens tout à fait costaud, si je puis vous être vraiment utile.

— Très utile!

— Peut-être me demanderez-vous de rester à Londres cette nuit?

— J'allais vous le proposer.

— Si bien que si mon visiteur du soir revient me voir, il trouvera l'oiseau envolé. Nous nous sommes tous remis entre vos mains, monsieur Holmes, et vous n'avez qu'à nous dire exactement ce que vous désirez nous voir faire. Peut-être voulez-vous que Joseph nous accompagne, ne serait-ce que pour veiller sur moi?

— Oh! non! Mon ami Watson est médecin,

vous le savez, et il veillera sur vous. Si vous le
permettez nous déjeunerons ici, après quoi nous
partirons ensemble tous les trois pour Londres. »

Tout s'arrangea comme il l'avait suggéré.
Pourtant Mlle Harrison s'excusa de ne pas quitter la chambre, conformément à la promesse
qu'elle avait faite à Holmes. J'étais incapable
de concevoir le dessein de mon ami, en dehors
du fait qu'il tenait à séparer les deux fiancés.
Phelps, tout réjoui de son rétablissement physique et par la perspective de l'action, déjeuna
avec nous dans la salle à manger. Mais Holmes
nous réservait une surprise encore plus éton-
nante car, après nous avoir accompagnés jusqu'à
la gare et nous avoir installés dans le compartiment, il nous annonça tranquillement qu'il
n'avait nullement l'intention de quitter Woking.

« Il subsiste deux ou trois petits points que
je désirerais éclaircir avant de partir, dit-il.
Votre absence, monsieur Phelps, me sera d'une
certaine manière utile. Watson, quand vous arriverez à Londres, vous me ferez le plaisir de
vous rendre immédiatement à Baker Street avec
notre ami, et de lui tenir compagnie jusqu'à
ce que je revienne. Il est heureux que vous
soyez de vieux camarades, vous devez avoir beaucoup de choses à vous raconter. Monsieur Phelps

peut coucher dans ma chambre : je serai de
retour pour le petit déjeuner. Il y a un train
qui me ramènera à Waterloo à huit heures.

— Mais en ce qui concerne notre enquête
à Londres? interrogea Phelps, maussade.

— Elle peut attendre demain. Je crois que
c'est ici que je vous serai le plus utile pour
l'instant.

— Vous pouvez annoncer à Briarbrae que
j'espère être de retour demain soir! cria Phelps
au moment où le train démarrait.

— Je ne crois guère qu'on me verra à Briarbrae! » répondit Holmes en agitant joyeusement sa main.

Phelps et moi passâmes notre voyage à bavarder, mais ni lui ni moi ne pouvions trouver
un motif satisfaisant à cette nouvelle tournure
de l'affaire.

« Je suppose qu'il désire recueillir un indice
relatif au cambriolage de la nuit dernière. Pour
ma part je ne crois pas que c'était un cambrioleur ordinaire.

— Quelle est ton idée alors?

— Je t'assure, et tu peux bien en imputer la
raison à mes nerfs fatigués, mais je crois vraiment qu'une intrigue politique se développe
autour de moi et que, pour une cause qui me
dépasse, les conspirateurs en veulent à ma vie.

Cela paraît emphatique, absurde, mais considère les faits! Pourquoi un voleur essaierait-il
de forcer la fenêtre d'une chambre à coucher
où il n'y a rien à voler, et pourquoi viendrait-il
armé d'un grand couteau?

— Tu es sûr qu'il ne s'agissait pas d'une
pince-monseigneur?

— Oh! il s'agissait bel et bien d'un couteau!
J'ai vu luire la lame distinctement.

— Mais pourquoi diable serais-tu poursuivi
d'une telle animosité?

— Ah! voilà la question!

— Eh bien, si Holmes a la même opinion,
cela entre en ligne de compte pour son plan
d'action, n'est-ce pas? S'il croit que ta thèse
est exacte, s'il peut mettre la main sur l'homme
qui t'a menacé la nuit dernière, il aura fait un
grand pas vers l'identification du voleur du
traité naval. Il serait absurde de supposer que
tu as deux ennemis, l'un te volant, et l'autre
en voulant à ta vie.

— Mais M. Holmes a déclaré qu'il ne retour-
nerait pas à Briarbrae!

— Je le connais depuis longtemps, dis-je.
Mais je ne l'ai jamais vu agir sans une bonne
raison, crois-moi! »

Là-dessus notre conversation bifurqua vers
d'autres sujets.

Ce fut une journée épuisante pour moi. Phelps était encore affaibli après sa longue maladie, et ses malheurs l'avaient rendu nerveux, grognon. En vain, je m'efforçai de l'intéresser à l'Afghanistan, aux Indes, à des problèmes sociaux, à tout ce qui pouvait le distraire. Il revenait toujours à son traité disparu. Il se demandait en émettant toutes sortes de conjectures ce que faisait Holmes, quelles mesures allait prendre Lord Holdhurst, quelles nouvelles nous aurions le lendemain matin. Vers le soir, son énervement devint tout à fait pénible.

« Tu as foi en Holmes? me demanda-t-il.

— Je l'ai vu accomplir des choses remarquables.

— Mais a-t-il jamais éclairci une affaire aussi sombre que celle-là?

— Oh oui! Je l'ai vu résoudre des problèmes avec encore moins d'indices que dans le tien.

— Mais pas de problème où de tels intérêts sont en jeu?

— Cela, je ne le sais pas. Je sais par contre qu'il a agi pour le compte de trois des familles régnantes d'Europe dans des affaires essentielles.

— Mais toi tu le connais bien, Watson! C'est un personnage si imperméable! Je ne sais absolument pas quoi penser. Crois-tu qu'il a de l'espoir? Crois-tu qu'il compte réussir?

— Il n'a rien dit.

— Mauvais signe!

— Au contraire! J'ai remarqué que lorsqu'il ne trouve pas la piste généralement il l'avoue. C'est quand il est sur la bonne piste, mais quand il n'en est pas toutefois absolument sûr qu'il est le plus volontiers taciturne. Mon cher ami, il ne sert à rien de s'énerver. Alors consens à te mettre au lit, afin d'être frais et dispos pour toutes les éventualités qui peuvent se présenter demain. »

Je parvins à persuader mon ami de suivre mon conseil, mais son excitation ne me laissait guère espérer qu'il trouverait le sommeil. D'ailleurs son humeur était contagieuse, car je passai moi-même plus de la moitié de la nuit à retourner cette étrange affaire dans ma tête et à inventer une bonne centaine de théories, toutes plus impraticables les unes que les autres. Pourquoi Holmes était-il resté à Woking? Pourquoi avait-il demandé à Mlle Harrison de demeurer dans la chambre du malade toute la journée? Pourquoi avait-il veillé à ne pas informer les gens de Briarbrae qu'il resterait? Je me torturai la cervelle jusqu'à ce que je m'effondrasse de fatigue.

Je me réveillai à sept heures, et je me dirigeai aussitôt vers la chambre de Phelps; il était défait, il n'avait pas dormi de la nuit. Sa première question porta sur le retour de Holmes.

« Quand il promet, il tient, lui répondis-je. Et l'heure, pour lui, c'est l'heure : ni plus tôt ni plus tard. »

Je disais vrai, car peu après huit heures un fiacre s'arrêta et notre ami en sortit. Debout à la fenêtre, nous aperçûmes sa main gauche emmaillotée dans un pansement; il avait le visage très sombre, blême. Il entra dans la maison, mais quelques secondes s'écoulèrent avant qu'il n'arrivât en haut de l'escalier.

« Il a l'air d'un homme battu! » s'écria Phelps.

Je fus obligé d'admettre qu'il avait raison.

« Après tout, dis-je, la clef de l'énigme se trouve probablement ici à Londres. »

Phelps poussa un gémissement.

« Je ne sais pas ce qu'est cette clef. Mais j'avais tant espéré de son retour! Il n'avait pas la main bandée hier? Que s'est-il donc passé?

— Vous n'êtes pas blessé, Holmes? demandai-je à mon ami qui entrait dans le salon.

— Tut, une égratignure due à une maladresse de ma part! répondit-il. Votre affaire, monsieur Phelps, est sans conteste l'une des plus sombres que j'aie jamais eues entre les mains.

— Je craignais que vous ne la trouviez hors de votre portée.

— Ç'a été une aventure passionnante.

— Ce pansement évoque en effet une aventure, dis-je. Nous raconterez-vous ce qui est arrivé?

— Après le petit déjeuner, mon cher Watson. Rappelez-vous que j'ai dans les poumons cinquante kilomètres de l'air du Surrey. Je suppose qu'il n'y a eu aucune réponse à mon annonce concernant le fiacre? Hé oui, on ne peut pas à chaque fois marquer un point! »

La table était prête et, au moment où j'allais sonner, Mme Hudson apporta le thé et le café. Quelques instants plus tard nous avions pris place : Holmes vorace, moi curieux, Phelps au dernier degré de l'abattement.

« Madame Hudson s'est élevée à la hauteur des circonstances, fit Holmes en découvrant un plat de poulet au curry. Sa cuisine n'est pas variée, mais en sa qualité d'Ecossaise elle sait ce que c'est qu'un petit déjeuner. Qu'est-ce que vous avez là, Watson?

— Des œufs au jambon.

— Bien! Que prendrez-vous, monsieur Phelps : du poulet au curry, des œufs, ou voulez-vous vous servir vous-même?

— Merci. Je ne pourrais rien avaler.

— Oh! allons! Prenez de ce plat-là, devant vous.

— Merci vraiment. Je ne pourrais pas!

— Alors, fit Holmes avec un clin d'œil malicieux, vous ne voyez pas d'inconvénient à me servir? »

Phelps ôta le couvercle, et il poussa un cri. Il devint aussi blanc que son assiette. Au milieu du plat il y avait un petit rouleau de papier gris bleuté. Il s'en empara, le dévora du regard, se leva et esquissa dans la pièce une série d'entrechats tout en pressant le précieux document contre son cœur. Il hurlait de joie. Puis il tomba dans un fauteuil, tellement épuisé par son émotion qu'il nous fallut lui faire boire un verre de cognac pour l'empêcher de s'évanouir.

« Là! Là! faisait Holmes en tapotant sur son épaule. Je sais bien que je vous ai fait languir. Mais Watson vous dira que je suis incapable de me refuser une note dramatique. »

Phelps lui prit la main et l'embrassa.

« Que Dieu vous bénisse! s'écria-t-il. Vous m'avez rendu mon honneur!

— Hé, c'est que le mien était en jeu! fit Holmes. Je vous assure qu'il est aussi déshonorant pour moi d'échouer dans une affaire que pour vous de rater une mission. »

Phelps enfouit le précieux document dans la poche intérieure de sa veste.

« Je n'ose pas interrompre plus longtemps votre petit déjeuner, dit-il, et pourtant je meurs d'envie de savoir comment vous l'avez récupéré et où il était. »

Sherlock Holmes avala une tasse de café et s'intéressa aux œufs au jambon. Après quoi il se leva, alluma une pipe et s'installa commodément dans un fauteuil.

« Je vais vous dire ce que j'ai fait et comment j'ai agi. Après vous avoir quittés à la gare, j'ai entrepris une charmante promenade à travers la ravissante campagne du Surrey vers un joli petit village qui s'appelle Riphey. Là, j'ai bu mon thé à l'auberge, et je n'ai pas omis de remplir ma gourde ni de bourrer mes poches de sandwiches. Je suis resté là jusqu'au soir. Puis je suis reparti pour Woking, et je suis arrivé juste après le coucher du soleil sur la grand-route près de Briarbrae.

« Naturellement j'ai attendu que la route soit déserte, et j'ai l'impression qu'elle n'est jamais très fréquentée, avant d'escalader la clôture pour pénétrer dans la propriété.

— Mais la grille était ouverte? objecta Phelps.

— Oui. Mais j'ai des goûts particuliers en ce domaine. J'ai choisi l'endroit où se dressent les trois pins et, à l'abri de leur ramure je me suis introduit sans que personne dans la maison eût pu me voir. Je me suis tapi au milieu des buissons, puis j'ai rampé de l'un à l'autre... Considérez plutôt l'état déplorable des genoux de mon pantalon! Finalement j'ai atteint le bosquet de rhododendrons en face de la fenêtre de votre chambre. Là je me suis accroupi et j'ai attendu la suite des événements.

« Le store n'était pas baissé; je voyais Mlle Harrison assise qui lisait à côté de la table. A dix heures et quart elle ferma son livre, attacha les volets, et se retira. Je l'entendis fermer la porte, et je me sentais à peu près sûr qu'elle avait tourné la clef dans la serrure.

— La clef? s'étonna Phelps.

— Oui. J'avais donné à Mlle Harrison des instructions pour fermer la porte à clef de l'extérieur et d'emporter ladite clef quand elle irait se coucher. Elle suivit ces recommandations à la lettre, et il est certain que sans sa coopération vous n'auriez pas le document dans votre poche. Elle sortit donc, les lumières s'éteignirent, et je fus abandonné à mes rhododendrons.

« La nuit était belle, mais ma faction s'avéra très fatigante. Bien sûr, elle comportait cette part d'excitation que ressent le chasseur quand il est allongé près d'un cours d'eau et qu'il attend le gros gibier. Mais ce fut très long! Presque aussi long, Watson, que lorsque vous et moi avons attendu de concert dans cette chambre mortelle où nous avons résolu le petit problème du « Ruban Moucheté [1] ». A Woking la cloche d'une église sonne les quarts d'heure. Plus d'une fois j'ai cru que l'horloge était arrêtée. Finalement, vers deux heures du matin, j'entendis tout à coup le bruit léger d'un verrou qu'on poussait, et le grincement d'une clef. Un instant plus tard, la porte latérale des fournisseurs s'ouvrit et M. Joseph Harrison se présenta au clair de lune.

— Joseph! s'exclama Phelps.

— Il était nu-tête, mais il avait une cape noire rejetée par-dessus l'épaule, si bien qu'il pouvait se cacher le visage en cas d'alerte. Il avança sur la pointe des pieds dans l'ombre du mur. Quand il arriva devant la fenêtre il glissa un long couteau à travers le châssis et poussa l'espagnolette. Alors il ouvrit toute grande la fenêtre et, passant le même couteau à travers l'entrebâillement des volets, il leva la barre et les écarta.

« De l'endroit où je me trouvais j'avais une vue parfaite de la chambre et je suivis un à un tous ses mouvements. Il alluma les deux bougies

placées sur la cheminée, puis il retourna le coin
du tapis près de la porte. Bientôt il se baissa et
retira une plinthe du plancher, comme font les
plombiers quand ils ont à réparer une canalisa-
tion de gaz. Or, cette plinthe recouvre, c'est un
fait, la jointure en T où s'amorce le tuyau
qui dessert la cuisine en dessous. De cette
cachette il sortit ce petit rouleau de papier,
replaça la plinthe, remit le tapis comme avant,
souffla les bougies et tomba dans mes bras car
je l'attendais devant la fenêtre pour le cueillir
au vol.

« Ma foi, il est plus méchant que je ne l'aurais cru, ce Joseph! Il fonça sur moi avec son
couteau. Je dus l'étendre deux fois sur le sol.
Il m'entailla les articulations du doigt. Tout
cela avant que je pusse le maîtriser complètement. Il ne pouvait plus voir que d'un œil, mais
de cet œil-là il me lançait un regard assassin...
Bref il finit par écouter la voix de la raison et
me remit le document. L'ayant récupéré, je
laissai aller mon homme, mais j'ai câblé à
Forbes ce matin quelques détails. S'il est assez
rapide pour capturer l'oiseau, qu'il s'en dé-
brouille! Mais si, comme je m'en doute, il
trouve le nid vide, ma foi, tant mieux pour le
gouvernement! J'ai l'impression que Lord Holdhurst d'un côté, et M. Percy Phelps de l'autre

ne tiendraient pas du tout à ce que l'affaire fût
soumise à la publicité d'un tribunal!

— Mon Dieu! haleta notre client. Voulez-vous
dire que pendant ces dix longues semaines de
détresse, les papiers volés étaient dans ma
chambre?

— Mais oui!

— Et Joseph! Joseph un gredin, un voleur!

— Hum! J'ai peur que le caractère de Joseph
ne soit moins superficiel et plus dangereux qu'on
ne le croirait au premier abord. D'après ce que
je tiens de lui-même, il a perdu gros en jouant
à la bourse et il aurait fait n'importe quoi pour
redresser sa situation. Comme il est monstrueu-
sement égoïste, dès qu'une chance s'est présentée
il ne s'est soucié ni du bonheur de sa sœur ni
de votre réputation. »

Percy Phelps s'affaissa dans son fauteuil.

« Ma tête tourne! dit-il. Vos propos m'ont
abasourdi.

— La principale difficulté dans votre affaire,
observa Holmes sur son mode didactique, rési-
dait dans le fait qu'elle avait trop d'éléments.
Ce qui était essentiel était voilé et caché par ce
qui était sans intérêt. De tous les faits qui nous
furent présentés, il nous fallait choisir ceux qui
devaient être essentiels, puis les enchaîner dans
leur ordre logique de façon à reconstituer cette

succession peu banale de circonstances. J'avais déjà commencé à soupçonner Joseph, étant donné que vous aviez eu l'intention, la nuit du vol, de rentrer avec lui et qu'il aurait été tout naturel, puisqu'il connaissait le chemin de votre bureau, qu'il passât vous prendre en route. Quand j'appris que quelqu'un avait voulu s'introduire dans votre chambre, dans cette chambre où personne sauf Joseph n'aurait pu dissimuler quelque chose (vous nous aviez dit dans votre récit comment vous aviez occupé la chambre de Joseph dès votre arrivée avec le docteur) mes soupçons se transformèrent en une certitude. Certitude qui se trouva renforcée par la tentative de l'autre nuit : c'était la première nuit que vous étiez couché sans garde pour vous veiller. Il fallait donc que l'intrus fût bien au courant de ce qui se passait dans la maison.

— Comme j'ai été aveugle!

— Les faits, pour autant que je sache, se résument à ceci : Joseph Harrison est entré au Foreign Office par Charles Street. Connaissant le chemin il est allé tout droit à votre bureau juste comme vous veniez de le quitter. Comme il n'a trouvé personne, il a sonné. En sonnant il a vu le papier étalé sur la table. Un simple coup d'œil lui a permis de constater que la chance le mettait en présence d'un document d'Etat d'une valeur considérable. Vite il l'a mis dans sa poche et il est reparti. Quelques minutes s'écoulèrent, vous vous en souvenez, avant que l'huissier endormi n'attirât votre attention sur la sonnerie : elles lui suffirent pour s'échapper.

« Il rentra à Woking par le premier train. Il examina le document, auquel il attribua naturellement une valeur considérable, et il le cacha dans ce qu'il croyait être une fort bonne cachette, avec l'intention de le reprendre le lendemain ou le surlendemain et de le monnayer soit à l'ambassade de France soit n'importe où. Là-dessus vous voilà brusquement de retour. Lui, sans avertissement, est chassé de sa chambre. Et jusqu'à hier vous étiez au moins deux à l'empêcher de récupérer son trésor. Cette situation devait le rendre fou! Il essaya de le dérober l'autre nuit, mais comme vous étiez réveillé, il échoua. Rappelez-vous que la veille au soir vous n'aviez pas pris votre somnifère habituel.

— C'est vrai.

— Je pense qu'il avait dû s'arranger pour que votre potion fût efficace, et qu'il était persuadé que vous ne vous réveilleriez pas. J'étais sûr qu'il renouvellerait sa tentative chaque fois qu'il se croirait en sécurité. Quittant la chambre pour la nuit vous lui donniez la chance qu'il désirait. J'avais demandé à Mlle Harrison de ne pas bouger de la journée afin qu'il ne pût pas nous devancer. Après lui avoir donné l'impression que le champ était libre, j'ai monté la garde comme je vous l'ai dit. Je me doutais bien que les papiers étaient dans la chambre, mais cela ne me tentait guère de soulever toutes les plinthes et de fouiller partout. En le laissant les prendre dans sa cachette, je me suis épargné quantité d'ennuis. Y a-t-il un détail qui ne vous ait pas semblé clair?

— Pourquoi a-t-il voulu entrer par la fenêtre, demandai-je, alors qu'il aurait pu entrer par la porte?

— Pour atteindre la porte il aurait dû passer devant sept chambres à coucher. D'autre part il pouvait sortir facilement par le jardin. Rien d'autre?

— Vous ne croyez pas, questionna Phelps, qu'il était dépourvu d'intentions homicides? Le couteau n'était peut-être qu'un outil d'effraction.

— C'est bien possible, répondit Holmes en haussant les épaules. Je tiens uniquement pour certain que M. Joseph Harrison est un gentleman à la merci duquel je me rendrais avec la plus extrême répugnance. »

# CHAPITRE XI

# LE DERNIER PROBLÈME

C'est avec tristesse que je prends ma plume pour évoquer une dernière fois les talents prestigieux qui firent de mon ami M. Sherlock Holmes, un être exceptionnel. Non sans incohérence et, je le sens profondément, d'une manière indigne, j'ai tenté de raconter quelques-unes des aventures que j'ai vécues en sa compagnie, depuis le bienheureux hasard qui nous réunit à l'époque de « l'Etude en Rouge [1] » jusqu'aux jours où il intervint dans l'affaire du « Traité naval [2] », intervention qui eut pour principal effet d'éviter de sérieuses complications internationales. J'avais l'intention de m'arrêter là, et de ne rien dire de l'événement qui a creusé dans ma vie un vide que deux années n'ont absolument pas comblé. Toutefois

1. Cf. Etude en Rouge (*Le Livre de Poche*),
2. Cf. chapitre précédent.

les dernières lettres dans lesquelles le colonel James Moriarty défend la mémoire de son frère me forcent la main. Je ne peux plus hésiter. Il faut que j'expose au public les faits tels qu'ils se sont déroulés. Moi seul connais la vérité totale sur l'affaire. La taire aujourd'hui ne servirait que l'injustice.

Pour autant que je sois informé, trois récits seulement ont paru dans la presse : celui du *Journal de Genève* le 6 mai 1891, la dépêche Reuter qu'ont publiée les journaux anglais du 7 mai, et enfin les lettres récentes auxquelles j'ai fait allusion. Les deux premiers ont été fortement condensés, et le dernier n'est pas autre chose, comme je le montrerai, qu'un travestissement des faits. Il m'appartient donc de raconter pour la première fois ce qui se passa exactement entre le professeur Moriarty et M. Sherlock Holmes.

On se rappelle peut-être qu'après mon mariage et l'installation subséquente de mon cabinet médical, les relations très intimes qui avaient existé entre Holmes et moi se modifièrent jusqu'à un certain point. De temps à autre il venait me chercher quand il avait besoin d'un compagnon pour ses enquêtes, mais ces occasions se raréfièrent au point qu'en 1890 mes notes ne me signalent que trois affaires que nous fîmes ensemble. Pendant l'hiver de cette année et le début du printemps de 1891, j'avais lu dans les journaux que le gouvernement français l'avait chargé d'une mission capitale; je reçus d'ailleurs de Holmes deux billets, datés l'un de Narbonne l'autre de Nîmes, d'où j'avais déduit que son séjour en France serait vraisemblablement de longue durée. Ce fut donc avec un certain étonnement que je le vis entrer dans mon cabinet de consultation le 24 avril au soir. Je remarquai qu'il paraissait encore plus blanc et plus maigre que d'habitude.

« Oui, j'en ai usé un peu trop librement avec moi-même! fit-il en répondant plus à mon regard qu'à mes paroles. J'ai été terriblement bousculé ces temps-ci. Verriez-vous un inconvénient à fermer les volets? »

La seule lumière de la pièce provenait de ma lampe de bureau car je lisais. Holmes sans attendre longea le mur, attrapa les volets, et les attacha solidement.

« Vous avez peur de quelque chose? demandai-je.

— Oui. J'ai peur.

— De quoi?

— De fusils à vent.

— Mon cher Holmes, qu'entendez-vous par là?

— Je pense que vous me connaissez assez, Watson, pour admettre que je ne suis d'aucune façon un nerveux. D'autre part, ce n'est pas être courageux, c'est être stupide que de refuser de croire au danger quand il vous menace de près. Avez-vous une allumette?... »

Il aspira une grande bouffée de fumée, comme si elle pouvait avoir une influence apaisante sur lui.

« ... Je vous dois des excuses pour vous déranger si tard, reprit-il. Et j'irai jusqu'à vous prier de faire fi des conventions pour m'autoriser à quitter bientôt votre maison en escaladant le mur de votre jardin.

— Enfin, qu'est-ce que cela signifie? »

Il me tendit une main et je vis à la lumière de la lampe que deux de ses articulations étaient brisées et saignaient.

« Ce n'était pas le vent, cela! dit-il en souriant. Au contraire c'était assez solide pour qu'un homme manquât de se briser la main dessus. Est-ce que Mme Watson est ici?

— Elle est sortie pour faire une visite.

— Vraiment! Vous êtes seul?

— Tout à fait seul.

— Alors je suis plus à l'aise pour vous proposer de partir avec moi passer une semaine sur le continent.

— Où?

— Oh! n'importe où. Partout, c'est la même chose pour moi! »

Tout cela était étrange. Holmes ne m'avait guère accoutumé à prendre des vacances oisives. Par ailleurs la pâleur de son visage, la crispation de ses traits me révélaient que ses nerfs étaient soumis à une tension très dure. Il lut dans mes yeux une interrogation et, réunissant les extrémités de ses longs doigts minces avec ses coudes posés sur ses genoux, il m'expliqua la situation.

« Vous avez sans doute déjà entendu parler du professeur Moriarty?

— Jamais!

— Ah! voilà bien le côté génial, miraculeux de l'affaire! s'écria-t-il. Cet homme règne sur Londres et personne n'a jamais entendu parler de lui. C'est ce qui le met sur le pinacle dans l'histoire du crime! Je vous dis, Watson, avec le plus grand sérieux, que si je pouvais vaincre cet homme, si je pouvais en débarrasser la société, ma carrière serait comblée et je me choisirais une profession moins mouvementée. De vous à moi, les affaires récentes où j'ai aidé la famille royale de Scandinavie et la République française m'ont procuré de quoi terminer mon existence le plus paisiblement du

monde, de la manière que j'aime, en consacrant
toute mon attention à des recherches chimiques.
Mais je ne pourrais pas me reposer, Watson! Je
ne pourrais pas demeurer tranquille sur mon
fauteuil si je me disais qu'un homme comme
le professeur Moriarty se promène dans les rues
de Londres sans être inquiété.

— Qu'a-t-il donc fait?

— Sa carrière a été extraordinaire. C'est un
homme d'une bonne extraction, très cultivé,
doté par la nature de dons phénoménaux en
mathématiques. A 21 ans il écrivait sur le bi-
nôme de Newton un traité qui avait aussitôt
un retentissement européen et qui lui valait la
chaire de mathématique dans l'une de nos uni-
versités secondaires; selon toutes les apparences
son avenir s'annonçait extrêmement brillant.
Mais son sang charriait des instincts diaboliques,
criminels. Au lieu de les combattre il leur a
permis de s'épanouir et son extraordinaire puissance mentale s'est mise à leur service. Dans sa
ville universitaire des bruits fâcheux commen-
cèrent à courir; il dut démissionner de sa chaire
et descendit à Londres où il s'établit en qualité
de professeur préparant à l'Ecole militaire. Tout
cela est connu, mais voici ce que j'ai découvert.

« Comme vous le savez, Watson, personne
mieux que moi ne connaît le gratin du monde

du crime à Londres. Depuis des années j'avais l'impression que derrière le malfaiteur il existait une sorte de puissance occulte, une puissance avec une organisation profonde qui se dressait toujours contre la loi et qui étendait son bouclier pour protéger le coupable. A plusieurs reprises dans des affaires très diverses (histoires de faux, cambriolages, meurtres) j'avais senti la présence de cette puissance, et j'en avais découvert l'action dans un certain nombre de ces crimes jamais éclaircis à propos desquels je n'étais pas consulté. Depuis des années je m'efforçais de percer le voile qui l'entourait. Enfin le jour est venu où j'ai saisi le bon fil et je l'ai remonté en suivant mille détours jusqu'au professeur Moriarty, incontestable et célèbre autorité en mathématiques.

« Il est le Napoléon du crime, Watson. Il est l'organisateur de tous les forfaits, ou presque, qui restent impunis dans cette grande ville. C'est un génie, un philosophe, un penseur de l'abstrait. Il possède un cerveau de premier ordre. Il demeure immobile, comme une araignée au centre de sa toile, mais cette toile-là a un millier de ramifications et il perçoit les vibrations de chacun des fils. Il agit rarement par lui-même. Il se contente d'élaborer des plans. Mais ses agents sont innombrables et

merveilleusement organisés. S'agit-il d'un assassinat à commettre, d'un document à soustraire,
d'une maison à piller, d'un homme à faire dis-
paraître, l'affaire est soumise au professeur,
préparée par lui et exécutée par d'autres.
L'agent peut être pris. Dans ce cas, on trouve
de l'argent pour sa caution et pour sa défense.
Mais le pouvoir central qui utilise cet agent
n'est jamais pris. Jamais soupçonné. Telle était
l'organisation que j'avais découverte par déduction, Watson, et je consacrais toute mon énergie
à la démasquer et à l'anéantir.

« Mais le professeur s'était entouré de pro-
tections si habilement réparties que, quoi que
je fisse, il me parut impossible d'obtenir une
preuve convaincante dans une enceinte de justice. Vous connaissez mes facultés, mon cher
Watson, et pourtant au bout de trois mois je
dus convenir que j'avais enfin rencontré un
adversaire qui était, sur le plan intellectuel,
mon égal. L'horreur que m'inspiraient ses
crimes se mêlait à l'admiration dont je saluais
son habileté. Mais finalement il fit un faux pas...
oh, un petit, tout petit faux pas! Tout de même
il ne pouvait pas se permettre le moindre faux
pas pendant que je le serrais d'aussi près. J'ai
pris ma chance. Partant de ce point, j'ai tissé
mon filet. Aujourd'hui il est presque refermé

sur lui. Dans trois jours, c'est-à-dire lundi prochain, le fruit sera mûr et le professeur, avec
tous ses lieutenants, tombera entre les mains de
la police. Alors s'ouvrira le plus grand procès
criminel du siècle, qui permettra de résoudre
plus de quarante énigmes, et ce sera la corde
pour tous... Mais si nous bougeons prématuré-
ment, au dernier moment ils nous glisseront
entre les doigts.

« Si j'avais pu arriver jusque-là sans que le
professeur Moriarty en eût le soupçon, ç'aurait
été parfait. Mais il est bien trop malin. Il a vu
tous mes préparatifs. Il a plusieurs fois tenté
de s'échapper de ce réseau où je le réduisais,
mais en chaque occasion je l'ai rejeté dedans.
Je vous assure, mon ami, que si un compte
rendu de ce duel silencieux pouvait être rédigé,
il remporterait le premier prix des romans policiers! Jamais je ne me suis élevé aussi haut,
jamais je n'ai été pareillement talonné par un
antagoniste. Il coupait gros, je le surcoupais de
justesse. Ce matin, les derniers préparatifs
étaient accomplis; il me fallait encore trois jours
pour terminer l'affaire; j'étais assis dans mon
salon pour tout repasser dans ma tête; et puis,
la porte s'ouvrit : le professeur Moriarty était
devant moi.

« Mes nerfs sont assez solides, Watson, mais

je dois vous confesser que j'ai sursauté quand j'ai vu apparaître l'homme à qui je pensais avec tant d'intensité. Son physique m'était très familier. Il est extrêmement grand et mince. Son front s'élance dans une courbe blanche. Il a les yeux profondément enfoncés. Il est imberbe, pâle, ascétique de visage. Il y a du professeur dans son maintien. Ses épaules sont voûtées par l'étude. Sa figure se projette en avant et oscille d'un côté à l'autre : on dirait un serpent. Il me regarda entre ses paupières plissées avec une vive curiosité.

« — Votre développement frontal n'est pas « aussi accentué que je me l'étais imaginé! dit- « il enfin. C'est une dangereuse habitude de « manipuler des armes à feu chargées dans la « poche de sa robe de chambre. »

« De fait, à peine était-il entré que j'avais immédiatement deviné le danger personnel que je courais. Au fond, il n'avait rien de mieux à faire que de réduire ma langue au silence! Aussi j'avais pris négligemment le revolver du tiroir et je l'avais glissé dans ma poche. Mais il m'avait vu. Etant donné sa remarque je posai mon revolver armé sur la table. Il continua à sourire et à cligner de l'œil, mais dans son regard je discernai quelque chose qui me rendit très satisfait d'avoir eu cette arme dans ma poche.

« — Evidemment vous ne me connaissez pas!
« me dit-il.

« — Au contraire! Je pense qu'il est évident
« que je vous connais. Je vous en prie, asseyez-
« vous. Je puis vous consacrer cinq minutes
« si vous avez quelque chose à me dire.

« — Tout ce que j'ai à vous dire, vous le
« savez déjà, me répondit-il.

« — Alors vous savez déjà peut-être ce que
« je vous répliquerai?

« — Vous vous y tenez?

« — Absolument. »

« Il mit la main à la poche. Je m'emparai du
revolver. Mais il sortit tout simplement un
agenda sur lequel il avait griffonné quelques
notes.

« — Vous vous êtes mis en travers de mes
« plans le 4 janvier, me dit-il. Le 23, vous
« m'avez gêné. Vers la mi-février vous m'avez
« sérieusement nui. A la fin de mars j'ai été
« complètement contrecarré dans mes plans. Et
« maintenant, vers la fin d'avril, je me trouve
« personnellement placé à cause de votre per-
« sécution continuelle dans une situation qui
« menace positivement ma liberté. Situation in-
« tolérable!

« — Auriez-vous une suggestion à me faire?
« demandai-je.

« — Laissez tomber, monsieur Holmes! me
« dit-il en balançant sa tête. Il faut que vous
« laissiez tomber. Vous le savez.

« — Après lundi prochain.

« — Tut, tut! fit-il. Je suis tout à fait sûr
« qu'un homme de votre intelligence comprend
« qu'à cette affaire il n'y a qu'une seule issue.
« Retirez-vous : c'est nécessaire! Vous avez ma-
« nœuvré de telle façon qu'il ne nous reste
« plus que cette solution. Ç'a été pour moi une
« grande joie intellectuelle que de constater
« comme vous aviez bien manigancé cette af-
« faire et je vous dis, très sincèrement, que je
« serais peiné d'avoir à prendre une mesure
« extrême. Vous souriez, monsieur, mais je
« vous affirme que ce serait une mesure...
« définitive!

« — Le danger fait partie de mon métier.

« — Il ne s'agit pas d'un danger, répondit-
« il. Il s'agit d'une destruction inévitable. Vous
« faites obstacle, non seulement à un individu,
« mais à une puissante organisation. Ecartez-
« vous de notre chemin, monsieur Holmes! Si-
« non vous serez anéanti.

« — Je crains, dis-je en me levant, que le
« plaisir de cette conversation ne m'ait fait ou-
« blier une affaire d'importance qui m'attend
« ailleurs. »

« Il se leva également, me dévisagea en silence, et secoua tristement la tête.

« — Bien, bien! fit-il. C'est dommage. Mais
« du moins j'ai fait ce que j'ai pu. Je connais
« tout votre jeu. Vous ne pouvez rien entre-
« prendre avant lundi. Ç'a été un duel entre
« vous et moi, monsieur Holmes. Vous espérez
« me jeter dans le box des accusés. Je vous dis :
« je ne m'assiérai jamais dans le box des accu-
« sés. Vous espérez me vaincre. Je vous dis :
« vous ne me vaincrez jamais. Si vous êtes assez
« fort pour me détruire, soyez assuré que je
« vous en réserve autant.

« — Vous m'avez fait beaucoup de compli-
« ments, monsieur Moriarty, lui répondis-je.
« Laissez-moi vous payer de retour : si j'étais
« sûr que la première éventualité se produisît,
« j'accepterais joyeusement, dans l'intérêt pu-
« blic, la deuxième.

« — Je puis vous en promettre une, mais
« pas les deux! »

« Sur ce ricanement il me tourna son dos
voûté et quitta mon appartement.

« Telle fut, Watson, ma peu banale conversation avec le professeur Moriarty. J'avoue
qu'elle produisit sur mon esprit un effet déplai-
sant. Sa manière de parler, lisse, précise, avait
le ton de la sincérité qu'un matamore aurait été

incapable d'y mettre. Bien sûr, vous objecterez :
« Pourquoi ne pas prendre contre lui des précautions de police? » Parce que je suis fermement convaincu que le coup me viendra non
de lui, mais de l'un de ses agents. J'en ai les
meilleures preuves!

— Vous avez déjà été attaqué?

— Mon cher Watson, le professeur Moriarty
n'est pas homme à laisser pousser l'herbe sous
ses pieds. Je suis sorti vers midi pour une petite
transaction dans Oxford Street. Je dépassai l'angle qui va de Bentinck Street au croisement de
Welbeck Street : un attelage de deux chevaux
emballés fonça sur moi. Je sautai sur le trottoir
et ne fus sauvé que par une fraction de seconde.
La voiture que tiraient ces chevaux furieusement conduits tourna par Marybone Lane et
disparut en un éclair. Après quoi je me canton-
nai sur le trottoir, Watson, mais en descendant
Vere Street une brique tomba du toit de l'une
des maisons et s'écrasa à mes pieds. J'appelai la
police et fis examiner les lieux. Sur le toit il y
avait des briques et des ardoises empilées pour
je ne sais quelles réfections et on voulut me faire
croire que le vent était le coupable. Bien sûr,
je savais que le vent n'y était pour rien, mais
comment prouver? Après cela je pris un fiacre
et arrivai chez mon frère où je passai toute la

journée. A présent me voici chez vous. Mais en chemin j'ai été attaqué par un passant armé d'un casse-tête. Je l'ai knock-outé et il est sous clef au commissariat. Pourtant je puis d'ores et déjà vous assurer en toute confiance qu'aucun rapport ne sera établi entre le matraqueur sur les dents de qui je me suis abîmé la main et le célèbre professeur de mathématiques qui résolvait sur un tableau noir, au même moment, des équations compliquées à quinze kilomètres de là. Vous ne vous étonnerez donc pas, Watson, si mon premier soin en entrant chez vous a été de fermer les volets, et si je vous ai demandé l'autorisation de quitter votre maison par une sortie moins voyante que votre porte de façade. »

J'avais souvent admiré le courage de mon ami, mais jamais je ne l'admirai davantage tandis qu'il me résumait cette série d'incidents dont la combinaison aurait dû réussir un exploit horrible.

« Voulez-vous passer la nuit ici? demandai-je.

— Non, mon ami! Vous pourriez trouver que je suis un invité dangereux. J'ai mes projets, et tout se passera bien. Les choses en sont maintenant arrivées à ce point que sans mon concours elles se dérouleront jusqu'à l'arrestation; ma présence sera toutefois nécessaire pour obtenir la condamnation. Il est donc évident que je ne saurais rien faire de mieux que de partir pendant les quelques jours qui me séparent du moment où la police aura la liberté d'agir. C'est pourquoi vous me feriez un grand plaisir si vous vouliez m'accompagner sur le continent.

— La clientèle est calme, dis-je. Et j'ai un voisin complaisant. Je serai ravi de vous suivre.

— De partir demain matin?

— Si c'est nécessaire, oui.

— Oh oui! c'est nécessaire! Alors, mon cher Watson, voici vos instructions. Je vous prie de vous y conformer à la lettre, car vous êtes à présent engagé avec moi dans un double contre le plus habile coquin et le plus puissant syndicat criminel de l'Europe. Alors, écoutez-moi bien : faites porter cette nuit vos bagages à Victoria par un commissionnaire de confiance. Demain matin vous ferez venir un fiacre, mais ne prenez ni le premier ni le second qui pourraient se présenter. Vous sauterez dans un troisième fiacre et vous vous ferez conduire au bout du Strand. Vous tendrez au cocher l'adresse que vous aurez écrite sur un morceau de papier en lui recommandant de ne pas le jeter. Préparez votre monnaie et, au moment où votre fiacre s'arrêtera, foncez par les arcades et arrangez-vous pour arriver de l'autre côté à neuf heures et quart. Là vous trouverez une petite charrette anglaise ran-

gée contre le trottoir et conduite par un cocher
revêtu d'une lourde cape noire fermée au cou
par un galon rouge. Vous vous y glisserez et
vous arriverez à Victoria juste à temps pour
prendre l'express du continent.

— Où vous retrouverai-je?

— A la gare. Le deuxième compartiment de
première classe en tête du train nous sera réservé.

— Le compartiment est donc notre lieu de
rendez-vous?

— Oui. »

Ce fut en vain que je demandai à Holmes de
demeurer chez moi pour la nuit. Il pensait vraiment que sa présence sous mon toit risquait de
m'attirer des ennuis, et ce fut la raison pour
laquelle il refusa mon offre. Il me précisa encore quelques projets pour la journée du lendemain, puis il se leva, sortit avec moi dans le
jardin, escalada le mur qui longeait Mortimer
Street, siffla aussitôt un fiacre, et je l'entendis
s'éloigner.

Le lendemain matin, j'obéis scrupuleusement
aux instructions de Holmes. J'eus un fiacre
qu'on alla me chercher avec tant de précautions
qu'il ne pouvait être celui qu'on aurait peut-
être désiré que je prisse. Je me fis conduire devant les arcades, que je traversai à toutes jambes.

Une charrette anglaise attendait; un cocher massif enveloppé dans un manteau noir fit démarrer son cheval dès que j'eus sauté à l'intérieur, et fonça vers Victoria. Il me déposa et vira immédiatement pour quitter la gare sans me gratifier du moindre regard.

Jusque-là tout s'était admirablement passé. Mes bagages étaient à quai et je n'eus aucune difficulté pour trouver le compartiment que Holmes m'avait indiqué : il était le seul sur lequel figurait l'étiquette : « Réservé. » Une seule chose m'inquiétait : Holmes n'apparaissait pas. L'horloge de la gare m'indiqua qu'il ne restait plus que sept minutes avant le départ du train, mais je cherchais vainement parmi les groupes de voyageurs la silhouette élancée de mon ami. Je passai quelques minutes à aider un vénérable abbé italien qui, dans un anglais détestable, essayait de se faire comprendre d'un porteur, et qui désirait que ses bagages fussent expédiés sur Paris. Puis, après une nouvelle ronde sur le quai, je revins dans mon compartiment. Hélas, le porteur, en dépit de l'étiquette « Réservé », y avait installé mon ecclésiastique italien! Comment lui expliquer que sa présence constituait une véritable intrusion? Je parlais aussi mal l'italien que lui l'anglais! Je me bornai à hausser les épaules et je me remis à guetter mon ami. Un petit frisson me parcourut l'échine : son absence ne signifiait-elle pas qu'un malheur lui était arrivé? Déjà les portières étaient fermées et le sifflet du chef de train avait retenti quand...

« Mon cher Watson, fit une voix, vous n'avez même pas daigné me souhaiter le bonjour! »

Je me retournai, ahuri. Le vieil ecclésiastique me regardait. En un instant les rides disparurent, le nez s'éloigna du menton, la lèvre inférieure cessa de tomber lourdement et la bouche de marmonner, les yeux ternes retrouvèrent tout l'éclat de leur feu, le corps prostré se redressa : Holmes m'apparut comme par enchantement.

« Seigneur! m'écriai-je. Vous m'avez confondu!

— Toutes les précautions sont encore indispensables! chuchota-t-il. J'ai tout lieu de croire qu'ils sont sur notre piste. Tenez, voilà Moriarty en personne! »

Le train avait démarré. Regardant sur le quai, je vis un homme de grande taille qui se frayait son chemin parmi la foule et qui agitait un bras comme s'il souhaitait que le train s'arrêtât. C'était trop tard, pourtant, car notre vitesse s'accrut rapidement et la gare s'estompa derrière nous.

« Vous voyez qu'avec toutes nos précautions, il s'en est fallu de peu! » dit Holmes en riant.

Il se mit debout, rejeta sa soutane noire et le chapeau qui l'avaient déguisé, les enferma soigneusement dans un sac à main.

« Avez-vous lu le journal ce matin, Watson?

— Non.

— Vous n'avez donc rien lu sur Baker Street?

— Baker Street?

— Notre appartement a failli brûler cette nuit. Il n'y a pas eu beaucoup de dégâts.

— Mon Dieu, Holmes! Mais c'est intolérable!

— Ils ont dû perdre ma trace à partir du moment où j'ai fait arrêter leur matraqueur. Et évidemment ils n'ont pas imaginé que j'étais retourné chez moi. Ils vous ont sans doute filé, et c'est ce qui a conduit Moriarty à Victoria. En vous rendant à la gare vous n'avez pas fait de faute?

— J'ai fait exactement ce que vous m'aviez indiqué.

— Vous avez trouvé la charrette anglaise?

— Oui. Elle m'attendait.

— Vous avez reconnu le cocher?

— Non.

— C'était mon frère Mycroft. Il est heureux que j'aie pu me débrouiller sans mettre un mercenaire dans ma confidence! Mais mainte-

nant nous devons réfléchir à ce que nous devons
faire avec Moriarty.

— Comme ce train est un express et que le
bateau assure sa correspondance, j'ai l'impression que nous l'avons semé définitivement.

— Mon cher Watson, je vois bien que vous
ne m'avez pas compris quand je vous déclarais
que cet homme devait être placé au même ni-
veau que moi sur le plan de l'intelligence. Vous
ne pensez pas que si j'étais le chasseur, je renon-
cerais à mon gibier dès le premier obstacle?
Alors pourquoi le juger moins favorablement?

— Que va-t-il faire?

— Ce que je ferais.

— Que feriez-vous donc?

— Je louerais un train spécial.

— Mais il doit être trop tard.

— Pas du tout. Notre train s'arrête à Canterbury. Et il y a toujours un quart d'heure d'attente au bateau. Il nous rattrapera là.

— On dirait que nous sommes des criminels!
Faisons-le arrêter à son arrivée.

— Ce qui ruinerait un travail de trois mois.
Nous capturerions le gros poisson, mais les plus
petits demeureraient en-dehors du filet. Lundi
prochain nous les aurons tous. Non, une arrestation est impensable!

— Alors, quoi?

— Nous descendrons à Canterbury.

— Et puis?

— Eh bien, nous ferons à travers la campagne une très jolie promenade jusqu'à Newhaven, puis de là nous gagnerons Dieppe. Moriarty de nouveau agira comme j'agirais. Il arrivera à Paris, notera nos bagages et nous guettera deux jours à la consigne. Mais nous, entretemps, nous nous serons offert deux sacs de voyage, afin d'encourager l'industrie des pays que nous traverserons, et nous gagnerons tout à loisir la Suisse, via Luxembourg et Bâle. »

J'avais trop voyagé pour être véritablement contrarié par la perte de mes bagages; j'avoue pourtant que j'étais fâché d'avoir à ruser et à me cacher devant un bandit. Mais Holmes réalisait naturellement la situation mieux que moi. A Canterbury donc nous descendîmes et on nous annonça qu'il nous faudrait attendre une heure pour le train de Newhaven.

J'étais encore en train de regarder avec chagrin le fourgon qui emportait ma garde-robe, quand Holmes me tira par la manche et me désigna la voie ferrée.

« Déjà, regardez! » me dit-il.

Au loin, parmi les bois du Kent, surgissait un panache de fumée. Une minute plus tard un convoi formé d'une locomotive et d'une seule

voiture apparaissait sur le grand virage qui pré-
cède la gare. Nous eûmes juste le temps de nous
dissimuler derrière une pile de malles et de
valises quand il passa devant nous.

« Et voilà! dit Holmes en le regardant filer
à toute vapeur. L'intelligence de notre ami a
tout de même des limites. Ç'aurait été un vrai
coup de maître s'il avait déduit ce que j'allais
déduire et s'il avait agi en conséquence.

— Et que nous aurait-il fait s'il nous avait
rattrapés?

— Oh! pas de doute : il aurait essayé de me
tuer! Heureusement c'est un jeu qui se joue à
deux. Toute la question pour l'instant est de
décider si nous déjeunons de bonne heure ici
ou si nous nous laissons périr d'inanition jusqu'au buffet de la gare de Newhaven. »

Nous allâmes jusqu'à Bruxelles où nous sé-
journâmes deux jours. Au matin du troisième
jour nous nous rendîmes à Strasbourg. Le lundi
matin, Holmes avait télégraphié à la police de
Londres, et le soir nous trouvâmes la réponse en
rentrant à l'hôtel. Holmes la prit et, avec un
juron, la roula en boule, pour la jeter dans le
feu.

« J'aurais dû le prévoir! gémit-il. Il s'est
échappé!

— Moriarty?

— Toute la bande est sous les verrous, sauf lui. Il leur a joué la fille de l'air. Naturellement, à partir du moment où je quittais l'Angleterre, il ne restait plus personne capable de rivaliser avec lui! Mais vraiment je croyais leur avoir remis toutes les cartes en main! Je crois que vous feriez mieux de rentrer en Angleterre, Watson.

— Pourquoi?

— Parce que je serai désormais un compagnon trop dangereux. Ce personnage n'a plus d'occupations. S'il revient à Londres il est perdu. Je ne crois pas me tromper en disant qu'il va consacrer toute son énergie à se venger. Dans notre petite conversation il me l'a donné à entendre, et il n'est pas homme à avoir changé d'avis. Très amicalement je vous conseille d'aller retrouver votre clientèle! »

Cette suggestion n'avait guère de chance d'être écoutée de la part d'un vieux soldat et d'un vieil ami. Pendant une demi-heure nous demeurâmes assis dans notre salle à manger de Strasbourg à discuter, mais le soir nous reprîmes notre randonnée et partîmes pour Genève.

Pendant une semaine charmante nous remontâmes la vallée du Rhône, puis, bifurquant à Lenk, nous franchîmes le col de la Gemmi encore enneigé pour redescendre sur Meiringen

par Interlaken. Ce fut une randonnée ravissante, avec tous les verts délicats du printemps
au-dessous de nous et au-dessus la blancheur
virginale de l'hiver. Mais pas un instant Holmes
n'oublia l'ombre de son ennemi. Dans les pai-
sibles villages des Alpes ou dans les cols isolés
rien qu'à le voir scruter tous les visages je devi-
nais sa conviction que nous ne pourrions pas
échapper au danger qui nous menaçait.

Une fois, je m'en souviens, pendant notre
passage de la Gemmi, nous longions le mélanco-
lique Daubensee. Brusquement un gros rocher
se détacha du flanc de la montagne sur notre
droite, dévala la pente et vint s'écraser dans le
lac derrière nous. En quelques secondes Holmes
avait escaladé la crête et, debout sur un roc,
avait tordu le cou dans toutes les directions.
Ce fut en vain que notre guide lui affirma que
la chute d'une pierre était au printemps et à
cet endroit un incident tout naturel. Il ne répondit rien, mais il me regarda en souriant avec
l'air d'un homme qui vient d'assister à la réali-
sation de ce qu'il avait prévu.

Et cependant, bien qu'il fût constamment aux
aguets il n'était nullement abattu. Au contraire,
je ne me rappelais pas l'avoir jamais vu plus
exubérant. A plusieurs reprises il me répéta
que s'il pouvait avoir la certitude que la société

était débarrassée du professeur Moriarty il aban-
donnerait sa chasse aux criminels.

« Je crois, Watson, que je puis dire que je
n'ai pas tout à fait vécu inutilement, me confia-
t-il. Si ma carrière se terminait ce soir, je pourrais en dresser le bilan avec une bonne conscience. J'ai purifié l'air de Londres. Dans plus
de mille affaires je ne pense pas avoir utilisé
pour le mal les dons qui m'ont été impartis...
Je suis de plus en plus tenté de me plonger
dans les problèmes que pose la nature et qui
sont beaucoup moins superficiels que ceux dont
une société artificielle est responsable. Vos livres
touchent à leur fin, Watson. Vous n'aurez plus
rien à écrire sur moi à partir du jour où j'aurai
couronné ma carrière par la capture ou l'exter-
mination du criminel le plus redoutable et le
plus intelligent d'Europe. »

Je serai bref, et précis en même temps, pour
le peu qui me reste à dire. Le sujet ne se prête
pas aux longueurs : il est trop pénible. Mais
le devoir me commande de n'omettre aucun
détail.

Nous arrivâmes le 3 mai au petit village de
Meiringen, et nous installâmes à l'Hôtel des
Anglais qui était tenu par le vieux Peter Steiler.
Notre hôtelier parlait un excellent anglais car
il avait servi pendant trois ans en qualité de

garçon de restaurant au Grosvenor Hotel à
Londres. Il nous conseilla dans l'après-midi du
4 de traverser les montagnes et de passer la nuit
dans le hameau Rosenlaui. Il nous recommanda
toutefois avec énergie de faire un crochet pour
admirer les chutes de Reichenbach qui sont situées à mi-côte.

En vérité, l'endroit est terrifiant. Le torrent,
gonflé par la fonte des neiges, se précipite dans
un gouffre d'où l'écume rejaillit en tourbillon-
nant comme la fumée d'une maison en feu. La
cheminée dans laquelle se rue le torrent est
une brèche immense bordée de rocs luisants,
noirs comme du charbon, et qui va en se rétré-
cissant pour aboutir à une cavité insondable
où l'eau bouillonne et lèche avec rage les parois
effritées. Le vertige vous prend à considérer
longtemps cette masse d'eau verte qui rugit et
cette écume qui plane dans un sifflement in-
interrompu. Nous restâmes un bon moment devant le précipice, fascinés par l'éclat de l'eau
qui venait se briser contre les rochers noirs et
par le cri presque humain qui accompagnait le
rejaillissement de l'écume contre le gouffre.

Pour que le touriste pût mieux admirer le
spectacle, un sentier avait été aménagé qui contournait la moitié du gouffre. Mais il se terminait juste au bord et le touriste n'avait plus

qu'à revenir sur ses pas. Nous allions l'emprun-
ter pour nous rapprocher quand nous vîmes un
garçon du pays courir vers nous avec une lettre
à la main. Elle m'était adressée et elle portait
l'en-tête de l'hôtel où nous étions descendus.
L'hôtelier m'informait que peu après notre départ une dame anglaise au dernier degré de la
consomption était arrivée. Elle avait passé l'hiver à Davos et elle voyageait pour rejoindre des
amis de Lucerne quand une subite hémorragie
s'était déclarée en route. Elle n'avait plus que
quelques heures à vivre, mais ce serait pour elle
une grande consolation si elle pouvait voir un
docteur anglais, et si je pouvais revenir, etc. Le
bon Steiler m'assurait dans un post-scriptum
qu'il considérait ma complaisance comme une
grande faveur, car la dame se refusait absolument à consulter un médecin suisse, et qu'une
lourde responsabilité lui incombait de ce fait.

Comment rester sourd à cet appel. Je ne pouvais pas me dérober devant la requête d'une
compatriote qui agonisait dans un pays étranger. Pourtant j'étais contrarié à l'idée de quitter
Holmes. Finalement nous décidâmes qu'il gar-
derait avec lui le jeune messager suisse pour lui
servir de guide et de compagnon pendant que
je retournerais à Meiringen. Mon ami m'annonça son intention de rester encore quelques

instants près des chutes, puis il marcherait tranquillement vers Rosenlaui où je le rejoindrais
dans la soirée. En me retournant, j'aperçus Holmes adossé contre un rocher, les bras croisés, le
regard perdu dans la contemplation de l'eau
tourbillonnante. Ce fut la dernière fois où je le
vis en ce monde.

Quand j'atteignis le bas de la descente, je
me retournai encore une fois. De cet endroit
il était impossible de voir les chutes mais je distinguai le sentier qui les contournait. Sur ce
sentier, je me le rappelle bien, un homme che-
minait rapidement. Sa silhouette sombre se
détachait nettement sur l'herbe environnante.
Je remarquai l'énergie avec laquelle il marchait, mais comme je me dépêchais, je ne m'at-
tardai pas à l'observer longuement.

Il me fallut un peu plus d'une heure pour
regagner Meiringen. Le vieux Steiler se tenait
sous le porche de son hôtel.

« Eh bien, lui dis-je, j'espère que son état
ne s'est pas aggravé? »

Une expression de surprise passa sur son visage; quand je vis ses sourcils se hausser, mon
sang se glaça.

« Ce n'est pas vous qui m'avez écrit cette
lettre? Il n'y a pas à l'hôtel une Anglaise malade?

— Certainement non! s'écria-t-il. Mais voici l'en-tête de l'hôtel sur l'enveloppe... Ah! cette lettre a dû être écrite par un grand Anglais qui est arrivé juste après votre départ! Il m'a dit... »

Mais je n'avais plus besoin des explications de l'hôtelier. Grelottant d'angoisse je me précipitais déjà dans la rue du village vers le sentier que je venais de descendre. Il m'avait fallu une heure pour revenir. En dépit de tous mes efforts il m'en fallut deux avant de me retrouver devant les chutes de Reichenbach. L'alpenstock de Holmes était encore appuyé contre le roc auprès duquel je l'avais laissé. Mais il n'y avait aucune trace de lui, et ce fut inutilement que je l'appelai. En guise de réponse je ne reçus que l'écho de ma voix roulant entre les rochers.

L'alpenstock me révélait que Holmes n'était pas allé à Rosenlaui. Il était resté sur cet étroit sentier entre une muraille rocheuse d'un côté et un précipice à pic de l'autre, jusqu'à ce qu'il fût surpris par son ennemi. Le jeune Suisse avait disparu. Sans doute avait-il été payé par Moriarty pour laisser les deux hommes face à face. Et à ce moment-là, que s'était-il passé? Qui pourrait nous dire ce qui s'était passé?

Je demeurai immobile quelques instants pour réfléchir, l'horreur de l'événement m'accablait.

Puis je me rappelai les propres méthodes de
Holmes et je m'efforçai de les appliquer dans
cette tragédie. Hélas, c'était trop facile! Saisis
par la grandeur du décor nous n'étions pas allés
jusqu'à l'extrémité du sentier : l'alpenstock indiquait l'endroit où nous nous étions arrêtés.
Le sol noirâtre, perpétuellement humecté par
l'écume, aurait conservé les empreintes d'un
oiseau. Deux lignes de pas étaient nettement
visibles : elles se dirigeaient vers l'extrémité du
sentier. Il n'y en avait pas en sens inverse qui
marquassent leur retour. A quelques mètres
avant le bord du précipice, le sol était piétiné et
boueux; les ronces et les fougères qui longeaient
le gouffre étaient arrachées, foulées aux pieds.
Je me mis à plat ventre pour regarder au fond
de l'abîme. L'écume du torrent m'arrosait mais
je ne m'en souciais guère. Le jour avait baissé,
je ne voyais rien d'autre que le miroitement
de l'eau contre les parois noires et tout au fond
du précipice l'éclat du torrent qui reprenait sa
course. J'appelai; mais je ne reçus d'autre
réponse que ce perpétuel cri presque humain
des eaux qui se brisaient sous moi.

Le destin voulut cependant que me parvînt
un dernier salut de mon camarade et ami. J'ai
dit que son alpenstock était demeuré appuyé
contre un rocher qui bordait le sentier. Mon

regard fut attiré par un objet qui brillait en
haut de cette pierre. Je levai une main et je
découvris que c'était l'étui à cigarettes en argent
que Holmes portait habituellement sur lui.
Quand je le saisis, un petit carré de papier qui
avait été posé en dessous de l'étui voleta jusqu'au sol. Je le ramassai, le dépliai : c'était trois
pages de son carnet; elles m'étaient adressées.
Il était bien dans le caractère de Sherlock Holmes que l'écriture eût cette fermeté; dans son
bureau il n'aurait pas tracé ces mots avec plus
de sang-froid :

*Mon cher Watson,*

*Je dois à la courtoisie de M. Moriarty de vous*
*écrire ces quelques lignes. Il consent à attendre*
*mon bon plaisir pour que nous procédions au*
*règlement final des questions pendantes entre*
*nous. Il m'a résumé les méthodes grâce aux-*
*quelles il a échappé à la police anglaise et s'est*
*tenu informé de tous nos déplacements. Ces mé-*
*thodes confirment la très haute opinion que je*
*m'étais formée de ses capacités. Je suis satisfait*
*à la pensée que je vais délivrer la société de sa*
*présence, bien que je craigne que ce ne soit au*
*prix d'un sacrifice qui attristera mes amis et*
*vous spécialement, mon cher Watson. Je vous*

*ai déjà expliqué toutefois que ma carrière avait atteint son apogée; aucun dénouement ne me paraît plus décent que celui-ci. En vérité, pour tout vous avouer, j'étais tout à fait persuadé que la lettre de Meiringen était un piège, et je ne vous ai pas retenu parce que j'étais sûr de ce qui allait se passer. Prévenez l'inspecteur Patterson que les papiers dont il a besoin pour faire condamner la bande sont dans le casier M, enfermés dans une enveloppe bleue sur laquelle est écrit : « Moriarty ». Avant de quitter l'Angleterre j'avais disposé de tous mes biens en faveur de mon frère Mycroft. Je vous prie de transmettre mon souvenir à Madame Watson et de me croire, mon cher ami, très sincèrement vôtre.*

*Sherlock Holmes.*

Je n'ajouterai que quelques lignes. L'examen des lieux par des experts laisse supposer qu'un combat singulier a opposé les deux hommes et qu'il s'est terminé comme il fallait s'y attendre : ils ont dû rouler enlacés dans le gouffre. Tenter de retrouver leurs corps était hors de question. Là, au fond de cette eau tourbillonnante, sous ce linceul d'écume fumante, reposent à jamais le plus dangereux criminel et le plus grand champion de la loi de cette génération. Le jeune

Suisse n'a jamais été retrouvé; sans doute était-il l'un des agents de Moriarty. Quant à la bande que celui-ci dirigeait, le public se rappelle encore la multiplicité des preuves que Holmes avait amassées contre elle et de quel poids pesa au procès la main du mort. Les débats n'ont pas révélé grand-chose de leur terrible chef. Si j'ai été contraint de faire la lumière sur sa carrière, la responsabilité en incombe aux hommes injustes qui ont voulu défendre sa mémoire en attaquant celui que je considérerai toujours comme le meilleur et le plus sage de tous les hommes que j'aie connus.

# TABLE

IMPRIMÉ EN FRANCE PAR BRODARD ET TAUPIN
Usine de La Flèche (Sarthe).
LIBRAIRIE GÉNÉRALE FRANÇAISE - 6, rue Pierre-Sarrazin - 75006 Paris.

ISBN : 2 - 253 - 01015 - 4        ✛ 30/1238/2